Trafalgar

Letras Hispánicas

Benito Pérez Galdós

Trafalgar

Edición de Julio Rodríguez Puértolas

OCTAVA EDICIÓN

CATEDRA

LETRAS HISPANICAS

1.ª Edición, 1983
8.ª Edición, 2005

© Ediciones Cátedra (Grupo Anaya, S. A.), 1983, 2005
Juan Ignacio Luca de Tena, 15. 28027 Madrid
Depósito legal: M.37.944-2005
ISBN: 84-376-0419-2
Pirnted in Spain
Impreso en Huertas I. G., S. A.
Fuenlabrada (Madrid)

Índice

Introducción

Galdós y los «Episodios Nacionales»

Con la publicación en 1873 de *Trafalgar,* el primero de sus *Episodios Nacionales,* iniciaba Galdós «la más vasta construcción novelesca que registra la historia de nuestras letras»[1], poblada por más de dos mil personajes[2]. Por otro lado, es ya evidente que los *Episodios Nacionales*

> nos revelan los orígenes literarios del realismo galdosiano, por un extremo, y nos colocan al fin de su evolución como novelista por otro, y representan en conjunto una obra no igualada en su género en la literatura europea durante la época del autor[3].

Todo lo cual resulta obvio si tenemos en cuenta que los *Episodios Nacionales* ocupan, en efecto, la primera y la última etapas de la carrera literaria de Galdós. Los cuarenta y seis episodios abarcan setenta y cinco años de Historia de España, desde 1805 *(Trafalgar)* a 1880

---

[1] *Andrenio, Novelas y novelistas,* Madrid, 1918, pág. 11.
[2] Cfr. el «Ensayo de un censo de personajes galdosianos comprendidos en los *Episodios Nacionales»,* de Federico Carlos Sáinz de Robles, en Benito Pérez Galdós, *Obras Completas,* III, Madrid, 1945, págs. 1.379-1.831 (conviene hacer constar que dicho censo no es realmente completo). Todas las citas de los *Episodios Nacionales,* según los tres primeros volúmenes de *Obras Completas* de Galdós *(OC)* recién mencionadas.
[3] Antonio Regalado García, *Benito Pérez Galdós y la novela histórica española, 1868-1912,* Madrid, 1966, pág. 527.

(*Cánovas*). Las cinco series que los forman tienen la siguiente cronología de composición: Primera, 1873-1875; Segunda, 1875-1879; Tercera, 1898-1900; Cuarta, 1902-1907; Quinta, 1907-1912. Las cuatro primeras series tiene cada una diez episodios; la quinta, inacabada, seis[4].

La evolución de Galdós desde *Trafalgar* hasta *Cánovas,* esto es, desde 1873 a 1912, ha sido estudiada desde varios puntos de vista, pero cualquiera que pueda adoptarse termina por recurrir a la evolución ideológica de Galdós[5]. En este sentido, puede mencionarse aquí, por un extremo, lo dicho en 1908 por A. R. de Contreras desde una perspectiva religiosa y conservadora, para quien el conjunto de los *Episodios Nacionales*

> nos pone ante los ojos una *evolución* de las ideas y facultades de su autor [...] una verdadera *evolución específica* [...] que señala uno de los mayores triunfos que puede celebrar la teoría darwinista, por lo menos en el terreno de las artes[6].

Por su parte, críticos más modernos y sin duda más progresistas, como Vicente Lloréns y Clara E. Lida, analizan la evolución ideológica de los *Episodios Nacionales,* esto es, del propio Galdós[7], que de ser el escritor de la burguesía, acaba escribiendo *desde* ella pero *contra*

---

[4] La quinta serie había de constar también de diez episodios; los cuatro últimos serían: *Sagasta, Las colonias perdidas, La Reina Regente, Alfonso XIII.* Cfr. H. Ch. Berkowitz, *Benito Pérez Galdós: Spanish Liberal Crusader*, Madison, Wisconsin, 1948, págs. 341 y 344.

[5] Cfr. Julio Rodríguez Puértolas, *Galdós: Burguesía y Revolución*, Madrid, 1975, págs. 12-176, e introducción a su edición de *El caballero encantado*, 2.ª ed., Madrid, 1979.

[6] «La evolución galdosiana», *Razón y Fe,* XX (1908), págs. 83-84.

[7] Cfr., respectivamente, «Galdós y la Burguesía», *Anales Galdosianos,* III (1968), págs. 51-59 (y en *Aspectos sociales de la literatura española,* Madrid, 1974, págs. 105-124); «Galdós y los *Episodios Nacionales:* una historia del liberalismo español», *Anales Galdosianos, ibíd.,* págs. 61-77. Véase también Enrique Díez-Canedo. *Conversaciones literarias*, Madrid, 1920, pág. 274.

esa misma burguesía[8]. Por otro lado, sin duda que ante la imposibilidad de negar lo evidente y ante la imposibilidad de apropiarse sin más a Galdós, el reaccionarismo y el fascismo españoles de después de la guerra civil de 1936-1939 sintieron la necesidad de depurar al autor de los *Episodios*. Maximiliano García Venero consideraba preciso distinguir entre «lo bueno y lo pésimo»:

> ¿Qué debe hacer nuestra generación, que si no es católica no será nada ni servirá al destino de la Patria, ante la diversidad galdosiana? Lo prudente parece separar lo útil y beneficioso de lo vitando[9].

Luis Araujo-Costa declara que, pese a todo y puesto que Galdós «es español y, como tal, cristiano»,

> la España de Franco ha de admitirle como gloria de la Patria, debido a la cantidad y calidad augusta de españolismo que lleva en sus obras, y también porque su alma, en todo instante, estuvo preparada para el arrepentimiento, es de justicia que [...] le salvemos[10].

Y, en fin, Gaspar Gómez de la Serna, en un arrebato de audacia, llega a comparar las obras de Galdós, Valle-Inclán y Baroja con «las novelas falangistas de la "generación de 1936" sobre la Guerra Civil»[11]. Desde otra ladera, las afirmaciones de ciertos críticos, según las cuales los *Episodios Nacionales* son efectivamente *nacio-*

---

[8] Rodríguez Puértolas, cfr. nota 5. O como lo dice Joaquín Casalduero («Historia y Novela», *Cuadernos Hispano-Americanos*, 250-252, octubre, 1970-enero, 1971, pág. 141): termina Galdós «sintiendo un profundo desprecio hacia la clase social a la que pertenece y de la cual no puede ya salir, aunque profetiza que la aurora asoma con el proletariado —la nueva clase a la cual no pertence».

[9] Introducción a *Antología Nacional de Galdós*, I, Madrid, 1943, pág. 5.

[10] Prólogo a su edición de *Trafalgar*, Madrid, 1957, pág. xix.

[11] *España en sus Episodios Nacionales*, Madrid, 1954, pág. 50. Cfr. también su artículo «El *Episodio Nacional* como género literario», *Clavileño*, 14 (1952), págs. 21-32 y 17 (1952) págs. 17-32.

nales, esto es, situados más allá de una determinada posición política y social, llevan a Galdós al limbo ideológico. Así ocurre con lo dicho por Marcelino Menéndez Pelayo:

> si en otras obras ha podido el señor Galdós parecer novelista de escuela o de partido, en la mayor parte de los *Episodios* quiso, y logró, no ser más que novelista español[12].

Curiosamente, un republicano como Álvaro de Albornoz coincidía desde el exilio, en 1943, con Menéndez Pelayo:

> Los *Episodios* de Galdós no se llaman liberales, ni democráticos, ni republicanos, sino *Episodios Nacionales.* Y lo son verdaderamente por la comprensión con que en ellos se abarca todo lo español[13].

Todo lo español, sin duda, pero desde un punto de vista liberal-burgués primero y radical antiburgués y republicano después[14]. Una cuestión que puede parecer anecdótica ha contribuido en algún grado a ese concepto de nacionalismo abstracto. Me refiero a que durante largo tiempo la portada de las ediciones habituales de los *Episodios Nacionales* llevaba chillonamente los colores de la bandera nacional —esto es, monárquica—, lo que llegó a provocar lamentaciones estéticas de Eugenio d'Ors[15]. Señalemos que, en todo caso, entre los lectores de los *Episodios* figuraban socialistas de la significación

---

[12] Marcelino Menéndez Pelayo, «Don Benito Pérez Galdós», en *Benito Pérez Galdós. El escritor y la crítica,* al cuidado de Douglass M. Rogers, 2.ª ed., Madrid, 1979, pág. 63. Esta obra será citada en adelante como *Rogers.*

[13] *La política internacional de España. Galdós o el optimismo liberal,* Buenos Aires, 1943, págs. 53-54.

[14] Cfr. Rodríguez Puértolas, introducción a *El caballero encantado.*

[15] Cfr. *Nuevo Glosario,* I, Madrid, 1947, págs. 380, 395. Y Regalado, *op. cit.,* pág. 160.

de Pablo Iglesias y el propio Alfonso XII, el rey de la burguesía restauradora y caciquil[16]. Lo que sí es indudable es que el monumental conjunto de los *Episodios Nacionales* constituye un auténtico programa de «educación nacional»[17], y que, como dijera *Azorín,* Galdós se esforzó para que España «despierte y adquiera conciencia de sí misma»[18]. Y ello en un marco literario bien concreto, al conseguir con sus episodios, según *Clarín,* «una restauración de la novela popular, levantada a pulso por un hombre solo»[19].

Al llegar a este punto conviene detenerse un tanto en ciertas explicaciones que el propio Galdós dio en varias ocasiones acerca de los *Episodios Nacionales,* así como en algún otro texto previo, de significativo contenido al respecto. En 1867-1868 Galdós traduce al castellano los *Pickwick Papers* de Charles Dickens. En un comentario sobre dicho trabajo, escribe el traductor algo que parece el esquema previo de lo que serán los *Episodios Nacionales.* En efecto, el plan del novelista inglés, dice Galdós,

> Es el mismo de *Gil Blas de Santillana* y de casi todas las novelas españolas del siglo XVII, es decir, un personaje estable, protagonista de todos los incidentes de la obra, un actor que toma parte en una larga serie de escenas, que no se relacionan unas con otras más que por el héroe que en todas toma parte. Esta clase de planes son admirables cuando se quiere pintar una sociedad, una nacionalidad entera, en una época indeterminada[20].

---

[16] Cfr. respectivamente Juan José Morato, *Pablo Iglesias, educador de muchedumbres,* Barcelona, 1968, págs. 144-145; Benito Madariaga, *Pérez Galdós. Bibliografía santanderina,* Santander, 1979, pág. 272.

[17] Hans Hinterhäuser, *Los Episodios Nacionales de Benito Pérez Galdós,* Madrid, 1963, pág. 222. Cosa que, por lo demás, había dicho el propio Galdós: «Creo que la literatura debe ser enseñanza, ejemplo [...]. Mis *Episodios Nacionales* indican un prurito histórico de enseñanza» (en Luis Antón del Olmet y Arturo García Carraffa, *Los grandes españoles. Galdós,* Madrid, 1912, pág. 91).

[18] *Azorín,* «Galdós», en *Rogers,* pág. 84.

[19] *Clarín,* «Benito Pérez Galdós», en *Rogers,* pág. 36.

[20] *La Nación* (9-III-1868), *apud* Hinterhäuser, pág. 289.

Y en un artículo de 1870, «Observaciones sobre la novela contemporánea en España [...]», el joven Galdós, el Galdós de *La Fontana de Oro* (1867-1868) y de *La sombra* (1870), el de la inmediata *El audaz* (1871), en busca de su propia identidad noveladora, comenta, entre otras cosas:

> Somos poco observadores y carecemos por lo tanto de la principal virtud para la creación de la novela moderna [...] La novela moderna de costumbres ha de ser la expresión de cuanto bueno y malo existe en el fondo de esa clase [media], de la incesante agitación que la elabora, de ese empeño que manifiesta por encontrar ciertos ideales y resolver ciertos problemas que preocupan a todos[21].

Para José F. Montesinos, se trata —y ello es indudable— de

> simplemente, el plan de la moderna novela española, aún nonnata; más concretamente, el programa a que se atendrá Galdós mismo desde que inicia los *Episodios*[22].

En otros textos posteriores hace ya Galdós comentarios directos sobre los *Episodios Nacionales*. Así en el prólogo a la edición ilustrada de los mismos (I, Madrid, 1882), y sobre todo en el epílogo (X, Madrid, 1885). De lo que ahí Galdós dice conviene destacar algún detalle bien específico; para empezar, una afirmación que no deja de ser sorprendente: «de no existir en la literatura

---

[21] *Revista de España*, XV, 57 (1870); *apud* José F. Montesinos, *Galdós*, I, 2.ª ed., Madrid, 1980, págs. 28 y 32. El texto completo del artículo de Galdós puede verse modernamente en J. Pérez Vidal, ed. de *Madrid*, de Galdós, Madrid, 1957, págs. 223-249, y en Laureano Bonet, *Galdós. Ensayos de crítica literaria*, Barcelona, 1972, páginas 15-132. Cfr. también Jacques Beyrie, *Galdós et son mythe*, I, Lile-París, 1980, págs. 297-303.
[22] José F. Montesinos, «Galdós en busca de la novela», en *Rogers*, pág. 115.

española contemporánea novelas de Historia reciente ha dependido el buen éxito de estos libros» (X, pág. v)[23]. Más adelante veremos cómo estas palabras de Galdós no se ajustan a la realidad. Las dos primeras series de episodios se ocupan de los sucesos ocurridos entre 1805 y 1834, años que para Galdós vienen a ser

> la verdadera paternidad de la civilización presente, o del conjunto de progresos y resabios, de vicios y de cualidades que por tal nombre conocemos (X, pág. ii).

Por otro lado, declara Galdós que en 1873, fecha de *Trafalgar,* se hallaba

> tan indeciso respecto al plan, desarrollo y extensión de mi trabajo, que ni aún había fijado los títulos de las novelas que debían componer la serie anunciada y pro- metida con más entusiasmo que reflexión. Pero el agra- do con que el público recibió *La corte de Carlos IV* sirvióme como de luz o inspiración, sugiriéndome, con el plan completo de los *Episodios Nacionales,* el enlace de las diez obritas de que se compone y la distribución graduada de los asuntos, de modo que resultase toda la unidad posible en la extremada variedad que esta clase de narraciones exige[24].

Y dice en una carta a *Clarín:* «El año 1873 escribí *Trafalgar* sin tener aún el plan completo de la obra; después fue saliendo lo demás. Las novelas se sucedie- ron de una manera... *inconsciente*»[25]. Poco de lo cual, dicho sea de paso y como ha notado Hans Hinterhäu-

---

[23] Prólogo y epílogo incluidos en W. T. Shoemaker, *Los prólogos de Galdós*, México, 1962, págs. 52-53 y 54-61.

[24] En un documento de la Casa-Museo de Galdós, con fecha 31-X- 1873, de mano de Galdós, se dice que se habían vendido para tal data 295 ejemplares de *Trafalgar,* 1.278 de *La corte de Carlos IV* y 794 de *El 19 de marzo y el 2 de mayo.* En el mismo documento constan lo que parecen ser las tiradas de los tres episodios citados; respectivamente: 1.000, 3.000, 4.000. Cfr. Beyre, *op. cit.,* II, págs. 168-169.

[25] Cfr. *Clarín, Obras,* I, Madrid, 1913, pág. 27.

ser[26], se compadece con lo que el propio Galdós dice por boca de Gabriel Araceli, protagonista de la primera serie, quien al final del capítulo inicial de *Trafalgar*, exclama:

> Muchas cosas voy a contar. ¡Trafalgar, Bailén, Madrid, Zaragoza, Gerona, Arapiles!... De todo esto diré alguna cosa si no os falta la paciencia.

Téngase en cuenta, además, que en el manuscrito original de *Trafalgar* el plan galdosiano era todavía más amplio, pues incluía (y por este orden) Trafalgar, Bailén, San Marcial, Talavera, Zaragoza, Arapiles, Gerona, si bien desaparecía Madrid[27].

Por otro lado, si recordamos lo dicho por Galdós en 1870 acerca de la necesidad de que el novelista sea un atento observador de la realidad, veremos de qué modo ha seguido su propio consejo, siempre según sus declaraciones:

> pedir datos a los olvidados anales de las costumbres y aun de los trajes [...] pedir también auxilio a la literatura anecdótica y personal, como memorias y colecciones epistolares [...]. La prensa periódica ha podido, en algún caso, prestar servicios al novelista, aunque en las épocas de régimen autoritario es difícil hallar en los papeles públicos un reflejo, ni aun siquiera pálido, de la vida común [...]. El *Diario de Avisos* [...] ha sido para mí de grande utilidad, por los infinitos datos de la vida ordinaria que atesora en sus anuncios [...], una mina inagotable para sacar noticias del vestir, del comer, de las pequeñas industrias, de las grandes tonterías, de los

---

[26] Hinterhäuser, pág. 25; Montesinos, *Galdós*, pág. 84. Cfr. en concreto W. T. Pattison, «The Prehistory of the *Episodios Nacionales*», *Hispania,* LIII (1970), págs. 857-863, y Rafael de Mesa, «La génesis de los *Episodios Nacionales*», *Revista de Libros,* III (1919), págs. 33-46.
[27] La primera cita, según la presente edición; la segunda referencia, según el manuscrito de *Trafalgar:* Biblioteca Nacional de Madrid, núm. 21.745, págs. 11/3-11/4.

placeres y diversiones [...]. Todo lo que en esta obra es colorido, acento de época y dejo nacional, procede casi exclusivamente de los anuncios del *Diario de Avisos* (X, págs. iii-iv; cfr. también pág. v, sobre tipos humanos, semblantes y aspectos físicos).

Destaquemos, en fin, de este importante comentario de Galdós sobre sus *Episodios Nacionales,* lo que el novelista dice acerca del propósito general de los mismos, una idea repetida, como se sabe, en Galdós:

Presentar en forma agradable los principales hechos militares y políticos del periodo más dramático del siglo, con objeto de recrear (y enseñar también, aunque no gran cosa) a los aficionados a esta clase de lecturas (X, pág. iii).

En 1910, en unas declaraciones al *Bachiller Corchuelo,* explica Galdós que está trabajando en *Amadeo I,* y dice en frase absolutamente reveladora para comprender sus métodos:

Ahora estoy preparando el cañamazo, es decir, el tinglado histórico... Una vez abocetado el fondo histórico y político de la novela, inventaré la intriga[28].

De este modo se funden en los *Episodios* Historia y ficción, de lo cual volveré a tratar algo más adelante en algún detalle. En 1916 insiste Galdós en ciertos aspectos de los *Episodios,* coincidiendo en parte con cosas ya dichas previamente y revelando al mismo tiempo un

---

[28] *Bachiller Corchuelo,* «Benito Pérez Galdós. Confesiones de su vida y de su obra», *Por esos mundos* (julio, 1910); *apud* Hinterhäuser, pág. 223. La tarea, con todo, no era sencilla, pues declara Galdós en otro lugar: «No puede usted figurarse lo difícil y desesperante que es para el escritor colocar forzosamente dentro del asunto novelesco la ringla de fechas y los sucedidos históricos de un episodio» (en José María Carretero, «Don Benito Pérez Galdós», *Por esos mundos* (abril 1905); *apud* Montesinos, Galdós, pág. 82).

interesante detalle sobre el título de aquéllos: a mediados de 1872:

> Me encuentro que, sin saber por qué sí ni por qué no, preparaba una serie de novelas históricas, breves y amenas. Hablaba yo de esto con mi amigo Albareda, y como le indicase que no sabía qué título poner a esta serie de obritas, José Luis me dijo: «Bautice usted esas obritas con el nombre de *Episodios Nacionales*». Y cuando me preguntó en qué época pensaba iniciar la serie, brotó de mis labios, como una obsesión del pensamiento, la palabra Trafalgar [29].

De nuevo aquí parece discutible ese «sin saber por qué sí ni por qué no», esa ausencia de plan ya antes manifestada, y no sólo por las razones ya alegadas, no sólo tampoco porque todo lector de los *Episodios Nacionales* comprende que esa extraordinaria construcción histórico-novelesca no ha podido ser erigida sin más ni más, sino también porque según afirma Galdós en otro momento,

> Para mí el estilo empieza en el plan... En general, los arrepentimientos que tengo no son por errores de estilo, sino por precipitaciones de plan [30].

En 1969, en una curiosa arremetida contra la crítica en general y la galdosiana en particular, Ramón Solís, tras manifestar su personal desacuerdo con la tarea de hallar antecedentes a los *Episodios Nacionales*, escribía que

> Es ya un afán malsano, en los críticos, el de buscar influencias extrañas. Los *Episodios Nacionales* están saturados de la propia personalidad del autor, de su gran talento de novelista, de su profundo sentido patriótico [31].

---

[29] *Memorias de un desmemoriado*, *OC*, VI, 5.ª ed., Madrid, 1968, pág. 1.676.
[30] Luis Bello, «Aniversario de Galdós: Diálogo antiguo», *El Sol* (4-I-1928).
[31] Ramón Solís, prólogo a su ed. de *Trafalgar*, Madrid, 1969, pág. 11.

Es cierto que algunos estudiosos que han buscado fuentes librescas de inspiración histórica en Galdós han caído en un frío positivismo[32], útil, en todo caso, para llegar después a conclusiones interpretativas. En cualquier caso, Galdós utilizó sistemáticamente obras de Historia española bien conocidas. Entre ellas destacan: Pascual Madoz, *Diccionario geográfico-estadístico-histórico de España y sus posesiones de Ultramar*, 16 vols., Madrid, 1845-1850; Ramón Mesonero Romanos, *El antiguo Madrid. Paseos histórico-anecdóticos por las calles y casas de esta villa*, Madrid, 1861; Modesto Lafuente, *Historia general de España*, vols. XV-XXV, Barcelona, 1888-1890. Esto por lo que se refiere a obras de conjunto; para cada serie de los *Episodios,* Galdós utilizaba también obras más especializadas. Así, para la primera, la *Historia del levantamiento, guerra y revolución de España*, 5 vols., Madrid, 1835-1837, del conde de Toreno; para la segunda, la *Historia de la vida y reinado de Fernando VII de España,* 3 vols., Madrid, 1842, atribuida a Estanislao de Kostka y Bayo; para la tercera, la *Historia de la guerra civil de los partidos liberal y carlista,* de Antonio Pirala (3 vols. en la edición de Madrid, 1853; 6 vols. en la de Madrid, 1868-1870)... Utilizaba asimismo Galdós trabajos monográficos para muchos de los episodios concretos; basten como ejemplo *Combate de Trafalgar. Vindicación de la Armada Española*, Madrid, 1850, de Manuel Marliani, para *Trafalgar;* la *Historia de los dos sitios que pusieron a Zaragoza en los años 1808 y 1809 las tropas de Napoleón*, Madrid, 1830, de Agustín Alcaide Ibieca, para *Zara-*

---

[32] Así Carlos Vázquez Arjona, «Cotejo histórico de cinco *Episodios Nacionales* de Benito Pérez Galdós», *Revue Hispanique*, LXVIII (1926), págs. 321-551; «Un *episodio nacional* de Benito Pérez Galdós. *El 19 de marzo y el 2 de mayo.* Cotejo histórico», *Bulletin Hispanique,* XXXIII (1931), págs. 116-139; «Introducción al estudio de la primera serie de los *Episodios Nacionales* de Pérez Galdós», *Publications of the Modern Languages Association*, XLVIII (1933), págs. 895-907. Cfr. los comentarios de Hinterhäuser, págs. 18-19, y Regalado, págs. 45-46.

goza; Cádiz en la guerra de la Independencia, Madrid, 1862, de Adolfo de Castro, para *Cádiz,* etc.[33]

Galdós construye con materiales históricos sus *Episodios Nacionales,* pero no copiando meramente datos y situaciones —como el positivismo trasnochado pensaba, en lo que quería ser un elogio—, sino que

> demuestra una hábil destreza para ir entresacando de los productos más masivos y pesados de la musa histórica [...] lo verdaderamente interesante y capaz de ser revivido literariamente[34].

También utilizó Galdós lo que pueden llamarse las fuentes orales, esto es, lo que le contaban quienes habían participado en algún acontecimiento histórico o presenciándolo o bien conocido directamente a algún personaje. En este sentido es de capital importancia la relación de Galdós con Ramón Mesonero Romanos, iniciada en 1867. Era Mesonero Romanos un extraordinario conocedor de tipos, episodios, anécdotas y curiosidades del siglo XIX español[35]. Pero Galdós se aprovechó también de recuerdos de gentes casi anónimas, como aquel viejo marinero que estuvo en Trafalgar, del que se hablará más adelante.

Complemento de todo lo anterior es la documentación de tipo geográfico y topográfico que Galdós utilizó, además de observaciones personales y viajes[36]. Al llegar aquí es preciso mencionar la actitud de Pío Baroja, otro

---

[33] Cfr. para todo esto Hinterhäuser, págs. 56-57, 59; Regalado, pág. 46; Pedro Rojas Ferrer, *Valoración histórica de los Episodios Nacionales de Benito Pérez Galdós,* Cartagena, 1965; W. H. Dennis, *Pérez Galdós. A Study in Characterization. Episodios Nacionales: First Series,* Madrid, 1968.

[34] Hinterhäuser, pág. 59.

[35] Cfr. Hinterhäuser, págs. 66-71. Mucho de lo que se dice aquí procede del epistolario *Cartas de Pérez Galdós a Mesonero Romanos,* Madrid, 1943, ed. de E. Varela Hervías. Cfr. también Montesinos, *Galdós,* págs. 79-80.

[36] Cfr. Hinterhäuser, págs. 88-91.

gran novelador del siglo XIX español. Dejemos aparte las malévolas alusiones, reticencias y anécdotas con que Baroja demuestra su fobia —una entre muchas— contra Galdós[37]. Más de un crítico ha visto coincidencias entre ambos autores; más de uno afirma también que el vasco utilizó los *Episodios* y otras novelas históricas de Galdós[38]. En sus *Divagaciones apasionadas* rechaza Baroja tales afirmaciones:

> No hay tal cosa. Yo, aunque conocí a Pérez Galdós, no tuve gran entusiasmo ni por el escritor ni por la persona [...]. Yo no fui lector asiduo de Galdós. Su manera literaria no me entusiasmaba ni me produjo deseo de imitarla[39].

Baroja va más lejos, y niega a Galdós el pan y la sal:

> En España se habla de Pérez Galdós como si hubiera hecho una innovación al escribir la novela histórica contemporánea. No hay tal innovación [...][40].

Y ello es porque, dice Baroja, antes que Galdós hubo novela histórica española «a la manera de Walter Scott», lo cual, sin duda, es cierto en sentido cronológico, aunque Galdós hace *otra cosa,* como veremos. Insiste Baroja en otro lugar en que sus propias novelizaciones históricas no pueden compararse en modo alguno con los *Episodios Nacionales,* pues

> como investigador, Galdós ha hecho poco o nada; ha tomado la Historia hecha en los libros; en este sentido,

---

[37] Cfr. *Memorias. Desde la última vuelta del camino, Obras Completas*, VII, Madrid, 1949, págs. 742-745. Para Montesinos *(Galdós,* pág. 81), la actitud de Baroja se debía a que José María Salaverría había elogiado a Galdós y no a él.
[38] Cfr. entre los críticos modernos, y como ejemplo, Regalado, pág. 534.
[39] En *OC*, V, Madrid, 1948, pág. 498.
[40] *Ibíd.*

yo he trabajado algo más: he buscado en los archivos y he recorrido los lugares de acción de mis novelas, intentando reconstruir lo pasado[41].

Dice asimismo Baroja que Galdós en ocasiones historia de modo conscientemente incompleto, como en el caso de la muerte de Prim en *España trágica,* en que calla la identidad de los asesinos[42]. Baroja no oculta su enemiga contra los *Episodios Nacionales* y su autor; en este sentido, lo que dice acerca de cómo se documentó Galdós para en *De Oñate a La Granja* presentar la topografía y el ambiente de la villa de La Guardia (Álava) es revelador:

> En seguida vi que el recuerdo que me había dado el ambiente de la novela, completamente vulgar, no se armonizaba con la impresión de esta pequeña ciudad antigua, amurallada, muy característica y con dos iglesias góticas [...]. Al juez y al médico del pueblo les dije: «Entérense ustedes si Galdós estuvo aquí cuando escribió su novela.» Al cabo de poco tiempo me dijeron: «No; no estuvo. Nos hemos enterado. Le escribió al secretario del Ayuntamiento, que fue quien le dio los datos»[43].

La arbitrariedad general de Baroja queda patente para todo mediano conocedor de la obra y de los métodos de Galdós. Así, es sabido que cuando el primero de los citados escribe *La Isabelina* —parte de sus *Memorias*—, tiene muy en cuenta, entre otros textos previos, el episodio *Un faccioso más y algunos frailes menos* para lo referente a los motines anticlericales de Madrid en 1834[44]. Mas el propio Baroja revela, sin duda sin

---

[41] *Memorias, OC,* VII, pág. 1.074.
[42] *Los carbonarios, OC,* V, pág. 1.150.
[43] *OC,* VII, pág. 467.
[44] Cfr. Rodríguez Puértolas, «La degollina de frailes en el Madrid de 1834. Tres puntos de vista: Ayguals de Izco, Galdós, Baroja», en *Galdós: Burguesía y Revolución,* págs. 177-202.

proponérselo, la diferente actitud suya y de Galdós a la hora de utilizar la documentación necesaria para una novela histórica. Incluye Baroja como apéndice a *Aviraneta o la vida de un conspirador*[45] un artículo publicado en México por Luis de Larroder, sobrino de Aviraneta. En dicho artículo se dice que el ubicuo personaje vasco redactó «ocho cuadernos» sobre la historia secreta del Convenio de Vergara, bien conocida por el conspirador:

> Y ahí tienen ustedes a Pérez Galdós para sus inmortales *Episodios Nacionales,* a Pirala para su *Historia de la guerra carlista* [*sic*], al mismo general Espartero por segundas manos, ofreciendo dádivas para poseer semejante escrito... El mismo Pío Baroja quiso hacerse con ellos no hace muchos años[46].

Ni Galdós ni Baroja consiguieron esos documentos. El primero se limita, como consecuencia, a mencionar sin más la participación de Aviraneta en los pasos previos al armisticio que puso fin a la guerra civil (cfr. *Vergara*). Baroja, por el contrario, noveliza la vida de Aviraneta con morosidad y detallismo, no dudando en inventar lo que no conoce documentalmente sobre las actividades del intrigante personaje para llegar al Convenio de Vergara[47].

Debemos ocuparnos ahora de las posibles fuentes literarias que Galdós pudo tener en cuenta para sus *Episodios Nacionales,* por lo que se refiere en concreto a la novela histórica. Sabido es que tal género —o subgénero— narrativo coincide en buena medida con la apa-

---

[45] En *OC*, IV, Madrid, 1947, págs. 1.179-1.336.

[46] *Ibid.*, págs. 1.334-1.335.

[47] Cfr. Rodríguez Puértolas, *op. cit.*, págs. 193-194. Para las relaciones Baroja-Galdós, cfr. José Antonio Maravall, «Historia y Novela», en *Pío Baroja y su mundo*, I, Madrid, 1962; Francisco J. Flores Arroyuelo, *Pío Baroja y la Historia*, Madrid, 1971. Y de modo especial, Julio Caro Baroja, «Confrontación literaria o las relaciones de dos novelistas: Galdós y Baroja», *Cuadernos Hispano Americanos*, 265-257 (1972), págs. 160-168.

rición y desarrollo del Romanticismo, y que dentro de tal movimiento corresponde a Walter Scott el modelo inicial, desde 1814, fecha de su novela *Waverley*. Podrá discutirse si cuando Galdós comienza su carrera literaria Scott estaba todavía vigente[48], pero como señala Antonio Regalado, «el realismo que existía en la novela de Scott fue la savia que vivificó la del periodo realista»[49]. Un Scott que, por lo que se sabe, Galdós conocía bien. Para Regalado, en efecto, el héroe del narrador británico

> No era un superhombre, sino un recurso de contacto entre grupos antagónicos, una especie de péndulo oscilante entre los extremos en busca de un punto medio de reposo, de una zona neutral, donde el novelista pudiera relacionar los sectores opuestos. Gabriel Araceli, cuyo parecido a los héroes de Scott es extraordinario, tiene esa función en la primera serie[50].

Entre los novelistas histórico-realistas europeos, es Balzac el más leído y admirado por Galdós, desde la temprana fecha de 1867, en que le descubre durante su primer viaje a París y adquiere un ejemplar de *Eugenia Grandet*. Y como declara nuestro autor,

> *Estaba escrito* que yo completase, rondando los *quais*, mi colección de Balzac —*Librairie Nouvelle*—, y que me la echase al coleto obra tras obra, hasta llegar al completo dominio de la inmensa labor que Balzac encerró dentro del título de *La comedia humana*[51].

Recordemos que, como se ha dicho, las primeras novelas respectivas de Balzac y de Galdós son novelas

---

[48] Según la condesa de Pardo Bazán, el «reloj no señalaba ya la hora de *Ivanhoe*»; *apud* Regalado, pág. 135.
[49] *Op. cit., loc. cit.*
[50] *Ibíd.*, pág. 146.
[51] *Memorias de un desmemoriado, OC*, VI, pág. 1.673.

históricas: *Les chouans, La Fontana de Oro;* «por la "novela histórica" entraron ambos en la "novela social"»[52].

Algo distinto es el caso de la posible influencia en los *Episodios Nacionales* de los franceses Erckmann-Chatrian. Ya en 1876 dos críticos, uno en Francia y otro en Chile, propugnaban tal influencia[53], y desde entonces suele mantenerse que los *Romans Nationaux* de Erckmann-Chatrian son componente básico de los *Episodios Nacionales;* baste citar dos casos muy separados en el tiempo: *Andrenio* y Jaime Torres Bodet[54]. Por otro lado, José Alcalá Galiano, en una reseña de *La Fontana de Oro,* afirmaba:

> nosotros aconsejaríamos a nuestros novelistas que, a imitación de Erckmann-Chatrian, creasen la *novela nacional,* explotando el riquísimo periodo de lo que va de siglo, tan épico y dramático, con los heroísmos de la guerra contra Napoleón, y tan agitado con nuestro advenimiento a la vida constitucional[55].

Alcalá Galiano —futuro gran amigo de Galdós— parece así explicar *avant-la-lettre* lo que van a ser precisamente los *Episodios Nacionales.* Y sugiere incluso el modelo francés para los mismos, un modelo que por aquellos años era traducido y leído en España, pero cuya influencia en Galdós ha sido puesta en duda e incluso negada modernamente. Así, para Hinterhäuser

---

[52] Carlos Ollero, «Galdós y Balzac», en *Rogers*, pág. 185. Cfr. Francisco C. Lacosta, «Galdós y Balzac», *Cuadernos Hispano-Americanos*, 224-225 (1968), págs. 345-374.

[53] Respectivamente, L. Louis-Lande, «Le roman patriotique en Espagne», *Revue des Deux Mondes*, XIV (1876), págs. 934-935; Diego Barros Araña, reseña de la primera serie de *Episodios Nacionales, Revista Chilena*, IV (1876), págs. 307-308.

[54] *Andrenio*, págs. 14-15; Jaime Torres Bodet, *Tres inventores de realidad: Stendhal, Dostoevsky, Galdós*, México, 1956, págs. 230-231.

[55] «*La Fontana de Oro*, de Benito Pérez Galdós», *Revista de España*, XX (1871), pág. 152.

sólo podemos pensar que exista una base común muy reducida que no comprende más que una (independiente) concordancia en la inspiración, reminiscencias en el modo de presentar la figura de Napoleón [...], una coincidencia en el carácter memorialista de la ficción [...] y, finalmente, el título[56].

Lo cierto es que incluso el título de *Episodios Nacionales,* equivalente sin duda al de *Romans Nationaux,* tiene antecedentes hispanos. Así los *Ecos Nacionales* del poeta Ventura Ruiz Aguilera (Alicante, 1849; última edición, 1873), elogiados por Galdós[57], y las *Leyendas Nacionales* de Manuel Fernández y González, publicadas a partir de 1870.

Por otro lado, la curiosa afirmación galdosiana antes citada, según la cual no había novela histórica contemporánea española antes de sus *Episodios,* es por lo menos sorprendente. La inexactitud de tal afirmación ha sido apropiadamente comentada y matizada por la crítica, con alguna excepción[58]. Pues como dice por ejemplo Juan Ignacio Ferreras,

Pérez Galdós [...] elevó a su mayor altura al *episodio nacional,* pero antes de Pérez Galdós y preparándole el camino (no influenciándole) y creándole el tipo novelesco o la forma narrativa que llamamos episodio nacional, escribieron sus obras hasta dos docenas de humildísimos y sin duda mediocres novelistas[59].

[56] Hinterhäuser, pág. 46. Cfr. también Regalado, págs. 28-29 y 177; Montesinos, *Galdós*, págs. 83-84.
[57] Cfr. Hinterhäuser, págs. 46-47. Las *Historietas Nacionales* de Pedro Antonio de Alarcón y los *Cuentos Nacionales* de Ángel R. Chaves, son posteriores a los *Episodios* de Galdós.
[58] Así Eleazar Huerta, «Galdós y la novela histórica», *Atenea,* LXXII, 215 (1943), págs. 99-107. Frente a ello, las opiniones de Hinterhäuser, pág. 38, y de Regalado, pág. 178.
[59] *Los orígenes de la novela decimonónica, 1800-1830,* Madrid, 1973, pág. 311. Cfr., del mismo Ferreras, *Introducción a una sociología de la novela española del siglo XIX,* Madrid, 1973.

Distingamos antes de nada y siguiendo a Ferreras, entre *novela histórica* y *novela histórica nacional:* «la historicidad, en este caso, se convierte en contemporaneidad»[60], como ocurre con los *Episodios Nacionales.* Anoto a continuación una lista de *novelas históricas nacionales* anteriores a los *Episodios* de Galdós, que no es en modo alguno un catálogo de las mismas ni tampoco un intento de mostrar la posible dependencia de los *Episodios* con respecto a aquéllas. Se trata, simplemente, de una muestra de obras cuya temática coincide con algún aspecto de los *Episodios Nacionales:*

Francisco Brotóns, *Rafael de Riego o la España libre,* Cádiz, 1822.

Francisco Brotóns o Lino Pisado Franco de Yagüe[61], *Las ruinas de Santa Engracia o el sitio de Zaragoza,* Valencia, 1831-1832.

Anónimo, *Teodora, heroína de Aragón, historia de la guerra de la Independencia,* Valencia, 1832.

Ramón López Soler, *Jaime el Barbudo, o sea, la sierra de Crevillente,* Barcelona, 1832. Guerra de la Independencia y sublevación realista de 1820-1823.

Casilda Cañas de Cervantes, *La española misteriosa y el ilustre aventurero, o sea, Orval y Nonui,* Madrid, 1833. Guerra de la Independencia.

Pascual Pérez y Rodríguez, *La amnistía cristina o el solitario de los Pirineos, novela histórica del año 1832,* Valencia, 1833.

R. Húmar y Salamanca, *Los amigos enemigos o guerras civiles,* Madrid, 1834.

R., *Vida y aventuras de un faccioso,* Madrid, 1834.

Eugenio de Tapia, *Los cortesanos y la revolución,* Madrid, 1838. Sobre Fernando VII.

Manuel Diéguez, *Eduardo o la guerra civil en las provincias de Aragón y Valencia,* Valencia, 1840.

---

[60] *Orígenes,* pág. 300.
[61] Ferreras, *op. cit.,* pág. 302, sugiere la autoría de Brotóns; Hinterhäuser, pág. 36, afirma la de Pisado.

Wenceslao Ayguals de Izco, *El tigre del Maestrazgo, o sea de grumete a general*, Madrid, 1845. Sobre el carlista Cabrera.

Juan de Ariza, *El dos de mayo*, Madrid, 1845.

Ildefonso A. Bermejo, *Espartero, novela histórica*, Madrid, 1845-1846; *Martín Zurbano o memorias de un guerrillero*, Madrid, 1846.

Patricio de la Escosura, *El patriarca del valle*, Madrid, 1845-1846. Sobre el reinado de Fernando VII y la guerra carlista.

J. M. Riero Comas, *Misterios de las sectas secretas o el francmasón proscrito*, Valencia, 1847-1851.

Fernando Patxot, *Las ruinas de mi convento*, Barcelona, 1851. Sobre los motines anticlericales de 1834.

A. de Letamendi, *Josefina Comerford o el fanatismo*, Madrid, 1849.

F. J. Orellana, *El conde de España o la Inquisición militar*, Barcelona, 1856.

Juan Martínez Villergas, *Paralelo entre la vida del militar Espartero y la de Narváez*, Madrid, 1857.

Ceferino Treserra, *Misterios del Saladero*, Madrid, 1860[62].

Un caso muy especial es el ofrecido por la novela *Fernando el Deseado. Memorias de un liberal,* Barcelona, 1859, de Diego López Montenegro y Víctor Balaguer, novela por entregas cuyas coincidencias con los once primeros volúmenes de los *Episodios Nacionales* son, en verdad, extraordinarias, tanto en la secuencia de acontecimientos históricos —desde Trafalgar hasta la batalla de Vitoria, la última de la guerra de la Independencia—,

---

[62] Algunas novelas publicadas por los exiliados liberales en inglés podrían añadirse a esta lista: José María Blanco-White, *Vargas. A Tale of Spain,* Londres, 1822; Valentín Llanos y Gutiérrez, *Don Esteban, or Memoirs of A Spaniard,* Londres, 1825, y *Sandoval, or the Freemason,* Nueva York, 1826; Telesforo Trueba y Cossío, *Salvador, the Guerrilla,* Londres, 1834.

como en los personajes y sus actuaciones, además de en otros aspectos[63].

La mención de la novela por entregas lleva a tratar de otra importante faceta de las fuentes literarias de buena parte de los *Episodios Nacionales* y de las primeras novelas sueltas de Galdós: el folletín. Más genéricamente llamado *novela popular,* dominaba los gustos de los años en que Galdós iba a comenzar su carrera de novelista[64]. La influencia del género permea la obra de los escritores más «serios» de la época, y como escribe Montesinos,

> cuando la novela española empiece a manifestarse, la preocupación de lo folletinesco será sensible en ella, aún allí donde los autores ironizan, considerando ya el folletín algo enteramente ajeno al arte[65].

Y en efecto, más allá de esas ironías, presentes una y otra vez en Galdós, lo cierto es que él mismo, en su ya citado artículo sobre la novela contemporánea (1870), declara:

---

[63] Cfr. Narciso Alonso Cortés, «Precursores de Galdós», en *Quevedo en el teatro y otras cosas*, Valladolid, 1930, y también Hinterhäuser, págs. 37-38. Véase, sobre todo lo relativo a la novela histórica del siglo XIX: A. Balbín de Unquera, «Novelas y novelistas históricos en España», *Revista Contemporánea*, cxxxi (1905), págs. 385-407; Huerta, art. cit.; Hinterhäuser, págs. 36-37; W. Zellers, *La novela histórica en España*, Nueva York, 1938; Amado Alonso, *Ensayo sobre la novela histórica. El modernismo en «La gloria de don Ramiro»*, Buenos Aires, 1942; Reginald F. Brown, *La novela española, 1700-1850*, Madrid, 1953; Iris M. Zavala, *Ideología y política en la novela del siglo XIX*, Salamanca, 1971; Ferreras, *Orígenes*, págs. 289-304, así como *El triunfo del liberalismo y de la novela histórica, 1830-1870*, Madrid, 1977; *Catálogo de novelas y novelistas españoles del siglo XIX*, Madrid, 1979.
[64] Francisco Ynduráin, *Galdós, entre la novela y el folletín*, Madrid, 1970, pág. 56. Cfr. también Ricardo Gullón, «*Episodios Nacionales:* Problemas de estructura. El Folletín como pauta estructural», *Letras de Deusto*, 8 (1974), págs. 33-59.
[65] *Introducción a una historia de la novela en España en el siglo XIX*, Valencia, 1955, pág. 118.

como excelente medio de propagación, la entrega ha podido difundir lo malo; pero, en igualdad de condiciones, puede extender lo bueno y darle una extraordinaria circulación con la rapidez y la ubicuidad del periódico[66].

En cualquier caso, la fórmula folletinesca la utiliza Galdós con notable éxito en los once primeros episodios de manera sistemática, y de modo ocasional en otros episodios posteriores. Comienza Galdós por adoptar la conocida técnica del *suspense* folletinesco[67], y continúa utilizando situaciones típicas: amores contrariados y perseguidos, aventuras, misterios, duelos, anagnórisis, final feliz...[68].

Para terminar lo relativo a las posibles fuentes histórico-literarias de los *Episodios Nacionales* y en conjunto del Galdós que va de 1867 a 1874, conviene recordar el extenso pero útil resumen de Casalduero:

> Taine da a Galdós las ideas históricas para poder aprehender la realidad social, Balzac le hace ver la sociedad no ya como un cuadro de costumbres, sino como un organismo vivo, el verdadero héroe de la Historia, y Dickens le prepara para transformar el sentimentalismo individualista en un sentimentalismo so-

---

[66] Art. cit. en nota 21.

[67] Cfr. suficientes y convincentes pruebas de ello en Hinterhäuser, págs. 345-346.

[68] *Ibíd.*, págs. 339-345; también Beyrie, II, pág. 203. Cfr. sobre todo esto, además de lo citado: Montesinos, *Galdós*, I; Joaquín Marco, «Sobre los orígenes de la novela folletinesca en España», en *Ejercicios literarios*, Barcelona, 1969, págs. 73-96; Zavala, «Socialismo y literatura: Ayguals de Izco y la novela española», *Revista de Occidente*, 80 (1969), págs. 167-188, y «*El triunfo del canónigo:* teoría y novela en la España del siglo XIX», en *El texto en la Historia*, Madrid, 1981, págs. 11-58; Ferreras, *La novela por entregas, 1840-1900*, Madrid, 1972; Leonardo Romero Tobar, *La novela popular española del siglo XIX*, Barcelona, 1976; C. Blanco Aguinaga, J. Rodríguez Puértolas e I. M. Zavala, *Historia Social de la Literatura Española*, II, 2.ª ed., Madrid, 1981, págs. 115-122; Alicia G. Andreu, *Galdós y la literatura popular*, Madrid, 1982.

cial. Además de estas tres grandes figuras del siglo XIX, hay que tener en cuenta a Cervantes. El *Quijote* [...] proporciona a Galdós los medios para contemplar la realidad española y para crear el perfil grotesco de gran número de personajes. Hay que añadir a Víctor Hugo para cierta concepción del mundo novelesco de su primera época [...][69].

A todo ello hay que añadir, claro está, lo que se ha ido viendo a lo largo de las páginas anteriores.

Después de todo lo cual ya es posible tratar del fundamental tema de las relaciones entre Historia y Novela, puesto que los *Episodios Nacionales* son, precisamente, novelas históricas contemporáneas. Mas conviene, primero, ocuparse de qué cosa es, precisamente, ese producto literario llamado *episodio nacional*, que empieza por ser *novela* y continúa siendo *novela histórica* (contemporánea). Dice Alfred Rodríguez:

> A piece of prose fiction may be defined as a historical novel if its elaboration suggests a primary goal of reconstructing history. The *Episodios Nacionales* undoubtedly conform to this definition, but their subsequent classification as historical novels is of little practical value, since the criterion employed accommodates such vastly different novels as *Ivanhoe, Salammbô, Nôtre Dame de Paris,* and *War and Peace*[70].

Y continúa con lo que considera típico de los *Episodios Nacionales,* que son novelas históricas de ciertas características:

> Galdós' exclusive use of recent History, his specifically historical reconstruction of History, the national basis of his historical view, and his perception of History as social evolution[71].

---

[69] Casalduero, *Vida y obra de Galdós*, 3.ª ed. Madrid, 1970, pág. 182.
[70] Alfred Rodríguez, *An Introduction to the Episodios Nacionales of Galdós*, Nueva York, 1967, pág. 12.
[71] *Ibíd.*, pág. 13.

33

Por su parte, Madeleine de Gogorza Fletcher señala que todo episodio nacional —galdosiano o no—, es decir, toda novela histórica contemporánea, se enmarca en uno de dos posibles tipos:

> 1) the novel of a recent period prior to the writer's experience, and 2) the novel of historical events contemporary with the writer's own lifetime[72].

Añadamos que no es posible olvidar que los episodios se llaman justamente *nacionales,* esto es, que implican el concepto de *nación* y *patria,* al modo de como tal concepto es descubierto por Gabriel Araceli, protagonista de la primera serie galdosiana, en *Trafalgar.* De esto se hablará más adelante.

Cierto es que algún crítico ha dicho que los *Episodios Nacionales* son simples «relatos artísticos», nunca novelas, o que algún otro pensaba que se trataban de una «especie de historia poética»[73]. Cierto es también que Pedro Laín Entralgo, en una muestra de evidente incomprensión, sin duda partidista por la fecha en que lo dice, afirmaba:

> Los *Episodios Nacionales* son una serie de cuadros de Historia atravesados por el hilo unitivo de cierta acción novelesca elemental. La técnica de los *Episodios* puede ser reducida a sencillísima receta: tómese la materia histórica contenida en un tomo de la *Historia* de Lafuente, redáctesela con mejor pluma, vístasela de ropaje novelesco —y si el ropaje es una simple hoja de parra

---

[72] *The Spanish Historical Novel, 1870-1970,* Londres, 1973, pág. 1. El estudio de Galdós abarca las págs. 11-50. Cfr. también Rafael Ferreras, «Una estructura galdosiana de la novela histórica», en *Actas del II Congreso Internacional de Estudios Galdosianos,* I, Las Palmas, 1980, págs. 119-127.
[73] Respectivamente, Ángel González Blanco, *Historia de la novela en España desde el romanticismo a nuestros días,* Madrid, 1909, página 384, y *Andrenio,* pág. 18. En el caso de *Trafalgar,* las tres notas a pie de página que Galdós incluye, de tipo histórico, podrían abonar esta opinión.

mejor: un muchacho de origen oscuro que va medrando de aventura en aventura, camino de su *happy end*—; hágase todo esto y se tendrá un tomo de Galdós: *Trafalgar, Zaragoza* o *Napoleón en Chamartín* [74].

Sin duda las cosas no son tan sencillas como algunos creían, ni tan pedestres como pretendía Laín Entralgo. Y ello aunque sólo atendiéramos a lo dicho por un historiador de nuestros días, quien encuentra en los *Episodios Nacionales* tres elementos constitutivos: el esquema de los sucesos políticos; la anécdota novelesca, «insoslayablemente pautada por aquél»; el «cuadro social» en que se enmarca el conjunto [75]. Para Hinterhäuser, en esa interacción de Historia y Novela «el autor tuvo presente la prioridad de lo histórico como principio de composición» [76], o con palabras de Ricardo Gullón, en la misma línea, vemos en los *Episodios Nacionales* «lo histórico como materia integrante de la novela; lo imaginativo como agente transformador de esa materia en sustancia novelesca» [77]. En cualquier caso, es preciso estar críticamente alerta contra una falaz dicotomía entre Historia y Novela, pues lo cierto es que

en los *Episodios* se distinguen muy netamente, debido al impulso inicial, dos planos de acontecimientos, personajes y significaciones; relacionarlos entre sí de modo que el lector olvidara el dualismo y realizara la historicidad de cada existencia (también la suya), debió ser la primera preocupación artística de nuestro novelista [78].

---

[74] «La generación del 98», en *España como problema*, 2.ª ed. Madrid, 1957, pág. 256. El texto citado es de 1947.

[75] Carlos Seco Serrano, «Los *Episodios Nacionales* como fuente histórica», *Cuadernos Hispano-Americanos*, 250-252 (octubre, 1970-enero, 1971), pág. 263.

[76] Hinterhäuser, pág. 229.

[77] «La Historia como materia novelable», en *Rogers,* pág. 403.

[78] Hinterhäuser, pág. 232. Cfr. también Beyrie, II, pág. 176, que habla de «coherencia estética».

Está claro: para Galdós, la novela es la tercera dimensión de la Historia[79], y todavía más si atendemos a la intención con la cual monta el monumental andamiaje de sus *Episodios*. Así lo ha visto un crítico:

> the historical aspect of the *Episodios Nacionales* is not only their historical *content* (described historical events) but also their historical *intent,* which is most visible [...] in predictions and didactic-hortatory messages[80].

Un didactismo que en Galdós se integra perfectamente en el sentido mismo de la marcha de la Historia de España, y no sólo en los *Episodios Nacionales*[81], y que seguramente se intensifica conforme avanzan las varias series, al tiempo que va disminuyendo la presencia directa de los sucesos históricos[82]. Cierto. Pero es preciso apresurarse a añadir que para Galdós —tesis que va reforzando a lo largo de su evolución histórico-social y narrativa— en última instancia, la Historia es más de lo que muchas veces suele considerarse como tal. Galdós, en efecto,

> regarded history as a whole, comprising the widest possible spectrum of human activity, including aspects of everyday life that many professional historians considered beyond their province[83].

---

[79] Casalduero, *op. cit.*, pág. 44.

[80] Gogorza Fletcher, *op. cit.*, pág. 14.

[81] Cfr. sobre esto (la evolución político-social, es decir, histórica de Galdós, correlato de su evolución narrativa) nota 5. Sobre el didactismo político e histórico de Galdós, y además de lo citado antes, cfr. *Andrenio*, pág. 19; *Azorín*, en *Rogers*, pág. 248; Amado Alonso, «Lo español y lo universal en la obra de Galdós», en *Materia y forma en poesía*, 3.ª ed. Madrid, 1965, págs. 201-221.

[82] Cfr. sobre esto Casalduero, *op. cit.*, pág. 44; Regalado, pág. 61; Gullón, «La Historia como...», en *Rogers*, pág. 414.

[83] Douglas Hilt, «Galdós: The Novelist as Historian», *History Today*, XXIX, 5 (1974), pág. 315. Cfr. también Ángel Antón, «Galdós, historiador y novelista», *Die Neuren Sprachen,* X (1962), págs. 455-461; Paul R. Olson, «Galdós and History», *Modern Languages Notes*, LXXXV (1970), págs. 274-279.

Con todo, para Galdós, y sin duda de manera particular en los *Episodios Nacionales,* es el pueblo el motor de la Historia. Como dijera Rafael Altamira ya en 1905, Galdós considera al «sujeto popular como verdadera raíz de la Historia»[84]. Así lo ha dicho Vicente Lloréns más modernamente:

> Galdós tiene a su favor un conocimiento poco común de ese pueblo anónimo cuya vida cotidiana va a incorporar por primera vez a la historia[85].

Pues como escribiera el propio Galdós en el último de sus *Episodios,* «sólo te digo que el pueblo hace las guerras y la paz, la política y la historia, y también hace la poesía»[86]. Es decir, que Galdós «descubre» mucho antes que Unamuno la *intrahistoria.* En *El equipaje del rey José,* primer episodio de la segunda serie (1875), puede leerse:

> ¿Por qué hemos de ver la Historia en los bárbaros fusilazos de algunos millares de hombres que se mueven como máquinas a impulsos de una ambición superior, y no hemos de verla en las ideas y en los sentimientos de ese joven oscuro? ¡Si en la Historia no hubiera más que batallas; si sus únicos actores fueran las personas célebres, cuán pequeña sería![87]

Ante este simple texto —insisto: de 1875—, combinado con una lectura de los *Episodios Nacionales,* no parecen muy correctas ciertas opiniones de Hinterhäuser:

---

[84] «Galdós y la Historia de España», en *Psicología y Literatura,* Barcelona, 1905, pág. 196.
[85] Vicente Lloréns, «Historia y novela en Galdós», *Cuadernos Hispano-Americanos,* 250-252 (octubre,1970-enero,1971), pág. 75. Cfr. también Hinterhäuser, pág. 128, que habla de la «paulatina apoteosis del pueblo como primera fuerza determinante de la Historia». Y Matilde Carranza, *El pueblo a través de los Episodios Nacionales,* San José de Costa Rica, 1942.
[86] *Cánovas, OC,* III, pág. 1.350.
[87] En *OC,* I, pág. 1.005.

ni cuando dice que el concepto de intrahistoria lo toma Galdós del Unamuno de *En torno al casticismo* (1895), ni cuando dice que en la primera serie de los *Episodios Nacionales* predominan las grandes personalidades[88], asunto éste del que se tratará más adelante. En cualquier caso, aquí, como en lo referente a las relaciones generales de Historia y Novela, ya vistas, se halla un auténtico entramado dialéctico, en que «lo anecdótico individual se integra en las líneas de fuerza históricas y sociales»[89], para crear aquello que Casalduero, en frase ya citada, consideraba tercera dimensión de la Historia. Inseparable de esa dialéctica entre Historia y Novela se halla la cuestión del arte —la literatura— como portador de ideología; como se ha dicho, dentro de un texto la ideología llega a ser una estructura dominante, aunque la Historia es el último significante de la literatura, como es también el último significado; así la verdad del texto no sería sino la práctica de su relación con la ideología, y a través de ésta con la Historia: de este modo, el texto ilumina oblicuamente esa relación[90]. Por otro lado, pero en conexión con lo recién dicho, no se explica la novela moderna, como no se explican muchas de las facetas e intencionalidades de todo Galdós y de los *Episodios Nacionales,* si nos olvidamos de considerar la novela como una suerte de nueva épica. Así lo vio ya un crítico tan agudo como *Clarín:*

---

[88] Respectivamente, en *op. cit.,* págs. 111 y 370. Es preciso añadir que en el último Galdós aparece con mayor importancia y claridad aún el tema de la intrahistoria; cfr. Rodríguez Puértolas, *Galdós: Burguesía y Revolución*, págs. 156-159. Sobre la intrahistoria en *Trafalgar,* cfr. más adelante, y Juan Manuel Rozas, *Intrahistoria y Literatura*, Salamanca, 1980, pág. 25: «veintidós años antes de escribirse *En torno al casticismo,* don Benito Pérez Galdós se adelantaba a Unamuno dándonos una visión de la patria y de la historia completamente intrahistórica».

[89] Blanco Aguinaga, Rodríguez Puértolas, Zavala, *Historia Social...,* II, pág. 176.

[90] Son ideas de Terry Eagleton *Criticism and Ideology. A Study in Marxist Literary Theory*, Londres, 1978, págs. 69, 72, 98, 101.

se ha dicho, en general con razón, que la novela es la épica del siglo, y entre las clases varias de novela, ninguna tan épica, tan impersonal como esta narrativa de costumbres que Galdós cultiva[91].

Una nueva épica, la del hombre en el mundo, la del hombre agente y paciente de la Historia, en una relación dialéctica, conviene insitir, que en el caso de Galdós ha permitido sin esfuerzo alguno comentarle, precisamente, a la luz de la teoría de la novela de G. Lukács[92]. Pues como dijera el crítico húngaro con palabras que deben compararse con las de *Clarín,* anteriormente citadas,

> El desarrollo de la novela social hace posible la novela histórica, pero, por otra parte, es la novela histórica la que finalmente lleva la novela social a la altura de una real historia del presente, de una auténtica historia de las costumbres[93].

Por lo demás, dice también Lukács de modo perfectamente aplicable a los *Episodios Nacionales* que

> la expresión amplia y rica del ser de la época no se puede producir sino al hilo de la configuración de la vida cotidiana nacional [...], de los hombres medios, único lugar en que aquel ser se asoma claramente a la superficie[94].

La primera serie de los *Episodios Nacionales,* compuesta por diez narraciones, fue redactada entre enero

---

[91] *Clarín,* art. cit., en *Rogers,* pág. 26.
[92] Cfr. M. de Gogorza Fletcher, «Galdós in the Light of George Lukács», *Anales Galdosianos,* I (1966), págs. 101-105; Rafael Bosch, «Galdós y la teoría de la novela de Lukács», *ibíd.,* II (1967), págs. 169-184.
[93] Lukács, *La novela histórica,* Barcelona, 1976, pág. 183.
[94] *Ibíd.,* pág. 28. Acerca del posible trasfondo hegeliano de las ideas históricas de Galdós, cfr., por ejemplo, Carlos Clavería, «El pensamiento histórico de Galdós», *Revista Nacional de Cultura,* Caracas, 121-122, 1957, págs. 170-177; Hinterhäuser, págs. 117-118; Rodríguez Puértolas, *Galdós: Burguesía y Revolución,* págs. 71-72, 89.

de 1873 y marzo de 1875; históricamente abarca desde el combate naval de Trafalgar (1805) hasta la batalla de los Arapiles (1812), esto es, desde los últimos tiempos de Carlos IV y de su favorito Manuel Godoy hasta cerca del final de la guerra de la Independencia. Se narran aquí tanto los grandes sucesos históricos ocurridos entre las fechas indicadas como la vida de Gabriel Araceli, escrita en primera persona a modo de memorias. Como dice Montesinos,

> son eso justamente: capítulos arrancados a un larguísimo libro de memorias, selección de la que se omiten los trozos menos interesantes, lo que, abriendo entre los volúmenes anchos hiatos, los redondea como novelas independientes[95].

Pero unas «memorias» en que la interacción Historia/Novela e Historia/Individuo las transforma en *épica*, como generalmente suele admitirse[96]. Considera Montesinos «que la historia entra en los *Episodios* con sorprendente parsimonia y que en todos predomina lo novelesco», añadiendo que «lo histórico se reduce a la evocación de ambientes o a hacer que las criaturas de ficción "estén también allí"»[97]. No parece que en *Trafalgar* ni en los episodios sobre los grandes acontecimientos de la guerra de la Independencia las cosas sean exactamente así, más en cualquier caso, lo fundamental es que es asunto que es preciso poner en relación estrecha con el de Historia/Individuo, pues es en este nivel donde se unen Historia y Ficción[98]. Unos individuos,

---

[95] Montesinos, *Galdós*, pág. 86.
[96] Casalduero constituye una excepción (cfr. *op. cit.*, pág. 52), y también Beyrie, II, pág. 184.
[97] Montesinos, *Galdós*, págs. 85 y 109.
[98] Nigel Glendinning, «Psychology and Politics in the First Series of the *Episodios Nacionales*», en J. E. Varey, ed., *Galdós Studies*, Londres, 1970, pág. 57. Cfr. también Hinterhäuser, págs. 238, 242, 291-294, 302. De todo esto ya se trató anteriormente en términos más genéricos.

particularmente en el caso de los protagonistas centrales, que adquieren «el carácter de representantes idealmente típicos e históricamente simbólicos de su época (delimitada por medio de una serie)»[99]. La *tipicidad* de los personajes de una novela es cuestión inseparable del *realismo,* pues como dijo Friedrich Engels,

> El realismo, en mi opinión, supone, además de la exactitud de detalles, la representación exacta de caracteres típicos en circunstancias típicas[100].

Más elaboradamente lo ha dicho G. Lukács:

> El tipo se caracteriza porque en él confluyen en contradictoria unidad todos los rasgos salientes de la dinámica unidad en la cual la literatura auténtica da su reflejo de la vida; se caracteriza porque en él se entretejen en unidad viva esas contradicciones, las principales contradicciones sociales, morales y anímicas de una época [...]. En la representación del tipo —en el arte típico— se unen lo concreto y la ley, lo permanentemente humano y lo históricamente determinado, lo individual y lo social-general[101].

Así ocurre con tantos y tantos personajes de Galdós; así ocurre con el Gabriel Araceli de la primera serie de los *Episodios Nacionales,* que tipifica con claridad absoluta la formación, desarrollo y ascenso de la nueva clase que acabará siendo omnímoda en el siglo XIX: la Burguesía. En las dos primeras series de los *Episodios Nacionales,* además, clase media aparece como modelo positivo y todavía transformador y revolucionario, bien al contrario de lo que habrá de ocurrir históricamente más tarde ante la mirada atenta de Galdós, que acabará

---

[99] Hinterhäuser, pág. 244.
[100] Carta a *Miss* Harkness, en Karl Marx-Friedrich Engels, *Sobre arte y literatura,* Buenos Aires, 1964, pág. 181.
[101] *Aportaciones a la historia de la estética,* México, 1966, página 249.

repudiando la degradación de esa clase[102]. Gabriel Araceli, en efecto, es un héroe, y un héroe *ascendente,* ejemplificador de la movilidad social preconizada por la burguesía liberal y basada en el esfuerzo personal. Como ha dicho Hinterhäuser —con notoria exageración, con todo, al utilizar el epíteto de «despreciable»—, Araceli asciende «desde una infancia de pícaro despreciable hasta respetable ciudadano»[103].

Suele admitirse un cierto paralelismo entre los esquemas de la novela picaresca y la biografía de Gabriel Araceli, «mozo de muchos amos», según dice de nuevo con notoria exageración Hinterhäuser[104], pues el propio personaje, que traza ese paralelismo, marca también la divergencia básica: «Doy principio, pues, a mi historia como Pablos, el buscón de Segovia: afortunadamente, Dios ha querido que en esto sólo nos parezcamos» (página 71). Y en efecto, las «memorias» de Araceli son, en verdad, una novela antipicaresca, según Montesinos; la historia de la redención de un pícaro, como ha dicho Casalduero[105]. Una redención lograda por la vía de la aceptación de los valores de la nueva clase burguesa: el patriotismo nacionalista, el honor, el esfuerzo personal. Baste recordar algunas de las cosas que dice Araceli, que nos dan la pauta para comprender rápida y claramente su evolución:

1. Yo, en esta parte, no puedo adornar mi libro con sonoros apellidos; y fuera de mi madre, a quien conocí por poco tiempo, no tengo noticia de ninguno de mis ascendientes, si no es de Adán, cuyo parentesco me parece indiscutible (pág. 71).

---

[102] Cfr. anteriormente, y nota 5.

[103] Hinterhäuser, págs. 188-189; también Regalado, págs. 27-29.

[104] Hinterhäuser, pág. 198. Por otro lado, la comparación que hace este mismo crítico entre Gabriel Araceli y Lázaro de Tormes es sencillamente insostenible.

[105] Casalduero, *op. cit.,* págs. 50-51; Montesinos, *Galdós,* págs. 88 y 106. Cfr. también Hinterhäuser, pág. 290, y Regalado, pág. 31.

2. Yo, no obstante haber vivido hasta entonces en contacto con la más desharrapada canalla, tenía cierta cultura o delicadeza ingénita, que en poco tiempo me hizo cambiar de modales, hasta el punto de que algunos años después, a pesar de la falta de todo estudio, hallábame en disposición de poder pasar por persona bien nacida (pág. 77).

3. Trataba de explicarme el derecho que tenían a la superioridad los que realmente eran superiores, y me preguntaba, lleno de angustia, si era justo que otros fueran nobles y ricos y sabios mientras yo tenía por abolengo la Caleta, por única fortuna mi persona y apenas sabía leer [...], sólo más tarde adquirí la firme convicción de que un grande y constante esfuerzo mío me daría quizá todo aquello que no poseía (págs. 111-112).

4. El espíritu del pobre Gabriel hizo una nueva adquisición, una nueva conquista de inmenso valor: la idea del honor [...]. Yo soy hombre de honor, yo soy hombre que siento en mí una repugnancia invencible de toda acción fea y villana que me deshonre a mis propios ojos [...]. Cierto que quiero llegar a ser persona de provecho; pero de modo que mis acciones me enaltezcan ante los demás y al mismo tiempo ante mí[106].

5. Adiós, mis queridos amigos. No me atrevo a deciros que me imitéis, pues sería inmodestia; pero si sois jóvenes, si os halláis postergados por la fortuna; si encontráis ante vuestros ojos montañas escarpadas, inaccesibles alturas, y no tenéis escalas ni cuerdas, pero sí manos vigorosas; si os halláis imposibilitados para realizar en el mundo los generosos impulsos del pensamiento y de las leyes del

---

[106] *La corte de Carlos IV, OC,* I, pág. 141; cfr. también pág. 168.

corazón, acordaos de Gabriel Araceli, que nació sin nada y lo tuvo todo[107].

Parodiando el subtítulo de la novela de Wenceslao Ayguals de Izco sobre el caudillo carlista Cabrera, podríamos decir que las «memorias» de Araceli podrían titularse precisamente *De grumete a general,* si tenemos en cuenta su participación en el combate naval de Trafalgar y su final como general del ejército español[108]. Cabe decir, en fin, que Gabriel Araceli es equiparable a cierto héroe de Walter Scott, que según Lukács siente «el orgullo de ser burgués y querer morir y vivir como un burgués libre»[109]. Pues que Araceli, durante su ascenso y dignificación, va adquiriendo conciencia de lo que significa ser, justamente, burgués, y liberal, es obvio conforme leemos sus «memorias». Mas por si no estuviera claro, Araceli, ya viejo, hace una súbita reaparición en la segunda serie de los *Episodios* para contrastar su propia vida con la del cortesano Juan Bragas de Pipaón («me dijo que los lectores de él [...] no podían menos de ver en mí un personaje de las mismas mañas y estofa de Guzmán de Alfarache, don Gregorio Guadaña o el *Pobrecito Holgazán»,* dice Bragas)[110], y al propio tiempo para explicitar su ideología liberal ya *a posteriori*[111]. Más que modelo picaresco, esta primera serie de *Episodios Nacionales* ofrece, pues, su reverso, un modelo antipicaresco, al tiempo que, desde otra ladera, tiene una estructura folletinesca en buena medida, como otras series:

[107] *La batalla de los Arapiles, OC,* I, pág. 985. Se trata del párrafo final de la primera serie de *Episodios Nacionales.*
[108] Cfr. *La batalla de los Arapiles,* pág. 984.
[109] *La novela histórica,* pág. 57.
[110] *Memorias de un cortesano de 1815, OC,* I, pág. 1.139.
[111] *Ibíd.,* págs. 1.139-1.140. Cfr. Mariano Baquero Goyanes, «Perspectivismo histórico en Galdós», en *Rogers,* págs. 128-129. Sobre los *Episodios Nacionales* como un canto a la libertad, cfr., por ejemplo, Lida, art. cit.; Regalado, pág. 56; Montesinos, *Galdós,* pág. 104.

Lo que evidentemente está más cerca de los *Episodios* y no sólo de éstos, lo que no les deja, en esta primera época, seguir un más tranquilo curso, es el folletín que por entonces lo invadía todo[112].

Baste ahora con esto, pues ya se habló del folletinismo galdosiano anteriormente.

Conviene hacer algunas breves consideraciones sobre el estilo de estos episodios. Fue *Andrenio* quien ya señaló con claridad que la primera serie ofrece un lenguaje más familiar, vivo y animado, menos «correcto» y refinado que las últimas series[113]. Para Montesinos, el fallo de Galdós en este aspecto reside en los diálogos, premiosos o terriblemente discursivos e incluso retóricos, aunque la intención evidente es, en muchos casos, que más allá de la concreta situación en que se exponen, manifiesten el carácter del personaje, llegando incluso a lo paródico[114]. Otra cosa bien distinta es la capacidad de Galdós para reflejar las diferentes manifestaciones del habla popular, familiar y coloquial[115]. Un aspecto —bien característico de los *Episodios Nacionales*, y, en rigor, de todo Galdós— es la proclividad al detallado retrato de personajes, tanto principales como secundarios, en la línea de la mejor narrativa decimonónica. Como dice J. J. Alfieri,

se pudiera construir una jerarquía iconográfica para sus personajes y colocarlos en ella según el periodo, el cuadro y el pintor o según las figuras contemporáneas [...] Galdós trata de orientar al lector identificando a

---

[112] Montesinos, *Galdós,* pág. 107; cfr. también pág. 108, y asimismo Hinterhäuser, págs. 340-342, 345, 348.

[113] *Andrenio,* págs. 20-21.

[114] Montesinos, *Galdós,* pág. 118.

[115] Palmira Arnáiz Amigo, «Particularidades del habla popular en la primera serie de los *Episodios Nacionales* de don Benito Pérez Galdós», *Acta Politécnica Mexicana,* IX, 44 (1968), págs. 135-144. Y para algunas novelas, Manuel C. Lassaletta, *Aportaciones al lenguaje coloquial galdosiano,* Madrid, 1974.

sus criaturas con retratos de pintores muy conocidos[116].

Por otro lado, y como se ha señalado, en los *Episodios Nacionales:*

> Hay una serie de cuadros escénicos que no son más que descripciones, mejor dicho, reproducciones de lienzos históricos. En muchos otros casos, Galdós intenta emular la técnica de composición propia del arte pictórico, que a él le era tan familiar.; los «cuadros de sucesos» o *tableaux* forman parte del definitivo acervo formal de los *Episodios*[117].

Recordemos que el propio Galdós no era mal pintor ni mucho menos dibujante, y que contribuyó a ilustrar algunos de sus episodios[118]. Pese a todo y como es bien sabido, Galdós no suele ser un escritor paisajístico, al modo de, por ejemplo, Pereda; las excepciones no hacen sino confirmar la proverbial regla[119].

«Trafalgar»

Trafalgar está fechada por su autor en Madrid, enero-febrero de 1873; Galdós comenzó a escribir el 6 de enero[119bis]. Ese mismo año apareció la primera edición. Como dice Montesinos,

---

[116] J. J. Alfieri, «El arte pictórico en las novelas de Galdós», en *Rogers*, pág. 181; cfr. también pág. 177; Hinterhäuser, págs. 85-86; Montesinos, *Galdós*, págs. 114-116, con ejemplos.

[117] Hinterhäuser, págs. 362-363; cfr. también págs. 364-369.

[118] Cfr. en *OC*, I, pág. xxxv, un *ex-libris* para *Trafalgar*. Otros dibujos de Galdós en págs. xv, xlix, lxxv, lxxxv. Sobre Galdós, la pintura y los pintores, cfr. Alfieri, art. cit., págs. 169-182; Hinterhäuser, págs. 80-81, 348; Rafael Olivar-Bertrand, *Literatura y política*, Barcelona, 1967, págs. 78-79.

[119] Cfr. por ejemplo, Regalado, pág. 52; Montesinos, *Galdós*, página 116.

[119bis] Así consta, de mano del propio Galdós, en el reverso de la pág. 1 del original de *Trafalgar* (Biblioteca Nacional, ms. 21.745).

Carecemos, y careceremos por mucho tiempo, de una bibliografía solvente de las obras de Galdós, sin la que es impensable una edición puntual de sus obras. ¿Quién ha visto y estudiado esas primeras ediciones de *Episodios,* algunos con títulos distintos de los que hoy se citan?[120].

La primera edición de *Trafalgar* surgió todavía sin el encabezamiento genérico, que luego se haría famoso, de *Episodios Nacionales,* e incluso con título luego simplificado: *La batalla de Trafalgar.* Si atendemos a estos datos y a otros de tipo estructural, es posible decir, como se ha dicho, que *Trafalgar* no es sino el *prólogo* de una trama novelesca que comienza a desarrollarse como tal en *La corte de Carlos IV,* el segundo episodio de la serie[121]. Es idea hasta cierto punto discutible, pero lo cierto es que *Trafalgar* es imprescindible para la buena comprensión posterior del personaje central, Gabriel Araceli, de su actitud humana e histórica, basada precisamente en el descubrimiento que el héroe hace en Trafalgar de una serie de conceptos básicos: patria, nación, heroismo... De esto ya se habló anteriormente y se volverá a hablar a poco.

¿Por qué Trafalgar como inicio de los *Episodios Nacionales?* Para Jacques Beyrie, cuando Galdós escribe *Trafalgar* está todavía dominada su admiración por el almirante Casto Méndez Núñez, jefe de la flota española durante la Guerra del Pacífico contra Perú y Chile (1866), sucesos incorporados al episodio *La vuelta al mundo en la Numancia* (1906), y sobre los cuales y el almirante había publicado artículos encomiásticos. Esta sería una razón para *Trafalgar*[122]. La idea es atractiva, pero no pasa de ser una elucubración. Citemos de nuevo lo que el propio Galdós dijera en sus *Memorias de un desmemoriado:* cuando su amigo José María Albareda,

---

[120] Montesinos, «Nota Preliminar» a *Galdós,* pág. xii.
[121] Montesinos, *op. cit.,* págs. 86, 120. Cfr. Beyrie, II, pág. 182.
[122] Beyrie, II, pág. 154.

tras sugerirle el título de *Episodios Nacionales,* le pregunta en qué época pensaba comenzar, «brotó de mis labios, como una obsesión del pensamiento, la palabra Trafalgar». Se ha dicho que Galdós acariciaba el proyecto de escribir un drama sobre Trafalgar[123], lo que estaría en la línea de esa «obsesión» mencionada. Por otra parte, Eugenio de Ochoa, comentando en 1871 *La Fontana de Oro* y *El audaz,* apuntaba que lo ocurrido en Trafalgar podría ser el arranque de una serie de novelas históricas contemporáneas, pues tal derrota significaba, real y simbólicamente, el ocaso de la España tradicional[124]. No es por lo tanto casual ni arbitrario que sea una derrota el punto de partida de los *Episodios Nacionales,* si bien fuese una «derrota gloriosa»[125]; sirvió también de inspiración a la pintura histórica y a la poesía patriótica:

> Los heroísmos de Trafalgar arrancaron a la musa lírica de España casi tantos inspirados conceptos de la más alta virilidad como los triunfales de Lepanto [...] Quintana, Moratín, Arriaza, Subirón, Mor de Fuentes, Salas, Sánchez Barbero, Maury, Laiglesia, Darrac, Cangas, Vargas Ponce, Carnicero, Berramendi y el presbítero don Tomás González, los cantaron con elocuencia altisonante[126].

El poema *A la sombra de Nelson,* de Leandro Fernández de Moratín, Cádiz, 1805, con elogios a Napoleón y a Godoy, que fue leído por su autor ante el propio *Príncipe de la Paz;* José Mor de Fuentes y su *Combate*

---

[123] Berkowitz, pág. 79.

[124] Berkowitz, pág. 88. Cfr. Hinterhäuser, págs. 33-34, y Regalado, pág. 20 (donde se dice equivocadamente *Antonio* por *Eugenio).*

[125] Ángel Valbuena Prat, *Historia de la Literatura Española,* III, 4.ª ed., Barcelona, 1953, pág. 323. Sobre la idea de «derrota gloriosa», cfr. Regalado, págs. 20-22. Hinterhäuser (pág. 34) se pierde en un intento de explicaciones positivistas de tipo biográfico, apropiadamente rechazadas por Regalado (pág. 22).

[126] Juan Pérez de Guzmán, «La primera representación de *El sí de las niñas», La España Moderna* (1922); *apud* Regalado, pág. 21.

naval del 21 de octubre, Madrid, 1805; Manuel José Quintana y su *Oda a los marinos españoles en el combate del 21 de octubre,* Madrid, 1805 (después, *Al combate de Trafalgar);* Francisco Sánchez Barbero y su oda *A la batalla de Trafalgar* (1805); Juan María Maury y su poema *La agresión británica,* Madrid, 1806: estos son los autores y obras más interesantes al respecto[127].

En cualquier caso, el episodio de Galdós, más allá de las normales diferencias derivadas de ser una narración y no un poema, diverge de los cantos sobre la batalla en aspectos fundamentales y bien significativos: en apartarse del patrioterismo vulgar y pindárico de los poetas, en su respeto por el almirante inglés Nelson y el heroísmo británico, en la presencia de una evidente veta desmitificadora y antibelicista, y, desde luego, en la crítica de la clase dirigente española de la época, representada en Carlos IV y más aún en su ministro Godoy[128]. En efecto, Gabriel Araceli, justo antes de comenzar el grandioso combate *descubre* «la idea de la patria» y distingue entre los gobernantes y el país, así como las diferencias entre el valor y la barbarie:

> Hasta entonces la patria se me representaba en las personas que gobernaban la nación, tales como el Rey y su célebre ministro, a quienes no consideraba con igual respeto. Como yo no sabía más historia que la que aprendí en la Caleta, para mí era de ley que debía uno entusiasmarse al oír que los españoles habían matado muchos moros primero, y gran pacotilla de ingleses y franceses después. Me representaba, pues, a mi país, como muy valiente; pero el valor que yo concebía era

---

[127] Cfr. Regalado, págs. 20-21, así como los comentarios de Albert Derozier a *Poesías completas* de Quintana, Madrid, 1970, y de John H. R. Polt a *Poesía del siglo XVIII*, Madrid, 1975. Recuérdese que, por otro lado, en 1850 publicaba *Fernán Caballero* el cuento *Una madre*, con tema de Trafalgar. Acerca de la pintura histórica, cfr. Hinterhäuser, pág. 34.
[128] Cfr. Regalado, págs. 22-23, sobre las continuas críticas galdosianas de los dirigentes del país.

tan parecido a la barbarie como un huevo a otro huevo. Con tales pensamientos, el patriotismo no era para mí más que el orgullo de pertenecer a aquella casta de matadores de moros (pág. 160).

Descubre también Araceli, participante en la batalla, «que el heroísmo es casi siempre una forma del pundonor» (pág. 170). Gracias a esta concienciación, comienza asimismo el proceso de regeneración del pícaro, como ya se vio anteriormente, y como el propio Araceli recuerda tiempo después, en *La corte de Carlos IV,* al comprender ahora la idea del honor:

> Los que hayan leído en el primer libro de mi vida el capítulo en que di cuenta de mi inútil presencia en el combate de Trafalgar recordarán en tan alta ocasión, y cuando la grandeza y la majestad de lo que pasaba ante mis ojos parecían sutilizar las facultades de mi alma, pude concebir de un modo clarísimo la idea de la Patria[129].

Araceli comprende también antes de entrar en combate «la idea de nacionalidad» y de nación, la cual

> se abrió paso en mi espíritu, iluminándolo [...]. Me representé a mi país como una inmensa tierra poblada de gentes, todos fraternalmente unidos; me representé la sociedad dividida en familias, en las cuales había esposas que mantener, hijos que educar, hacienda que conservar, honra que defender; me hice cargo de un *pacto* establecido entre tantos seres para ayudarse y sostenerse contra un ataque de fuera, y comprendí que *por todos habían sido hecho aquellos barcos* para defender la patria [...] (pág. 160; los subrayados son míos).

---

[129] *OC,* I, pág. 140. Sobre el patriotismo en *Trafalgar,* cfr. Regalado, págs. 23, 25, 68. El artículo de José Schraibman, «Patria y patriotismo en los *Episodios Nacionales* de Galdós», *Boletín Informativo del Seminario de Derecho Político,* Universidad de Salamanca, 27, 1962, págs. 71-86, es demasiado genérico y vulgarizador.

La importancia de estos conceptos es fundamental. Como ha visto agudamente J. Beyrie, se trata de una

> Phrase capitale qui éclaire certaines considérations, éparses dans l'oeuvre galdosienne et difficiles à interpréter en dehors de cette référence. Cette notion de pacte implique l'idée des droits naturels de l'homme et par conséquent du libre contrat, volontaire ou tacite, établi entre les membres de la communauté[130].

Así empieza Araceli a desarrollar un concepto que será bandera del liberalismo burgués de años posteriores frente al régimen tradicional; recordemos el *¡Muera la nación!* de quienes defendían el absolutismo, primero de Fernando VII y después del carlismo. Lo cual de nuevo tiene mucho que ver con aquella primera distinción que hacía Araceli entre el país y los gobernantes. Pues en la batalla de Trafalgar,

> El comportamiento glorioso del individuo y del pueblo es la expresión y medida del sentimiento de nacionalidad como unidad imperecedera, y redime del fracaso de la derrota ante el tribunal del patriotismo. Fue el gobierno de Carlos IV, no la nación, quien liquidó en Trafalgar y en otras campañas desafortunadas la gran flota de 74 navíos de guerra y otros 200 de diferente tonelaje que Carlos III le había legado[131].

Así lo expresa Galdós en *Trafalgar* por boca del amo de Araceli:

> ¡Qué faltos estamos [...] de un buen hombre de Estado a la altura de las circunstancias, un hombre que no nos entremeta en guerras inútiles y mantenga incólume la dignidad de la Corona! (pág. 128).

---

[130] Beyrie, II, pág. 161.
[131] Regalado, pág. 68; cfr. también págs. 25 y 67, así como Hinterhäuser, pág. 168, y Glendinning, art. cit., pág. 58.

Pero además, el patriotismo de Galdós, tan semejante al patriotismo racional de Cervantes primero y de Feijoo después, es lo suficientemente amplio y generoso como para comprender en su justo valor el papel de los enemigos, los ingleses en este caso:

> Entonces vi a algunos ingleses ocupados en poner el pabellón británico en la popa del *Santísima Trinidad* [...]. Siempre se me habían representado los ingleses como verdaderos piratas o salteadores de los mares, gentezuela aventurera que no constituía nación y que vivía del merodeo [...]; pensé que también ellos tendrían su patria querida, que ésta les habría confiado la defensa de su honor; me pareció que en aquella tierra, para mí misteriosa, que se llamaba Inglaterra, habían de existir, como en España, muchas gentes honradas, un rey paternal, y las madres, las hijas, las esposas, las hermanas de tan valientes marinos, las cuales, esperando con ansiedad su vuelta, rogarían a Dios que les concediera la victoria (págs. 173-174).

Se hace preciso contrastar el texto anterior con la visión que en la Caleta gaditana tenía Gabriel acerca de la patria:

> No necesito decir que entre todas estas naciones o islas España era la mejorcita, por lo cual los ingleses, unos a modo de salteadores de caminos, querían cogérsela para sí. Hablando de esto y otros asuntos diplomáticos, yo y mis colegas de la Caleta decíamos mil frases inspiradas en el más ardiente patriotismo (pág. 74).

El respeto por la figura de Nelson es también evidente en *Trafalgar,* cuando Galdós refiere la muerte del «primer marino de nuestro siglo» (pág. 176). Como consecuencia de todo lo mencionado, «*Trafalgar* es un relato que los ingleses pueden leer con placer»[132]. Y en efecto, fue novela publicada en Inglaterra[133].

---

[132] Casalduero, *op. cit.,* pág. 52; cfr. también Jack Gordon Bruton, «Galdós visto por un inglés y los ingleses vistos por Galdós», *Revista de las Indias,* 53 (1943), págs. 279-283; Hinterhäuser, pág. 168; Glendinning, art. cit., pág. 58.

[133] Véase, por ejemplo, el prospecto incluido en una edición de

Un aspecto de capital importancia que suele pasarse por alto a la hora de tratar de *Trafalgar,* ha sido captado así por Ricardo Gullón:

> La perspectiva anti-heroica se introduce así inesperadamente en la novela, y queda de algún modo justificada y actuante como lo que es, hogareña oposición al mito, y no por el mito mismo, sino por sus consecuencias. ¡Singular dialéctica en que alternan lo mitologizante y lo desmitificador![134].

Pero como hemos claramente de ver, la posición definitiva de Galdós es, sin duda, desmitificadora. Esa dialéctica mencionada está básicamente representada en su componente mitificador por el viejo marinero Marcial, y en su contrario por doña Francisca, el ama de Gabriel Araceli. Marcial se expresa así ante los preparativos de la escuadra combinada hispano-francesa:

> Tenemos quince navíos, y los francesitos veinticinco barcos. Si todos fueran nuestros, no era preciso tanto... ¡Cuarenta buques y mucho corazón embarcado! (página 91).

Marcial es también portavoz de los tradicionales y patrioteros conceptos acerca de *la pérfida Albión;* habla de «sus muchas astucias y picardías»; el inglés es «salteador de caminos» (pág. 94; cfr. también págs. 95-96). Por el contrario, «nosotros vamos siempre contra ellos con el alma a un largo, pues, con nobleza, bandera izada y manos limpias» (pág. 94). Doña Francisca,

---

Marianela, Madrid, Sucesores de Hernando, 1924: «Ediciones españolas publicadas en Inglaterra y Estados Unidos. Por concesión especial del autor se han hecho estas ediciones, para uso de los escolares ingleses en las cátedras de lengua española [...]: *Trafalgar,* edited with notes and introduction, by F. A. Kirkpatrick. University Press: Cambridge, 1905». Existía ya una traducción norteamericana de *Trafalgar*, de Clara Bell, Nueva York, 1884.
[134] Gullón, «Los *Episodios:* la primera serie», en *Rogers,* pág. 396.

desde su óptica casera, odia la guerra y sus terribles secuelas; es capaz de poner el dedo en la llaga y decir a su marido: «Me parece que ya os han derrotado bastantes veces. ¿Queréis otra?» (pág. 83); «estos bravucones parece que se quieren comer el mundo, y en cuanto salen al mar parece que no tienen bastantes costillas para recibir los porrazos de los ingleses» (pág. 94). Mas la opinión definitiva es la de Araceli, desde la perspectiva posterior de quien escribe sus «memorias». Así, si doña Francisca considera que el almirante Gravina, jefe de la flota española, no debió de ceder ante las presiones del francés Villeneuve para entablar combate con los ingleses en condiciones desfavorables, ni dejarse llevar por un típico arrebato de honor y masculinidad mal entendidos (págs. 234-235), Araceli comentará en clarísima página desmitificadora:

> Sin negar el mérito de Gravina, yo creo hiperbólicas las alabanzas de que fue objeto después del combate y en los días de su muerte. Todo indicaba que Gravina era un cumplido caballero y un valiente marino; pero quizá por demasiado cortesano carecía de aquella resolución que da el constante hábito de la guerra [...] Gravina era un buen jefe de división, pero nada más. La previsión, la serenidad, la inquebrantable firmeza, caracteres propios de las organizaciones destinadas al mando de grandes ejércitos, no las tuvieron sino don Cosme Damián Churruca y don Dionisio Alcalá Galiano (pág. 235).

Doña Francisca, además de tronar contra la guerra, considera que los gobernantes españoles son juguetes al servicio de las ambiciones de Napoleón (cfr. págs. 83, 101-102, 116), cosa que también opina el oficial Malespina (págs. 119-120) y el propio Churruca (pág. 139), y piensa que Godoy, «hombre sin estudios», «gobierna una nación tocando la guitarra» (pág. 118). Y en fin, un marinero superviviente del combate le dice a Araceli algo que es una auténtica requisitoria contra Carlos IV y su favorito:

El Rey paga mal, y después, si queda uno cojo o baldado, le dan las buenas noches, y si te he visto no me acuerdo. Parece mentira que el Rey trate tan mal a los que le sirven. ¿Qué cree usted? La mayor parte de los comandantes de navío que se han batido el veintiuno, hace muchos meses que no cobran sus pagas [...]. Esto no pasa en ninguna nación del mundo; ¡y luego se espantan de que nos venzan los ingleses! Pues no digo nada del armamento. Los arsenales están vacíos, y por más que se pide dinero a Madrid, ni un cuarto. Verdad es que todos los tesoros del Rey se emplean en pagar sus sueldos a los señores de la Corte, y entre éstos, el que más come es el Príncipe de la Paz, que reúne cuarenta mil durazos como consejero de Estado, como secretario de Estado, como capitán general y como sargento mayor de guardias (págs. 223-224).

Pero que *Trafalgar* es, contra lo que pudiera parecer, un libro antibelicista, queda totalmente claro en un extraordinario pasaje en que Araceli dice:

¿Para qué son las guerras, Dios mío? [...]. Pero ya; esto de que las islas han de querer quitarse unas a otras algún pedazo de tierra, lo echa todo a perder, y, sin duda, en todas ellas debe de haber hombres muy malos que son los que arman las guerras para su provecho particular [...]. Estos hombres malos son los que engañan a los demás, a todos estos infelices que van a pelear; y para que el engaño sea completo, les impulsan a odiar a otras naciones; siembran la discordia, fomentan la envidia, y aquí tienen ustedes el resultado [...]; dentro de poco los hombres de unas y otras islas se han de convencer de que hacen un gran disparate armando tan terribles guerras, y llegará un día en que se abrazarán, conviniendo todos en no formar más que una sola familia.

Así pensaba yo. Después de esto he vivido setenta años, y no he visto llegar ese día (págs. 186-187).

Como dice J. Beyrie,

Impossible de se méprendre sur le sens réel de ces accents. C'est bien de l'idéal humanitaire, du pacifisme

55

progressiste et libéral, cher aux hommes du XIXème siècle, qu'il s'agit [135].

Restan por comentar algunos detalles de diferente categoría. Entre ellos destaca, por su importancia, la presencia de Cervantes en *Trafalgar* (y en general en todos los *Episodios Nacionales,* en verdad en todo Galdós) [136]:

> La sombra de Don Quijote empieza a hacerse notar en los *Episodios* desde *Trafalgar.* El Don Alonso de la Cisniega que se consume de tedio y de recuerdos en Vejer y sueña con una nueva salida (cap. II), que realiza a cencerros tapados, como Alonso Quijano (cap. VII), está ya en la línea del gran libro, y creo que Galdós no intentó siquiera disimular en qué modelo se inspiraba [137].

Otro personaje, don José María Malespina, impenitente hablador y compulsivo mentiroso, inventor de historias y de ingeniosos artificios bélicos, ha podido ser comparado con el famoso barón de Münchhausen [138];

---

[135] Beyrie, II, pág. 160.

[136] Sobre Cervantes en Galdós, cfr. Rodríguez Puértolas, *Galdós: Burguesía y Revolución,* págs. 61-92, y la bibliografía allí incluida.

[137] Montesinos, *Galdós,* pág. 98 y págs. 105-106 para toda la primera serie.

[138] Hinterhäuser, pág. 307; Gullón, «Los *Episodios...*», en *Rogers,* pág. 395; Baquero Goyanes, *Perspectivismo y contraste,* Madrid, 1963, pág. 77. Las semejanzas entre Münchhausen y Malespina son tan abundantes como curiosas. Ambos visitan la Inglaterra de Jorge III (C. A. Bürger, *Las aventuras del Barón de Münchhausen,* Madrid, 1982, págs. 74 y 135; *Trafalgar,* pág. 125); en los dos textos aparece un monstruoso y terrorífico cañón *(Münchhausen,* pág. 110; *Trafalgar,* pág. 126); el papel del barón en la defensa de Gibraltar frente a los españoles, es equivalente al de Malespina en Boulou frente a los franceses *(Münchhausen,* pág. 115; *Trafalgar,* pág. 125); el maravilloso disparo de artillería del barón se corresponde con el de Malespina en la batalla de Masdeu *(Münchhausen,* pág. 117; *Trafalgar,* página 124). Galdós pudo muy bien haber conocido la traducción francesa del *Münchhausen* de Téophile Gautier (1853), con grabados de Gustavo Doré.

56

resulta, por lo demás, fascinante que Malespina «invente» la navegación a vapor y prevea un 98 al revés, al disponer España —estamos en 1805, no se olvide— de una maravillosa flota de barcos «de hierro» (páginas 213-214).

Señalemos que el combate de Trafalgar vuelve a surgir muchos años después en otros episodios de Galdós. En la Cartagena cantonal de *La Primera República* (1911) aparece un anciano llamado bien apropiadamente Juan Elcano, «que estuvo en la de Trafalgar» y que cuenta así lo que allí vio:

> Y sepan que bien guapo era yo cuando embarqué en el *Nepomuceno* el primero de octubre del año 805. El día de la tremenda batalla con el inglés, día 21, nuestro comandante Churruca y yo caímos heridos al mismo tiempo: yo sané, y aquel grande hombre murió [139].

En *De Cartago a Sagunto* (1911) reaparece Juan Elcano, que desea luchar contra los sitiadores centralistas de Cartagena para «reverdecer sus marchitos laureles»:

> el veterano de Trafalgar, consecuente con su heroico destino, había muerto en la muralla defendiendo la idea cantonalista, última cristalización de su patriotismo [140].

En el verano de 1872, y tras adquirir en Madrid una obra histórica de Manuel Marliani sobre Trafalgar —de la que se hablará después—, Galdós se traslada a Santander, donde planea su primer episodio. Y dice Galdós:

> En la ciudad cantábrica di comienzo a mi trabajo, y paseando una tarde con mi amigo el exquisito poeta Amós de Escalante, éste me dejó atónito con la siguiente revelación: «Pero ¿usted no sabe que aquí tenemos el

---

[139] *OC,* III, pág. 1.178; cfr. también pág. 1.180.
[140] *OC,* III, págs. 1.207-1.208. Para Hinterhäuser (pág. 63), Juan Elcano sería recuerdo literario del viejo superviviente de Trafalgar que Galdós conoció en Santander; cfr. más adelante.

último superviviente del combate de Trafalgar?» ¡Oh prodigioso hallazgo! Al siguiente día, en la Plaza de Pombo, me presentó Escalante un viejecito muy simpático, de corta estatura, con levita y chistera anticuadas; se apellidaba Galán, y había sido grumete en el gigantesco navío *Santísima Trinidad*. Los pormenores de la vida marinera, en paz y en guerra, que me contó aquel buen señor, no debo repetirlos ahora [141].

Los recuerdos del viejo marinero —de origen gallego, y que contaba a la sazón ochenta y tres años— los utilizó Galdós ampliamente en su *Trafalgar,* en ejemplo vivo de uso de fuentes orales. Recuérdese que Gabriel Araceli participa en el combate en el mismo barco en que Galán había sido grumete. Por otro lado, y puesto que el propio Galdós nos habla de «la obra de Marliani», todos los críticos mencionan a este historiador de Trafalgar como fuente escrita indubitable, si bien citándola incorrectamente; el título completo es *Combate de Trafalgar. Vindicación de la Armada Española,* Madrid, 1850. Añadamos que Marliani es también autor de una *Historia política de la España Moderna,* Madrid, 1840, que de un modo u otro ha sido oscurecida por su libro posterior.

Entre varios textos históricos de más que posible utilización por Galdós para Trafalgar, pueden citarse: *Elogio histórico del brigadier de la Real Armada don Cosme Damián Churruca, que murió en el combate de Trafalgar, escrito por un amigo suyo,* anónimo, Madrid, 1806; *Elogio del señor don Federico Gravina,* anónimo, Madrid, 1806; *Combate naval de Trafalgar. Relación histórica,* anónimo, Madrid, 1851; *Historia del combate naval de Trafalgar, precedida de la del renacimiento de la Marina Española durante el siglo XVIII,* de J. Ferrer de Couto, Madrid, 1851; editado por el folletinista Ayguals de Izco; *Historia de la Marina Real española desde el descubrimiento de las Américas hasta el combate de Trafalgar,* de J. March Labores, Ma-

---

[141] *Memorias de un desmemoriado, OC,* VI, pág. 1.676.

drid, 1854. El mismo año que *Trafalgar* apareció la *Galería biográfica de generales de Marina,* de Francisco de Paula Pavía, Madrid, 1873. Citemos, en fin, dos obras históricas de tipo general que incluyen también detalles sobre la «gloriosa derrota». Son *La España del siglo XIX,* de E. Escalera y M. González, Madrid, 1864-1866, y la *Historia de España,* Madrid, 1844-1846, de Antonio Alcalá Galiano, amigo de Galdós e hijo del brigadier de iguales apellidos muerto en Trafalgar[142].

---

[142] Cfr. Vázquez Arjona, «Cotejo histórico...», págs. 321-378, y Rojas Ferrer, *op. cit.*

Esta edición

Habiéndome sido imposible localizar la edición príncipe de *Trafalgar*, Madrid, 1873, he utilizado como base la de Noguera, Madrid, 1874 y la ilustrada de La Guirnalda, Madrid, 1882, ambas publicadas junto con *La corte de Carlos IV*. He tenido, además, a la vista, la de *Obras Completas*, *I*, Madrid, Aguilar, 1945, y he trabajado con el manuscrito original de *Trafalgar*, conservado en la Biblioteca Nacional de Madrid (ms. 21.745). Este último presenta abundantes variantes con respecto a los textos impresos, mas se trata, por lo general, de cuestiones de estilo, pulimiento expresivo, etc. Por otro lado, elimino en mi edición acentos anticuados; corrijo ocasionalmente la puntuación; sustituyo grafías del tipo *muger*, *Jibraltar* por su equivalente actual *mujer*, *Gibraltar*. Elimino también erratas obvias. Un ejemplo notorio: en la edición de Aguilar, el almirante francés Villeneuve aparece como *Mister Corneta*, cuando, sin duda, ha de ser *Monsieur Corneta*.

Bibliografía

ALBORNOZ, Álvaro de, *La política internacional de España. Galdós o el optimismo liberal*, Buenos Aires, 1943.

ALCALÁ GALIANO, Antonio, *Recuerdos de un anciano*, Madrid, 1878.

ALCALÁ GALIANO, José, «*La Fontana de Oro*, de Benito Pérez Galdós», *Revista de España*, XX (1871), págs. 148-158.

ALFIERI, J. J.,«El arte pictórico en las novelas de Galdós», en *Rogers* (cfr.), págs. 169-182.

ALONSO, Amado, *Ensayo sobre la novela histórica. El modernismo en «La gloria de don Ramiro»*, Buenos Aires, 1942.

— «Lo español y lo universal en la obra de Galdós», en *Materia y forma en poesía*, 3.ª ed., Madrid, 1965, págs. 201-222.

ALONSO CORTÉS, Narciso, «Precursores de Galdós», en *Quevedo en el teatro y otras cosas*, Valladolid, 1930.

ALTAMIRA, Rafael, «Galdós y la Historia de España», en *Psicología y Literatura*, Barcelona, 1905, págs. 192-198.

ÁLVAREZ CABALLERO, Ángel, *Historia del cante flamenco*, Madrid, 1981.

Andrenio, Novelas y novelistas, Madrid, 1918.

ANDREU, Alicia G., *Galdós y la literatura popular*, Madrid, 1982.

ANTÓN, Ángel, «Galdós, historiador y novelista», *Die Neuren Sprachen*, X (1962), págs. 455-462.

ARAÚJO-COSTA, Luis, Prólogo a su edición de *Trafalgar*, Madrid, 1957.

ARNÁIZ AMIGO, Palmira, «Particularidades del habla popular en la primera serie de los *Episodios Nacionales de* don Benito Pérez Galdós», *Acta Politécnica Mexicana*, IX, 44 (1968), págs. 135-144.

Azorín, «Galdós», en *Rogers* (cfr.), págs. 81-84.

BALBÍN DE UNQUERA, A., «Novelas y novelistas históricos en España», *Revista Contemporánea*, CXXXI (1905), páginas 385-407.

BAQUERO GOYANES, Mariano, *Perspectivismo y contraste*, Madrid, 1963.

— «Perspectivismo irónico en Galdós», en *Rogers* (cfr.), págs. 121-142.

BAROJA, Pío, *Aviraneta o la vida de un conspirador*, *OC*, IV, Madrid, 1947, págs. 1.179-1.336.

— *Divagaciones apasionadas*, «Pérez Galdós y la novela histórica española», *OC*, V, Madrid, 1948, págs. 498-499.

— *Los carbonarios, ibíd.*, págs. 1.147-1.150.

— *Desde la última vuelta del camino. Memorias*, «Primeros libros», *OC*, VII, Madrid, 1949, págs. 742-745.

— *La intuición y el estilo, ibíd.*, págs. 1.072-1.075.

BARROS ARANA, Diego, Reseña de la primera serie de *Episodios Nacionales*, *Revista Chilena*, IV (1876), págs. 307-308.

BELLO, Luis, «Aniversario de Galdós: Diálogo antiguo», *El Sol*, 4-I-1928.

BERKOWITZ, H. Ch., *Benito Pérez Galdós: Spanish Liberal Crusader*, Madison, Wisconsin, 1948.

BEYRIE, Jacques, *Galdós et son mythe*, 3 vols., Lille-París, 1980.

BLANCO AGUINAGA, Carlos, cfr. Rodríguez Puértolas, Julio.

BONET, Laureano, Introducción a los *Ensayos de crítica literaria*, de Galdós, Barcelona, 1972.

BOSCH, Rafael, «Galdós y la teoría de la novela de Lukács», *Anales Galdosianos*, II (1967), págs. 169-184.

BROWN, Reginald F., *La novela española, 1700-1850*, Madrid, 1953.

BÜRGER, C. A., *Las aventuras del Barón de Münchhausen*, Madrid, 1982.

CARO BAROJA, Julio, «Confrontación literaria o las relaciones de dos novelistas: Galdós y Baroja», *Cuadernos Hispano-Americanos*, 265-267 (1972), págs. 160-168.

CARRANZA, Matilde, *El pueblo a través de los Episodios Nacionales*, San José de Costa Rica, 1942.

CASALDUERO, Joaquín, «Historia y novela», *Cuadernos Hispáno-Americanos*, 250-252 (octubre 1970-enero 1971), páginas 135-142.

— *Vida y obra de Galdós*, 3.ª ed., Madrid, 1970.

CASTRO, Adolfo de, *Historia de Cádiz y su provincia desde los remotos tiempos hasta 1814*, Cádiz, 1858.

Clarín, Galdós, Madrid, 1912.

— «Benito Pérez Galdós», en *Rogers* (cfr.), págs. 21-40.

CLAVERÍA, Carlos, «El pensamiento histórico de Galdós», *Re-*

vista Nacional de Cultura, 121-122, Caracas, marzo-junio 1957, págs. 170-177.

CONTRERAS, R. A. de, «La evolución galdosiana», *Razón y Fe,* XX (1908), págs. 82-92.

DENNIS, Ward H., *Pérez Galdós. A Study in Characterization. Episodios Nacionales: First Series,* Madrid, 1968.

DEROZIER, Albert, Introducción y notas a *Poesías Completas* de Quintana, Madrid, 1970.

DESBRIÈRES, E., *La campagne maritime de 1805. Trafalgar,* París, 1907.

DESDEVISES DU DEZERT, G., *La marine espagnole pendant la campagne de Trafalgar,* Toulouse, 1898.

— *De Trafalgar a Aranjuez, 1805-1808,* Madrid, 1907.

DÍEZ CANEDO, Enrique, «España y Galdós», en *Conversaciones literarias,* Madrid, s. f., págs. 273-277.

D'ORS, Eugenio, *Nuevo glosario,* I, Madrid, 1947.

EAGLETON, Terry, *Criticism and Ideology. A Study in Marxist Literary Theory,* Londres, 1978.

ENGELS, Friedrich, Carta a *Miss* Harkness, en Karl Marx y Friedrich Engels, *Sobre arte y literatura,* Buenos Aires, 1964, págs. 180-184.

FERNÁNDEZ DURO, Cesáreo, *La Armada española desde la unión de los reinos de Castilla y Aragón,* VIII, Madrid, 1902.

FERRER DE COUTO, J., *Historia del combate naval de Trafalgar, precedida de la del Renacimiento de la marina española durante el siglo XVIII,* Madrid, 1851.

FERRERAS, Juan Ignacio, *La novela por entregas, 1840-1900,* Madrid, 1972.

— *Introducción a una sociología de la novela española del siglo XIX,* Madrid, 1973.

— *Los orígenes de la novela decimonónica, 1800-1830,* Madrid, 1973.

— *El triunfo del liberalismo y de la novela histórica, 1830-1870,* Madrid, 1977.

— *Catálogo de novelas y novelistas españoles del siglo XIX,* Madrid, 1979.

— «Una estructura galdosiana de la novela histórica», *Actas del II Congreso Internacional de Estudios Galdosianos,* I, Las Palmas, 1980, págs. 119-127.

FLORES ARROYUELO, Francisco J., *Pío Baroja y la Historia,* Madrid, 1971.

GARCÍA CARRAFFA, Arturo, cfr. Olmet, Luis Antón del.

63

GARCÍA VENERO, Maximiliano, Introducción a *Antología Nacional* de Galdós, Madrid, 1953.

GILMAN, Stephen, *Galdós and the Art of European Novel, 1867-1887*, Princeton, 1981.

GLENDINNING, Nigel, «Psychology and Politics in the First Series of the *Episodios Nacionales*», en *Varey* (cfr.), páginas 36-61.

GOGORZA FLETCHER, Madeleine de, «Galdós in the Light of George Lukács "Historical Novel"», *Anales Galdosianos*, I (1966), págs. 101-105.

— *The Spanish Historical Novel, 1870-1970. A Study of Ten Spanish Novelists, and their Treatment of the Episodios Nacionales*, Londres, 1973.

GÓMEZ DE LA SERNA, Gaspar, «El *Episodio Nacional* como género literario», *Clavileño*, 14 (1952), págs. 21-32 y 17 (1952), págs. 17-32.

— *España en sus Episodios Nacionales*, Madrid, 1954.

GONZÁLEZ BLANCO, Andrés, *Historia de la novela en España desde el Romanticismo hasta nuestros días*, Madrid, 1909.

GORDON BRUTON, J., «Galdós visto por un inglés y los ingleses vistos por Galdós», *Revista de las Indias*, XVII, 53, Bogotá, págs. 279-283.

GULLÓN, Ricardo, *Galdós, novelista moderno*, Madrid, 1960.

— «Los *Episodios:* la primera serie», en *Rogers* (cfr.), páginas 379-402.

— «La Historia como materia novelable», en *Rogers* (cfr.), págs. 403-426.

GUTIÉRREZ GAMERO Y DE LAIGLESIA, Emilio, *Galdós y su obra*, I, *Los Episodios Nacionales*, Madrid, 1933.

HILT, Douglas, «Galdós: The Novelist As Historian», *History Today*, XXIV, 5 (1974), págs. 315-325.

HINTERHÄUSER, Hans, *Los Episodios Nacionales de Benito Pérez Galdós*, Madrid, 1963.

HUERTA, Eleazar, «Galdós y la novela histórica», *Atenea*, LXXII, 215 (1943), págs. 99-107.

JARNÉS, Benjamín, «Letras españolas. Trafalgar», *La Nación*, Buenos Aires, 6-XI-1938.

LACOSTA, Francisco C., «Galdós y Balzac», *Cuadernos Hispano-Americanos*, 224-225 (1968), págs. 345-374.

LAÍN ENTRALGO, Pedro, *España como problema*, 2.ª ed., Madrid, 1957.

LASALETTA, M. C., *Aportaciones al lenguaje coloquial galdosiano*, Madrid, 1974.

64

LIDA, Clara E., «Galdós y los *Episodios Nacionales:* una historia del liberalismo español», *Anales Galdosianos*, III (1968), págs. 61-77.

LOUIS-LANDE, L., «Le roman patriotique en Espagne: les *Episodios Nacionales* de Benito Pérez Galdós», *Revue des Deux Mondes*, XIV (1876), págs. 934-935.

LUKÁCS, George, *Aportaciones a la historia de la estética*, México, 1966.

— *La novela histórica*, Barcelona, 1976.

LLORÉNS, Vicente, «Galdós y la Burguesía», *Anales Galdosianos*, III (1968), págs. 51-59.

— «Historia y novela en Galdós», *Cuadernos Hispano-Americanos*, 250-252 (octubre 1970-enero 1971), págs. 73-82.

MADARIAGA, Benito, *Pérez Galdós, Bibliografía santanderina*, Santander, 1979.

MARAVALL, José Antonio, «Historia y novela», en el colectivo *Pío Baroja y su mundo*, I, Madrid, 1962.

MARCO, Joaquín, «Sobre los orígenes de la novela folletinesca en España», en *Ejercicios literarios*, Barcelona, 1969, págs: 73-96.

— *Literatura popular en España en los siglos XVIII y XIX*, 2 vols. Madrid, 1977.

MENÉNDEZ PELAYO, Marcelino, «Don Benito Pérez Galdós», en *Rogers* (cfr.), págs. 51-73.

MESA, Rafael de, «La génesis de los *Episodios Nacionales*», *Revista de Libros*, III (1919), págs. 33-46.

MONTESINOS, José F., *Introducción a una historia de la novela en España en el siglo XIX*, Valencia, 1955.

— «Galdós en busca de la novela», en *Rogers* (cfr.), páginas 113-119.

— *Galdós*, I, 2.ª ed., Madrid, 1980.

MORATO, Juan José, *Pablo Iglesias, educador de muchedumbres*, Barcelona, 1968.

OLIVAR-BERTRAND, Rafael, *Literatura y política*, Barcelona, 1967.

OLMET, Luis Antón del, y GARCÍA CARRAFFA, Arturo, *Los grandes españoles. Galdós*, Madrid, 1912.

OLSON, Paul R., «Galdós and History», *Modern Languages Notes*, LXXXV (1970), págs. 274-279.

OLLERO, Carlos, «Galdós y Balzac», en *Rogers* (cfr.), páginas 185-193.

PATTISON, W. T., «The Prehistory of the Episodios Nacionales», *Hispania*, LIII (1970), págs. 857-863.

Pérez Vidal, J., Edición de *Madrid*, de Galdós, Madrid, 1957.

Polt, John H. R., Introducción y notas a *Poesías del siglo XVIII*, Madrid, 1975.

Regalado García, Antonio, *Benito Pérez Galdós y la novela histórica española, 1868-1912*, Madrid, 1966.

Ricard, Robert, *Galdós et ses romans*, París, 1961.

Río, Ángel del, *Estudios galdosianos*, Nueva York, 1969.

Rodríguez, Alfred, *An Introduction to the Episodios Nacionales of Galdós*, Nueva York, 1967.

Rodríguez Correa, Ramón, «*Episodios Nacionales* por don Benito Pérez Galdós. *La batalla de Trafalgar. La corte de Carlos IV. El 19 de marzo y el 2 de mayo*», *Revista de España,* XXXIV (1873), págs. 566-573.

Rodríguez Puértolas, Julio, *Galdós: Burguesía y Revolución*, Madrid, 1975.

— Introducción a *El caballero encantado*, de Galdós, 2.ª ed., Madrid, 1979.

— Blanco Aguinaga, Carlos, y Zavala, Iris M., *Historia Social de la Literatura Española*, II, 2.ª ed., Madrid, 1981.

Rogers, Douglass M., ed., *Benito Pérez Galdós. El escritor y la crítica,* 2.ª ed., Madrid, 1979.

Rojas Ferrer, Pedro, *Valoración histórica de los Episodios Nacionales de Benito Pérez Galdós*, Cartagena, 1965.

Rossy, Hipólito, *Teoría del cante jondo*, Barcelona, 1966.

Ruiz Lagos, Manuel, *Ilustrados y reformadores en la Baja Andalucía*, Madrid, 1974.

Sáinz de Robles, Federico Carlos, «Don Benito Pérez Galdós. Su vida y sus obras», introducción a *Obras Completas* de Galdós, I, Madrid, 1945, págs. v-xcv.

— «Ensayo de un censo de los personajes galdosianos comprendidos en los *Episodios Nacionales*», en *Obras Completas* de Galdós, III, Madrid, 1945, págs. 1.379-1.831.

Schraibman, José, «Patria y patriotismo en los *Episodios Nacionales* de Galdós», *Boletín Informativo del Seminario de Derecho Político* (Universidad de Salamanca), 27 (agosto 1962), págs. 71-86.

Seco Serrano, Carlos, «Los *Episodios Nacionales* como fuente histórica», *Cuadernos Hispano-Americanos,* 250-252 (octubre 1970-enero 1971), págs. 256-284.

Shoemaker, William H., *Los prólogos de Galdós*, México, 1962.

Smith, V. A., y Varey, J. E., «*Esperpento:* Some Early Usages in the Novels of Galdós», en *Varey* (cfr.), págs. 195-204.

Solís, Ramón, Prólogo a su edición de *Trafalgar*, Madrid, 1969.

Torres Bodet, Jaime, *Tres inventores de realidad: Stendhal, Dostoevsky, Galdós*, México, 1956.

Valbuena Prat, Ángel, *Historia de la Literatura Española*, III, 4.ª ed., Barcelona, 1953.

Varela Hervías, Eulogio, *Cartas de Pérez Galdós a Mesonero Romanos*, Madrid, 1943.

Varey, J. E., ed., *Galdós Studies*, Londres, 1970.

— Cfr. Smith, V. A.

Vázquez Arjona, Carlos, «Cotejo histórico de cinco *Episodios Nacionales* de Benito Pérez Galdós», *Revue Hispanique*, LXVIII (1926), 321-551.

— «Un episodio nacional de Benito Pérez Galdós. *El 19 de marzo y el 2 de mayo:* cotejo histórico», *Bulletin Hispanique*, LXXIII (1931), págs. 116-139.

— «Introducción al estudio de la primera serie de los *Episodios Nacionales* de Pérez Galdós», *Publications of the Modern Languages Association*, XLVIII (1933), págs. 895-907.

Ynduráin, Francisco, *Galdós, entre la novela y el folletín*, Madrid, 1970.

Zavala, Iris M., «Socialismo y literatura: Ayguals de Izco y la novela española», *Revista de Occidente*, 80 (1969), páginas 167-188.

— *Ideología y política en la novela del siglo XIX*, Salamanca, 1971.

— «*El triunfo del canónigo:* teoría y novela en la España del siglo XIX», en *El texto en la Historia*, Madrid, 1981, páginas 11-68.

— Cfr. Rodríguez Puértolas, Julio.

Zellers, W., *La novela histórica en España, 1828-1850*, Nueva York, 1938.

Algunas ediciones de *Trafalgar*

La batalla de Trafalgar, Madrid, 1873.

Trafalgar. La corte de Carlos IV, Madrid, Noruega, 1874.

Trafalgar. La corte de Carlos IV, edición ilustrada, Madrid, La Guirnalda, 1882.

Trafalgar. La corte de Carlos IV, edición ilustrada, Madrid, La Guirnalda, 1888.

Trafalgar, ed., Pérez Galdós, Madrid, s. f.

Trafalgar. La corte de Carlos IV, Madrid, Hernando, 1914.

Trafalgar. La corte de Carlos IV, Madrid, Hernando, 1927.

Trafalgar, Madrid, Hernando, 1927.

Trafalgar, Madrid, Hernando, 1934.

Trafalgar, en *Obras Completas* de Galdós, I, Madrid, Aguilar, 1941.

Trafalgar, ilustraciones de Enrique y Arturo Mélida y Benito Pérez Galdós. Prólogo de Rafael Alberti, Buenos Aires, El Ceibo y La Encina, 1944.

Trafalgar, selección y prólogo de F. Estrella Gutiérrez, Buenos Aires, Kapelusz, 1953.

Trafalgar, Buenos Aires, Losada, 1957.

Trafalgar, introducción, notas y vocabulario de Beatriz E. Entenza, Buenos Aires, Huemul, 1969.

Trafalgar, prólogo de Ramón Solís, Madrid, Salvat-Alianza-RTV, 1969.

Trafalgar, introducción de Juan Ignacio Ferreras, Madrid, Urbión-Hernando, 1976.

Trafalgar

I

Se me permitirá que antes de referir el gran suceso de que fui testigo diga algunas palabras sobre mi infancia, explicando por qué extraña manera me llevaron los azares de la vida a presenciar la terrible catástrofe de nuestra Marina.

Al hablar de mi nacimiento, no imitaré a la mayor parte de los que cuentan hechos de su propia vida, quienes empiezan nombrando su parentela, las más veces noble, siempre hidalga por lo menos, si no se dicen descendientes del mismo emperador de Trapisonda[1]. Yo, en esta parte, no puedo adornar mi libro con sonoros apellidos; y fuera de mi madre, a quien conocí por poco tiempo, no tengo noticia de ninguno de mis ascendientes, si no es de Adán, cuyo parentesco me parece indiscutible. Doy principio, pues, a mi historia como Pablos, el buscón de Segovia[2]: afortunadamente Dios ha querido que en esto sólo nos parezcamos.

Yo nací en Cádiz, y en el famoso barrio de *La Viña*, que no es hoy, ni menos era entonces, academia de buenas costumbres. La memoria no me da luz alguna sobre mi persona y mis acciones en la niñez, sino desde

---

[1] Trebisonda es ciudad de la Turquía asiática. En la Edad Media, capital del imperio cruzado de Trapizonda, fundado por Alejandro Commeno, que duró hasta 1261. *Trapisonda* ha llegado a significar enredo, embrollo, mentira.

[2] Obvia referencia a la novela picaresca de Quevedo *Historia de la vida del Buscón llamado Don Pablos* (1626).

la edad de seis años; y si recuerdo esta fecha es porque la asocio a un suceso naval de que oí hablar entonces: el combate del cabo de San Vicente, acaecido en 1797[3].

Dirigiendo una mirada hacia lo que fue, con la curiosidad y el interés propios de quien se observa, imagen confusa y borrosa, en el cuadro de las cosas pasadas, me veo jugando en la Caleta con otros chicos de mi edad, poco más o menos. Aquello era para mí la vida entera; más aún, la vida normal de nuestra privilegiada especie; y los que no vivían como yo me parecían seres excepcionales del humano linaje, pues en mi infantil inocencia y desconocimiento del mundo yo tenía la creencia de que el hombre había sido criado para la mar, habiéndole asignado la Providencia, como supremo ejercicio de su cuerpo, la natación, y como constante empleo de su espíritu el buscar y coger cangrejos, ya para arrancarles y vender sus estimadas bocas, que llaman de la Isla, ya para propia satisfacción y regalo, mezclando así lo agradable con lo útil.

La sociedad en que yo me crié era, pues, de lo más rudo, incipiente y soez que puede imaginarse, hasta tal punto que los chicos de la Caleta éramos considerados como más canallas que los que ejercían igual industria y desafiaban con igual brío los elementos en Puntales; y por esta diferencia, uno y otro bando nos considerábamos rivales y a veces medíamos nuestras fuerzas en la Puerta de Tierra con grandes y ruidosas pedreas, que manchaban el suelo de heroica sangre.

Cuando tuve edad para meterme de cabeza en los negocios por cuenta propia, con objeto de ganar honradamente algunos cuartos, recuerdo que lucí mi travesura en el muelle, sirviendo de introductor de embajadores a los muchos ingleses que entonces, como ahora, nos visitaban. El muelle era una escuela ateniense para despabilarse en pocos años, y yo no fui de los alumnos

---

[3] Ocurrido el 14 de febrero de 1797, con desastrosos resultados para la flota española frente a la inglesa. Llamado también «la del 14» (nota 22). Véase más adelante, en especial, nota 34.

menos aprovechados en aquel vasto ramo del saber humano, así como tampoco dejé de sobresalir en el merodeo de la fruta, para lo cual ofrecía ancho campo a nuestra iniciativa y altas especulaciones la plaza de San Juan de Dios. Pero quiero poner punto en esta parte de mi historia, pues hoy recuerdo con vergüenza tan grande envilecimiento, y doy gracias a Dios de que me librara pronto de él, llevándome por más noble camino.

Entre las impresiones que conservo, está muy fijo en mi memoria el placer entusiasta que me causaba la vista de los barcos de guerra cuando se fondeaban frente a Cádiz o en San Fernando. Como nunca pude satisfacer mi curiosidad viendo de cerca aquellas formidables máquinas, yo me las representaba de un modo fantástico y absurdo, suponiéndolas llenas de misterios.

Afanosos para imitar las grandes cosas de los hombres, los chicos hacíamos también nuestras escuadras, con pequeñas naves, rudamente talladas, a que poníamos velas de papel o trapo, marinándolas con mucha decisión y seriedad en cualquier charco de Puntales o la Caleta. Para que todo fuera completo, cuando venía algún cuarto a nuestras manos por cualquiera de las vías industriales que nos eran propias, comprábamos pólvora en casa de la tía Coscoja, de la calle del Horno de Santa María, y con este ingrediente hacíamos una completa fiesta naval. Nuestras flotas se lanzaban a tomar viento en océanos de tres varas de ancho; disparaban sus piezas de caña; se chocaban remedando sangrientos abordajes, en que se batía con gloria su imaginaria tripulación; cubríalas el humo, dejando ver las banderas, hechas con el primer trapo de color encontrado en los basureros; y en tanto, nosotros bailábamos de regocijo en la costa, al estruendo de la artillería, figurándonos ser las naciones a que correspondían aquellos barcos y creyendo que en el mundo de los hombres y de las cosas grandes las naciones bailarían lo mismo presenciando la victoria de sus queridas escuadras. Los chicos ven todo de un modo singular.

Aquélla era época de grandes combates navales, pues

había uno cada año y alguna escaramuza cada mes. Yo me figuraba que las escuadras se batían unas con otras pura y simplemente porque les daba la gana, o con objeto de probar su valor, como dos guapos que se citan fuera de puertas para darse de navajazos. Me río recordando mis extravagantes ideas respecto a las cosas de aquel tiempo. Oía hablar mucho de Napoleón[4], ¿y cómo creen ustedes que yo me lo figuraba? Pues nada menos que igual en todo a los contrabandistas que, procedentes del campo de Gibraltar, se veían en el barrio de la Viña con harta frecuencia; me lo figuraba caballero en un potro jerezano, con su manta, polainas, sombrero de fieltro y el correspondiente trabuco. Según mis ideas, con este pergenio y seguido de otros aventureros del mismo empaque, aquel hombre, que todos pintaban como extraordinario, conquistaba la Europa, es decir, una gran isla, dentro de la cual estaban otras islas, que eran las naciones, a saber: Inglaterra, Génova, Londres, Francia, Malta, la tierra del Moro, América, Gibraltar, Mahón, Rusia, Tolón, etc. Yo había formado esta geografía a mi antojo, según las procedencias más frecuentes de los barcos con cuyos pasajeros hacía algún trato; y no necesito decir que entre todas estas naciones o islas España era la mejorcita, por lo cual los ingleses, unos a modo de salteadores de caminos, querían cogérsela para sí. Hablando de esto y otros asuntos diplomáticos, yo y mis colegas de la Caleta decíamos mil frases inspiradas en el más ardiente patriotismo.

Pero no quiero cansar al lector con pormenores que sólo se refieren a mis particulares impresiones, y voy a concluir de hablar de mí. El único ser que compensaba la miseria de mi existencia con un desinteresado afecto, era mi madre. Sólo recuerdo de ella que era muy hermosa, o al menos a mí me lo parecía. Desde que quedó viuda, se mantenía y me mantenía lavando y componiendo la ropa de algunos marineros. Su amor por mí

---

[4] Napoleón Bonaparte, ya emperador de los franceses desde 1804.

debía de ser muy grande. Caí gravemente enfermo de la fiebre amarilla, que entonces asolaba a Andalucía[5], y cuando me puse bueno me llevó como en procesión a oír misa a la Catedral vieja, por cuyo pavimento me hizo andar de rodillas más de una hora, y en el mismo retablo en que la oímos puso, en calidad de *exvoto,* un niño de cera que yo creí mi perfecto retrato.

Mi madre tenía un hermano, y si aquélla era buena, éste era malo y muy cruel por añadidura. No puedo recordar a mi tío sin espanto, y por algunos incidentes sueltos que conservo en la memoria, colijo que aquel hombre debió de haber cometido un crimen en la época a que me refiero. Era marinero, y cuando estaba en Cádiz y en tierra, venía a casa borracho como una cuba y nos trataba fieramente: a su hermana, de palabra, diciéndole los más horrendos vocablos, y a mí, de obra, castigándome sin motivo.

Mi madre debió de padecer mucho con las atrocidades de su hermano, y esto, unido al trabajo, tan penoso como mezquinamente retribuido, aceleró su fin, el cual dejó indeleble impresión en mi espíritu, aunque mi memoria puede hoy apreciarlo sólo de un modo vago.

En aquella edad de miseria y vagancia yo no me ocupaba más que en jugar junto a la mar o en correr por las calles. Mis únicas contrariedades eran las que pudieran ocasionarme un bofetón de mi tío, un regaño de mi madre o cualquier contratiempo en la organización de mis escuadras. Mi espíritu no había conocido aún ninguna emoción fuerte y verdaderamente honda, hasta que la pérdida de mi madre me presentó a la vida humana bajo un aspecto muy distinto del que hasta entonces

---

[5]   En la época a que se refiere el protagonista, y también en la época de acción de la novela (págs. 93 y 126), la fiebre amarilla hacía estragos en la Baja Andalucía; cfr. Adolfo de Castro, *Historia de Cádiz y su provincia desde los remotos tiempos hasta 1814*, Cádiz, 1858, pág. 540. Antonio Alcalá Galiana menciona una copla alusiva: «Estimado amigo, / en esta letrilla / voy a retratarte / la fiebre amarilla» *(Recuerdos de un anciano,* Madrid, 1878, pág. 18).

había tenido para mí. Por eso la impresión sentida no se ha borrado nunca de mi alma. Transcurridos tantos años, recuerdo aún, como se recuerdan las medrosas imágenes de un mal sueño, que mi madre yacía postrada con no sé qué padecimiento; recuerdo haber visto entrar en casa unas mujeres, cuyos nombres y condición no puedo decir; recuerdo oír lamentos de dolor, y sentirme yo mismo en los brazos de mi madre; recuerdo también, refiriéndolo a todo mi cuerpo, el contacto de unas manos muy frías, pero muy frías. Creo que después me sacaron de allí, y con estas indecisas memorias se asocia la vista de unas velas amarillas que daban pavorosa claridad en medio del día, el rumor de unos rezos, el cuchicheo de unas viejas charlatanas, las carcajadas de marineros ebrios, y, después de esto, la triste noción de la orfandad, la idea de hallarme solo y abandonado en el mundo, idea que embargó mi pobre espíritu por algún tiempo.

No tengo presente lo que hizo mi tío en aquellos días. Sólo sé que sus crueldades conmigo se redoblaron hasta tal punto, que cansándome de sus malos tratos, me evadí de la casa, deseoso de buscar fortuna. Me fui a San Fernando; de allí a Puerto Real. Juntéme con la gente más perdida de aquellas playas, fecundas en héroes de encrucijada, y no sé cómo ni por qué motivo fui a parar con ellos a Medinasidonia, donde hallándonos cierto día en una taberna se presentaron algunos soldados de Marina que hacían la leva, y nos desbandamos, refugiándose cada cual donde pudo. Mi buena estrella me llevó a cierta casa, cuyos dueños se apiadaron de mí, mostrándome gran interés, sin duda por el relato que de rodillas, bañado en lágrimas y con ademán suplicante, hice de mi triste estado, de mi vida, y, sobre todo, de mis desgracias.

Aquellos señores me tomaron bajo su protección, librándome de la leva, y desde entonces quedé a su servicio. Con ellos me trasladé a Vejer de la Frontera, lugar de su residencia, pues sólo estaban de paso en Medinasidonia.

Mis ángeles tutelares fueron don Alonso Gutiérrez de Cisniega, capitán de navío, retirado del servicio, y su mujer, ambos de avanzada edad. Enseñáronme muchas cosas que no sabía, y como me tomaron cariño, al poco tiempo adquirí la plaza de paje del señor don Alonso, al cual acompañaba en su paseo diario, pues el buen inválido no movía el brazo derecho y con mucho trabajo la pierna correspondiente. No sé qué hallaron en mí para despertar su interés. Sin duda, mis pocos años, mi orfandad y también la docilidad con que les obedecía, fueron parte a merecer una benevolencia a que he vivido siempre profundamente agradecido. Hay que añadir a las causas de aquel cariño, aunque me esté mal el decirlo, que yo, no obstante haber vivido hasta entonces en contacto con la más desharrapada canalla, tenía cierta cultura o delicadeza ingénita que en poco tiempo me hizo cambiar de modales, hasta el punto de que algunos años después, a pesar de la falta de todo estudio, hallábame en disposición de poder pasar por persona bien nacida.

Cuatro años hacía que estaba en la casa cuando ocurrió lo que voy a referir. No me exija el lector una exactitud que tengo por imposible, tratándose de sucesos ocurridos en la primera edad y narrados en el ocaso de la existencia, cuando cercano a mi fin, después de una larga vida, siento que el hielo de la senectud entorpece mi mano al manejar la pluma, mientras el entendimiento aterido intenta engañarse, buscando en el regalo de dulces o ardientes memorias un pasajero rejuvenecimiento. Como aquellos viejos verdes que creen despertar su voluptuosidad dormida engañando los sentidos con la contemplación de hermosuras pintadas, así intentaré dar interés y lozanía a los mustios pensamientos de mi ancianidad, recalentándolos con la representación de antiguas grandezas.

Y el efecto es inmediato. ¡Maravillosa superchería de la imaginación! Como quien repasa hojas hace tiempo dobladas de un libro que se leyó, así miro con curiosidad y asombro los años que fueron; y mientras dura el embeleso de esta contemplación, parece que un genio amigo viene y me quita de encima la pesadumbre de los años, aligerando la carga de mi ancianidad, que tanto agobia el cuerpo como el alma. Esta sangre, tibio y perezoso humor que hoy apenas presta escasa animación a mi caduco organismo, se enardece, se agita, circula, bulle, corre y palpita en mis venas con acelerada pulsación. Parece que en mi cerebro entra de improviso una gran luz que ilumina y da forma a mil ignorados prodigios, como la antorcha del viajero que, esclareciendo la oscura cueva, da a conocer las maravillas de la geología tan de repente que parece que las crea. Y al mismo tiempo mi corazón, muerto para las grandes sensaciones, se levanta, Lázaro llamado por voz divina[6], y se me sacude en el pecho, causándome a la vez dolor y alegría.

Soy joven; el tiempo no ha pasado; tengo frente a mí los principales hechos de mi mocedad; estrecho la mano de antiguos amigos; en mi ánimo se reproducen las emociones dulces o terribles de la juventud, el ardor del triunfo, el pesar de la derrota, las grandes alegrías, así como las grandes penas, asociadas en los recuerdos como lo están en la vida. Sobre todos mis sentimientos domina uno, el que dirigió siempre mis acciones durante aquel azaroso periodo comprendido entre 1805 y 1834. Cercano al sepulcro, y considerándome el más inútil de los hombres, ¡aún haces brotar lágrimas de mis ojos, amor santo de la patria! En cambio, yo aún puedo consagrarte una palabra, maldiciendo al ruin escéptico que te niega y al filósofo corrompido que te confunde con los intereses de un día.

A este sentimiento consagré mi edad viril y a él consagro esta faena de mis últimos años, poniéndolo por genio tutelar o ángel custodio de mi existencia escrita, ya que lo fue de mi existencia real. Muchas cosas voy

---

[6] La resurrección del Lázaro evangélico aparece en *Juan*, 11.1-46.

a contar. ¡Trafalgar, Bailén[7], Madrid[8], Zaragoza[9], Gerona[10], Arapiles[11]!... De todo esto diré alguna cosa, si no os falta la paciencia[11bis]. Mi relato no será tan bello como debiera, pero haré todo lo posible para que sea verdadero.

II

En uno de los primeros días de octubre de aquel año funesto (1805), mi noble amo me llamó a su cuarto, y mirándome con su habitual severidad (cualidad tan sólo aparente, pues su carácter era sumamente blando), me dijo:

---

[7] El 19 de julio de 1808, el ejército francés del general Dupont se rinde en Bailén al general Castaños. Es la primera derrota de Napoleón. Cfr. el episodio *Bailén,* cuarto de la primera serie.

[8] El 2 de mayo de 1808 el pueblo madrileño se alza contra los ocupantes franceses mandados por Murat; en la madrugada del 3 tienen lugar los fusilamientos de patriotas en La Moncloa. Más adelante, como consecuencia de la victoria española en Bailén (cfr. nota 7), el rey intruso, José I, abandona la capital. El propio Napoleón entra en la Península para reponer en el trono a su hermano: Madrid se entrega el 1 de diciembre de 1808, tras heroica e inútil resistencia. Cfr. los episodios *El 19 de marzo y el 2 de mayo* y *Napoleón en Chamartín,* respectivamente, tercero y quinto de la primera serie.

[9] Tras un primer sitio en 1808 (mayo-agosto), en que los franceses hubieron finalmente de retirarse, Zaragoza soportó un segundo asedio desde diciembre de dicho año hasta el 21 de febrero de 1809, fecha en que los defensores de la ciudad, dirigidos por el general José de Palafox, capitularon ante el mariscal Lannes. Cfr. el episodio *Zaragoza,* sexto de la primera serie.

[10] Tras dos primeros sitios en 1808, en que las tentativas francesas para apoderarse de la ciudad fracasaron, Gerona sufrió un tercer asedio de mayo a diciembre de 1809, en que la ciudad, al mando del general Mariano Álvarez de Castro, capituló ante el francés Augereau. Cfr. el episodio *Gerona,* séptimo de la primera serie.

[11] En julio de 1812, el ejército anglo-español al mando del duque de Wellington derrotó al francés Marmont en Arapiles, cerca de Salamanca, en una de las más grandes y decisivas batallas de la guerra de la Independencia. Cfr. el episodio *La batalla de los Arapiles,* décimo y último de la primera serie.

[11bis] Sobre este párrafo en el manuscrito de *Trafalgar,* cfr. pág. 9 y nota 27 de la introducción.

—Gabriel, ¿eres tú hombre de valor?

No supe al principio qué contestar, porque, a decir verdad, en mis catorce años de vida no se me había presentado aún ocasión de asombrar al mundo con ningún hecho heroico; pero el oírme llamar *hombre* me llenó de orgullo, y pareciéndome al mismo tiempo indecoroso negar mi valor ante persona que lo tenía en tan alto grado, contesté con pueril arrogancia:

—Sí, mi amo; soy hombre de valor.

Entonces aquel insigne varón, que había derramado su sangre en cien combates gloriosos, sin que por esto se desdeñara de tratar confiadamente a su leal criado, sonrió ante mí, hízome seña de que me sentara, y ya iba a poner en mi conocimiento alguna importante resolución, cuando su esposa y mi ama, doña Francisca, entró de súbito en el despacho para dar mayor interés a la conferencia, y comenzó a hablar destempladamente en estos términos:

—No, no irás...; te aseguro que no irás a la escuadra. ¡Pues no faltaba más!... ¡A tus años y cuando te has retirado del servicio por viejo!... ¡Ay Alonsito, has llegado a los setenta y ya no estás para fiestas!

Me parece que aún estoy viendo a aquella respetable cuanto iracunda señora con su gran papalina, su saya de organdí, sus rizos blancos y su lunar peludo a un lado de la barba. Cito estos cuatro detalles heterogéneos porque sin ellos no puede representársela mi memoria. Era una mujer hermosa en la vejez, como la Santa Ana de Murillo[12]; y su belleza respetable habría sido perfecta, y la comparación con la madre de la Virgen, exacta, si mi ama hubiera sido muda como una pintura.

Don Alonso, algo acobardado, como de costumbre siempre que la oía, le contestó:

---

[12] Bartolomé Esteban Murillo (1617-1682), pintor sevillano. Sobre las comparaciones de personajes galdosianos con cuadros famosos, cfr. introducción. Alude aquí Galdós al cuadro (conservado en el Museo del Prado) *Santa Ana enseñando a leer a la Virgen*.

—Necesito ir, Paquita. Según la carta que acabo de recibir de ese buen Churruca[13], la escuadra combinada[14] debe, o salir de Cádiz provocando el combate con los ingleses, o esperarlos en la bahía, si se atreven a entrar. De todos modos, la cosa va a ser sonada.

—Bueno, me alegro —repuso doña Francisca—. Ahí están Gravina[15], Valdés[16], Cisneros[17], Churruca, Alca-

---

[13] Cosme Damián Churruca (1761-1805). Brigadier de la Armada española. Se había destacado en varias expediciones marítimas, como las del estrecho de Magallanes, del Caribe y de América del Norte, y en otras acciones. Autor de memorias y escritos técnicos. Jefe de la división española de la escuadra combinada (cfr. nota 14) en Trafalgar, a bordo del *San Juan Nepomuceno,* donde murió tras de que una bala de cañón le llevase una pierna. Cfr. nota 93.

[14] La escuadra combinada franco-española estaba al mando del vicealmirante francés Pierre Charles de Villeneuve (cfr. nota 48). Fondeada en Cádiz, la escuadra saldrá para enfrentarse en Trafalgar con la inglesa, mandado por *Sir* Horace Nelson (cfr. notas 44 y 121).

[15] Federico Gravina (1756-1806). Almirante de la Armada española. Participó en numerosas acciones, entre ellas la de Finisterre (cfr. nota 37). En Trafalgar mandaba la reserva de la escuadra combinada, con doce barcos. A bordo del *Príncipe de Asturias,* pierde un brazo en el combate, de resultas de lo cual muere a los pocos meses.

[16] Cayetano Valdés y Flores Bazán (1767-1834). Brigadier de la Armada española. Participó en numerosas acciones, como el sitio de Gibraltar (1782; cfr. nota 29), el ataque a Argel (cfr. nota 23), el combate del cabo de San Vicente (cfr. nota 34), etc. A bordo del *Neptuno* en Trafalgar, fue herido y hecho prisionero. Fue desterrado en tiempos de Fernando VII; acabó sus días como Capitán General de la Armada. Reaparece brevemente en otro episodio, al mando de la falúa en que Fernando VII llega al Puerto de Santa María para recuperar su poder absoluto en 1823 (cfr. *Los cien mil hijos de San Luis,* OC, I, pág. 1.504).

[17] Baltasar Hidalgo de Cisneros (1770-1829). Contraalmirante de la Armada española. Participó en los ataques a Argel (cfr. nota 23) y a Tolón (cfr. nota 32), en la campaña franco-española del Canal de la Mancha, en el combate del cabo de San Vicente (cfr. nota 34), etc. Jefe de escuadra en Trafalgar, fue herido y hecho prisionero a bordo del *Santísima Trinidad.* Posteriormente, ministro de Marina de Fernando VII y último virrey de Buenos Aires. Reaparece, de modo muy poco favorable, en *Memorias de un cortesano de 1815 (OC,* I, páginas 1.120, 1.122).

lá Galiano[18] y Álava[19]. Que machaquen duro sobre esos perros ingleses. Pero tú estás hecho un trasto viejo, que no sirves para maldita de Dios la cosa. Todavía no puedes mover el brazo izquierdo, que te dislocaron en el cabo de San Vicente.

Mi amo movió el brazo izquierdo con un gesto académico y guerrero, para probar que lo tenía expedito. Pero doña Francisca, no convencida con tan endeble argumento, continuó chillando en estos términos:

—No, no irás a la escuadra, porque allí no hacen falta estantiguas como tú. Si tuvieras cuarenta años, como cuando fuiste a la Tierra del Fuego[20] y me trajiste aquellos collares verdes de los indios... Pero ahora... Ya sé yo que ese calzonazos de Marcial te ha calentado los cascos anoche y esta mañana, hablándote de batallas. Me parece que el señor Marcial y yo tenemos que reñir... Vuélvase él a los barcos si quiere, para que le quiten la pierna que le queda... ¡Oh San José bendito! Si en mis quince hubiera sabido yo lo que era la gente de mar... ¡Qué tormento! ¡Ni un día de reposo! Se casa una para vivir con su marido, y a lo mejor viene un despacho de Madrid que en dos palotadas me lo manda qué sé yo adónde, a la Patagonia, al Japón o al mismo infierno. Está un diez o doce meses sin verle, y, al fin, si no se le comen los señores salvajes, vuelve hecho una miseria, tan enfermo y amarillo, que no sabe una qué hacer para volverle a su color natural... Pero pájaro viejo no entra en jaula, y de repente viene otro despachi-

[18] Dionisio Alcalá Galiano (1762-1805). Brigadier de la Armada española. Participó en varios combates y expediciones, como la de Alejandro Malespina alrededor del mundo (cfr. nota 71) y en la del estrecho de Fuca (cfr. nota 30). Autor de notables obras científicas. En Trafalgar, comandante del *Bahama,* a bordo del cual murió.

[19] Ignacio M. de Álava. Vicealmirante de la Armada española. En Trafalgar mandaba la vanguardia de la escuadra combinada, con siete barcos. Herido a bordo del *Santa Ana,* su nave fue apresada, pero Álava dirigió poco después la sublevación de los prisioneros españoles y liberó el buque. Cfr. notas 124 y 128.

[20] Sobre esta expedición a Tierra del Fuego, cfr. nota 30.

to de Madrid... Vaya usted a Tolón, a Brest, a Nápoles, acá o acullá, donde le da la gana al bribonazo del Primer Cónsul[21]... ¡Ah!, si todos hicieran lo que yo digo, ¡qué pronto las pagaría todas juntas ese caballerito que trae tan revuelto al mundo!

Mi amo miró sonriendo una mala estampa clavada en la pared, y que, torpemente iluminada por ignoto artista, representaba al emperador Napoleón, caballero en un corcel verde, con el célebre redingote embadurnado de bermellón. Sin duda, la impresión que dejó en mí aquella obra de arte, que contemplé durante cuatro años, fue causa de que modificara mis ideas respecto al traje de contrabandista del grande hombre, y en lo sucesivo me lo representé vestido de cardenal y montado en un caballo verde.

—Esto no es vivir —continuó doña Francisca, agitando los brazos—. Dios me perdone; pero aborrezco el mar, aunque dicen que es una de sus mejores obras. ¡No sé para qué sirve la Santa Inquisición si no convierte en cenizas esos endiablados barcos de guerra! Pero vengan acá y díganme: ¿para qué es eso de estarse arrojando balas y más balas, sin más ni más, puestos sobre cuatro tablas que, si se quiebran, arrojan al mar centenares de infelices? ¿No es esto tentar a Dios? ¡Y estos hombres se vuelven locos cuando oyen un cañonazo! ¡Bonita gracia! A mí se me estremecen las carnes cuando los oigo, y si todos pensaran como yo, no habría más guerras en el mar... y todos los cañones se convertirían en campanas. Mira, Alonso —añadió, deteniéndose ante su marido—: me parece que ya os han derrotado bastantes veces. ¿Queréis otra? Tú y esos otros tan locos como tú, ¿no estáis satisfechos después de la del catorce?[22]*.

---

[21] Gracias al golpe del 18 Brumario de 1797, Napoleón liquidó el Directorio francés (cfr. nota 89) y fue nombrado Primer Cónsul por diez años, y cónsul vitalicio en 1802. Cuando doña Francisca habla, Napoleón era ya emperador (1804).

[22] Cfr. notas 3 y 34.

* Así se llamaba al combate del cabo de San Vicente [N. del A.]

Don Alonso apretó los puños al oír aquel triste recuerdo, y no profirió un juramento de marino por respeto a su esposa.

—La culpa de tu obstinación en ir a la escuadra —añadió la dama, cada vez más furiosa— la tiene el picarón de Marcial, ese endiablado marinero que debió ahogarse cien veces, y cien veces se ha salvado para tormento mío. Si él quiere volver a embarcarse con su pierna de palo, su brazo roto, su ojo de menos y sus cincuenta heridas, que vaya en buen hora, y Dios quiera que no vuelva a aparecer por aquí...; pero tú no irás, Alonso, tú no irás, porque estás enfermo y porque has servido bastante al Rey, quien, por cierto, te ha recompensado muy mal; y yo que tú, le tiraría a la cara al señor generalísimo de mar y tierra los galones de capitán de navío que tienes desde hace diez años... A fe que debían haberte hecho almirante cuando menos, que harto lo merecías cuando fuiste a la expedición de África[23] y me trajiste aquellas cuentas azules que, con los collares de los indios, me sirvieron para adornar la urna de la Virgen del Carmen.

—Sea o no almirante, yo debo ir a la escuadra, Paquita —dijo mi amo—. Yo no puedo faltar a ese combate. Tengo que cobrar a los ingleses cierta cuenta atrasada.

—Bueno estás tú para cobrar estas cuentas —contestó mi ama—: un hombre enfermo y medio baldado...

—Gabriel irá conmigo —añadió don Alonso, mirándome de un modo que infundía valor.

Yo hice un gesto que indicaba mi conformidad con tan heroico proyecto; pero cuidé de que no me viera doña Francisca, la cual me habría hecho notar el irresistible peso de su mano si observara mis disposiciones belicosas.

---

[23] Alusión al ataque español contra Argel (1775), de resultados desastrosos para los expedicionarios, que tuvieron cinco mil muertos. Conocida más habitualmente como «expedición de Argel» (cfr. más adelante); la Armada salió de Cartagena. Cfr. Vázquez Arjona, «Cotejo histórico...», pág. 328.

Ésta, al ver que su esposo parecía resuelto, se enfureció más; juró que si volviera a nacer, no se casaría con ningún marino; dijo mil pestes del Emperador[24], de nuestro amado Rey[25], del Príncipe de la Paz[26], de todos los signatarios del Tratado de Subsidios[27], y terminó asegurando al valiente marino que Dios le castigaría por su insensata temeridad.

Durante el diálogo, que he referido sin responder de su exactitud, pues sólo me fundo en vagos recuerdos, una tos recia y perruna, resonando en la habitación inmediata, anunciaba que Marcial, el mareante viejo, oía desde muy cerca la ardiente declamación de mi ama, que le había citado bastantes veces con comentarios poco benévolos. Deseoso de tomar parte en la conversación, para lo cual le autorizaba la confianza que tenía en la casa, abrió la puerta y se presentó en el cuarto de mi amo.

Antes de pasar adelante, quiero dar de éste algunas noticias, así como de su hidalga consorte, para mejor conocimiento de lo que va a pasar.

---

[24] Napoleón I, emperador desde 1804.

[25] Carlos IV, que reinó de 1788 a 1808, año en que abdicó a favor de su hijo Fernando VII tras el motín popular de Aranjuez. Cfr. el episodio *El 19 de marzo y el 2 de mayo*.

[26] Manuel Godoy (1767-1851), favorito de Carlos IV y amante de la reina María Luisa. Pasó de simple guarda de corps a primer ministro; depuesto como consecuencia del motín popular de Aranjuez (cfr. el episodio *El 19 de marzo y el 2 de mayo*). El título de *Príncipe de la Paz* lo obtuvo en 1796, tras la firma de la *Paz de Basilea* (cfr. nota 65), que puso fin a la guerra entre España y la República Francesa.

[27] El *Tratado de Subsidios* se firmó en 1803 entre España y Francia. Carlos IV se comprometía a entregar al país vecino seis millones de francos mensuales, a cambio de la neutralidad frente a Inglaterra. Pero los ingleses continuaron asaltando los barcos españoles procedentes de América. El *Tratado de Subsidios* fue una de las medidas más impopulares de Carlos IV y de su favorito Godoy.

III

Don Alonso Gutiérrez de Cisniega pertenecía a una antigua familia del mismo Vejer. Consagráronle a la carrera naval, y desde su juventud, siendo guardia marina, se distinguió honrosamente en el ataque que los ingleses dirigieron contra La Habana en 1748[28]. Formó parte de la expedición que salió de Cartagena contra Argel en 1775, y también se halló en el ataque de Gibraltar por el duque de Crillón en 1782[29]. Embarcóse más tarde para la expedición al estrecho de Magallanes[30] en la corbeta *Santa María de la Cabeza*, que mandaba don Antonio de Córdoba[31]; también se halló en los gloriosos combates que sostuvo la escuadra angloespañola contra la francesa delante de Tolón en 1793[32], y, por último, terminó su gloriosa carrera en el desastroso encuentro del cabo de San Vicente, mandando el navío *Mejicano*, uno de los que tuvieron que rendirse[33].

Desde entonces, mi amo, que no había ascendido

---

[28] En 1748, la escuadra inglesa al mando del almirante Knowles interceptó la flota de Nueva España procedente de Veracruz. Los barcos españoles intentan refugiarse en La Habana, pero poco antes de llegar tiene lugar el mencionado combate, de ambiguos resultados.

[29] Fracasado intento de recuperar Gibraltar, dirigido por el duque de Crillon (1717-1796), francés al servicio de España desde 1762, y que se había distinguido en la recuperación de Menorca. En este episodio de Gibraltar murió el escritor Cadalso.

[30] En 1792 se organizó una expedición de reconocimiento del estrecho de Fuca, con Dionisio Alcalá Galiano (cfr. nota 18) al mando de la *Sutil* y Cayetano Valdés (cfr. nota 16) de la *Mejicana*. La empresa fue continuada por Antonio de Córdova (cfr. nota 31).

[31] Antonio de Córdova. Marino español. Con dos paquebotes y a bordo del *Santa María de la Cabeza*, una fragata española de 34 cañones, construida en 1780 en La Habana, dirigió la expedición al estrecho de Magallanes (cfr. nota 30). Participó en el ataque a Tolón (cfr. nota 32) y en el combate del cabo de San Vicente, donde la escuadra por él comandada es derrotada por los ingleses (cfr. nota 34). En Trafalgar, a bordo del *Santa María de la Cabeza*.

[32] Ataque de la escuadra anglo-española contra este puerto de la Francia revolucionaria.

[33] Cfr. nota 34.

conforme a su trabajosa y dilatada carrera, se retiró del servicio. De resultas de las heridas recibidas en aquella triste jornada, cayó enfermo del cuerpo y más gravemente del alma, a consecuencia del pesar de la derrota. Curábale su esposa con amor, aunque no sin gritos, pues el maldecir a la marina y a los navegantes era en su boca tan habitual como los dulces nombres de Jesús y María en boca de un devoto.

Era doña Francisca una señora excelente, ejemplar, de noble origen, devota y temerosa de Dios, como todas las hembras de aquel tiempo; caritativa y discreta, pero con el más arisco y endemoniado genio que he conocido en mi vida. Francamente, yo no considero como ingénito aquel iracundo temperamento, sino, antes bien, creado por los disgustos que le ocasionó la desabrida profesión de su esposo; y es preciso confesar que no se quejaba sin razón, pues aquel matrimonio, que durante cincuenta años habría podido dar veinte hijos al mundo y a Dios, tuvo que contentarse con uno solo: la encantadora y sin par Rosita, de quien hablaré después. Por estas y otras razones, doña Francisca pedía al Cielo en sus diarias oraciones el aniquilamiento de todas las escuadras europeas.

En tanto, el héroe se consumía tristemente en Vejer, viendo sus laureles apolillados y roídos de ratones, y meditaba y discurría a todas horas sobre un tema importante; es decir, que si Córdova, comandante de nuestra escuadra hubiera mandado orzar a babor en vez de ordenar la maniobra a estribor, los navíos *Mejicano, San José, San Nicolás* y *San Isidro* no habrían caído en poder de los ingleses, y el almirante inglés Jerwis habría sido derrotado[34]. Su mujer, Marcial, hasta yo mismo,

---

[34] La escuadra española, al mando de Antonio de Córdova (cfr. nota 31) es derrotada (1797) en el cabo de San Vicente por la inglesa de *Sir* John Jerwis (1734-1823), desde entonces conde de San Vicente. Cuatro barcos españoles se rinden: *Mejicana, San José, San Nicolás, San Isidro.* Jerwis (que aparece como «Jerin» en el *Censo* de Sáinz de Robles, *OC*, III, pág. 1.488) se había apoderado en 1793 de parte de la Martinica francesa (cfr. nota 36). En 1795 era jefe de la escuadra inglesa del Mediterráneo.

extralimitándome en mis atribuciones, le decíamos que la cosa no tenía duda, a ver si, dándonos por convencidos, se templaba el vivo ardor de su manía; pero ni por ésas: su manía le acompañó al sepulcro.

Pasaron ocho años después de aquel desastre, y la noticia de que la escuadra combinada iba a tener un encuentro decisivo con los ingleses produjo en él cierta excitación que parecía rejuvenecerle. Dio, pues, en la flor de que había de ir a la escuadra para presenciar la indudable derrota de sus mortales enemigos; y aunque su esposa trataba de disuadirle, como he dicho, era imposible desviarle de tan estrafalario propósito. Para dar a comprender cuán vehemente era su deseo, basta decir que osaba contrariar, aunque evitando toda disputa, la firme voluntad de doña Francisca; y debo advertir, para que se tenga idea de la obstinación de mi amo, que éste no tenía miedo a los ingleses, ni a los franceses, ni a los argelinos, ni a los salvajes del estrecho de Magallanes, ni al mar irritado, ni a los monstruos acuáticos, ni a la ruidosa tempestad, ni al cielo, ni a la tierra: no tenía miedo a cosa alguna creada por Dios mas que a su bendita mujer.

Réstame hablar ahora del marinero Marcial, objeto del odio más vivo por parte de doña Francisca, pero cariñosa y fraternalmente amado por mi amo don Alonso, con quien había servido.

Marcial (nunca supe su apellido), llamado entre los marineros *Medio-hombre,* había sido contramaestre en barcos de guerra durante cuarenta años. En la época de mi narración, la facha de este héroe de los mares era de lo más singular que puede imaginarse. Figúrense ustedes, señores míos, un hombre viejo, más bien alto que bajo, con una pierna de palo, el brazo izquierdo cortado a cercén más abajo del codo, un ojo menos, la cara garabateada por multitud de chirlos en todas direcciones y con desorden trazados por armas enemigas de diferentes clases, con la tez morena y curtida como la de todos los marinos viejos, con una voz ronca, hueca y perezosa, que no se parecía a la de ningún habitante

racional de tierra firme, y podrán formarse idea de este personaje, cuyo recuerdo me hace deplorar la sequedad de mi pa-
leta, pues a fe que merece ser pintado por un diestro retratis-
ta. No puedo decir si su aspecto hacía reír o imponía respeto: creo que ambas cosas a la vez, y según como se le mirase.

Puede decirse que su vida era la historia de la Marina
española en la última parte del siglo pasado y principios
del presente; historia en cuyas páginas las gloriosas acciones alternan con lamentables desdichas. Marcial había na-
vegado en el *Conde de Regla*, en el *San Joaquín*, en el *Real
Carlos*, en el *Trinidad*[35] y en otros heroicos y desgraciados
barcos que, al perecer derrotados con honra o destruidos
con alevosía, sumergieron con sus viejas tablas el poderío
naval de España. Además de las campañas en que tomó
parte con mi amo, *Medio-hombre* había asistido a otras
muchas, tales como la expedición a la Martinica[36], la acción de Finisterre[37], y antes el terrible episodio del Estrecho, en la noche del 12 de julio de 1801[38], y al combate
del cabo de Santa María, en 5 de octubre de 1804[39].

[35] *El Conde de Regla*, de 112 cañones, fue construido en 1786; el *San
Joaquín*, de 74 cañones, fue construido en 1771; el *Real Carlos*, de 112,
construido en 1787 en La Habana, desapareció en aguas del estrecho
de Gibraltar entre el 12 y 13 de julio de 1801 (véase nota 38).

[36] En 1793, los ingleses, al mando de *Sir* John Jerwis (cfr. nota 34)
habían ocupado parte de la Martinica francesa. Una escuadra franco-
española, dirigida por Villeneuve (cfr. nota 48) intentó liberar las
zonas ocupadas (1805), pero el almirante francés ordenó retirada al
saber de la llegada al Caribe de una escuadra inglesa mandada por
Nelson (cfr. notas 44 y 121).

[37] La flota franco-española, de regreso de Martinica (cfr. nota 36),
se encuentra en Finisterre (1805) con una escuadra inglesa. Villeneuve,
el almirante francés (cfr. nota 48) rehúsa el combate, y como consecuencia, la división española, al mando de Gravina (cfr. nota 15), es
derrotada. Se pierden los barcos *Firme* y *Rafael*.

[38] La escuadra franco-española, en viaje de Algeciras a Cádiz
(1801), es atacada, con nocturnidad, por la inglesa. Dos barcos españoles, el *Real Carlos* y el *San Hermenegildo,* luchan entre sí por error
y vuelan por los aires, con un saldo de unos dos mil muertos, entre
ellos los respectivos comandantes, J. Ezquerra y J. Emparán.

[39] La flota del Río de la Plata, con caudales de Lima y Buenos
Aires, es atacada en el cabo de Santa María por los ingleses (1804);
cuatro barcos españoles son capturados (cfr. notas 50, 51).

A la edad de sesenta y seis años se retiró del servicio, mas no por falta de bríos, sino porque ya se hallaba completamente desarbolado y fuera de combate. Él y mi amo eran en tierra dos buenos amigos; y como la hija única del contramaestre se hallase casada con un antiguo criado de la casa, resultando de esta unión un nieto, *Medio-hombre* se decidió a echar para siempre el ancla, como un viejo pontón inútil para la guerra, y hasta llegó a hacerse la ilusión de que le gustaba la paz. Bastaba verle para comprender que el empleo más difícil que podía darse a aquel resto glorioso de un héroe era el de cuidar chiquillos; y, en efecto, Marcial no hacía otra cosa que cargar, distraer y dormir a su nieto, para cuya faena le bastaban sus canciones marineras sazonadas con algún juramento propio del oficio.

Mas al saber que la escuadra combinada se apercibía para un gran combate, sintió renacer en su pecho el amortiguado entusiasmo y soñó que se hallaba mandando la marinería en el alcázar de proa del *Santísima Trinidad*. Como notase en don Alonso iguales síntomas de recrudecimiento, se franqueó con él, y desde entonces pasaban gran parte del día y de la noche comunicándose así las noticias recibidas como las propias sensaciones, refiriendo hechos pasados, haciendo conjeturas sobre los venideros y soñando despiertos, como dos grumetes que en íntima confidencia calculan el modo de llegar a almirantes.

En estas encerronas, que traían a doña Francisca muy alarmada, nació el proyecto de embarcarse en la escuadra para presenciar el próximo combate. Ya saben ustedes la opinión de mi ama y las mil picardías que dijo del marinero embaucador; ya saben que don Alonso insistía en poner en ejecución tan atrevido pensamiento, acompañado de su paje, y ahora me resta referir lo que todos dijeron cuando Marcial se presentó a defender la guerra contra el vergonzoso *statu quo* de doña Francisca.

IV

—Señor Marcial —dijo ésta con redoblado furor—, si quiere usted ir a la escuadra a que le den la última mano, puede embarcar cuando quiera; pero lo que es éste no irá.

—Bueno —contestó el marinero, que se había sentado en el borde de una silla, ocupando sólo el espacio necesario para sostenerse—; iré yo solo. El demonio me lleve si me quedo sin echar el catalejo a la fiesta.

Después añadió con expresión de júbilo:

—Tenemos quince navíos, y los francesitos veinticinco barcos. Si todos fueran nuestros, no era preciso tanto... ¡Cuarenta buques y mucho corazón embarcado!

Como se comunica el fuego de una mecha a otra que está cercana, así el entusiasmo que irradió del ojo de Marcial encendió los dos, ya por la edad amortiguados, de mi buen amo.

—Pero el *Señorito*[40] —continuó *Medio-hombre*— traerá muchos también. Así me gustan a mí las funciones: mucha madera donde mandar balas y mucho *jumo* de pólvora que caliente el aire cuando hace frío.

Se me había olvidado decir que Marcial, como casi todos los marinos, usaban un vocabulario formado por los más peregrinos terminachos, pues es costumbre en la gente de mar de todos los países desfigurar la lengua patria hasta convertirla en caricatura. Observando la mayor parte de las voces usadas por los navegantes, se ve que son simplemente corruptelas de las palabras más comunes, adaptadas a su temperamento arrebatado y enérgico, siempre propenso a abreviar todas las funciones de la vida, y especialmente el lenguaje. Oyéndolos hablar, me ha parecido a veces que la lengua es un órgano que les estorba.

---

[40] *El Señorito* es Nelson (cfr. notas 44 y 121), según Marcial.

Marcial, como digo, convertía los nombres en verbos, y éstos en nombres, sin consultar con la Academia. Asimismo aplicaba el vocabulario de la navegación a todos los actos de la vida, asimilando el navío con el hombre, en virtud de una forzada analogía entre las partes de aquél y los miembros de éste. Por ejemplo, hablando de la pérdida de su ojo, decía que había cerrado el *portalón de estribor*[41], y para expresar la rotura del brazo decía que se había quedado sin la *serviola de babor*[42]. Para él el corazón, residencia del valor y del heroísmo, era el *pañol de la pólvora,* así como el estómago el *pañol del viscocho*[43]. Al menos estas frases las entendían los marineros; pero había otras, hijas de su propia inventiva filológica, de él sólo conocidas y en todo su valor apreciadas. ¿Quién podría comprender lo que significaban *patigurbiar, chingurria* y otros feroces nombres del mismo jaez? Yo creo aunque no lo aseguro, que con el primero significaba dudar, y con el segundo, tristeza. La acción de embriagarse la denominaba de mil maneras distintas, y entre éstas la más común era *ponerse la casaca,* idiotismo cuyo sentido no hallarán mis lectores si no les explico que, habiéndole merecido los marinos ingleses el dictado de *casacones,* sin duda a causa de su uniforme, al decir *ponerse la casaca* por emborracharse quería significar Marcial una acción común y corriente entre sus enemigos. A los almirantes extranjeros los llamaba con estrafalarios nombres ya creados por él, ya traducidos a su manera,

---

[41] Abertura a manera de puerta, hecha en medio del costado del buque, donde están las escalas. *Portalón de estribor,* el del costado derecho.

[42] Madero grueso a cada lado del castillo de proa del buque, que sobresale y sirve para laborear el aparejo, levar anclas, etc. *Serviola de babor:* la del costado izquierdo.

[43] El pañol es «cualquiera de los compartimientos que se hacen a proa y a popa, en la bodega y alojamiento del navío, donde se pone el bizcocho, aguada, pólvora, etc.» *(Autoridades).*

fijándose en semejanzas de sonido. A Nelson[44] le llamaba el *Señorito,* voz que indicaba cierta consideración o respeto; a Collingwood[45] el *tío Calambre,* frase que a él le parecía exacta traducción del inglés; a Jerwis[46] le nombraba como los mismos ingleses, esto es, *viejo zorro;* a Calder[47], el *tío Perol,* porque encontraba mucha relación entre las dos voces; y siguiendo un sistema lingüístico enteramente opuesto, designaba a Villeneuve[48], jefe de la escuadra combinada, con el apodo de *Monsieur Corneta,* nombre tomado de un sainete a cuya representación asistió Marcial en Cádiz. En fin, tales eran los disparates que salían de su boca, que me veré obligado, para evitar explicaciones enojosas, a sustituir sus frases con las usuales cuando refiera las conversaciones que de él recuerdo.

Sigamos ahora. Doña Francisca, haciéndose cruces, dijo así:

—¡Cuarenta navíos! Eso es tentar a la Divina Providencia. ¡Jesús!, y lo menos tendrán cuarenta mil cañones para que estos enemigos se maten unos a otros.

—Lo que es como *Monsieur* Corneta tenga bien pro-

---

[44] *Sir* Horace Nelson (1758-1805), vizconde de Nelson. Almirante inglés. En 1797 ataca Santa Cruz de Tenerife, donde fracasa y pierde en combate el brazo derecho. En 1798 aniquila la flota francesa de Egipto; en 1801 logra la victoria de Copenhague; en 1805, dirige la expedición al Caribe (cfr. nota 36). Jefe de la escuadra inglesa en Trafalgar, muere a bordo del *Victory* (cfr. nota 121).
[45] *Lord* Cuthbert Collingwood (1750-1810). Almirante inglés. Sucedió a Nelson como jefe de la escuadra inglesa después de la muerte de éste en Trafalgar.
[46] Sobre Jerwis, cfr. notas 34 y 36.
[47] *Sir* Robert Calder (1745-1818). Almirante inglés. Participa en 1797 en el combate del cabo de San Vicente (cfr. nota 34). En 1805 bloquea los puertos de La Coruña y El Ferrol.
[48] Pierre Charles de Villeneuve (1763-1806). Almirante francés, de notoria ineptitud. Así lo demostró en Martinica (cfr. nota 36) y en Finisterre (cfr. nota 37). Gran derrotado en Trafalgar, donde a bordo del *Bucentaure,* manda el centro, con siete barcos. Tras rendirse a los ingleses, es enviado a Gibraltar. Una vez liberado y llamado a rendir cuentas por Napoleón, se suicidó en Rennes, antes de avistarse con el Emperador.

vistos los pañoles de la pólvora —contestó Marcial, señalando al corazón— ya se van a reír esos señores casacones. No será ésta como la del cabo de San Vicente.

—Hay que tener en cuenta —dijo mi amo con placer, viendo mencionado su tema favorito— que si el almirante Córdova hubiera mandado virar a babor a los navíos *San José* y *Mejicano,* el señor de Jerwis no se habría llamado *Lord Conde de San Vicente.* De eso estoy bien seguro, y tengo datos para asegurar que con la maniobra a babor hubiéramos salido victoriosos.

—¡Victoriosos! —exclamó con desdén doña Francisca—. Si pueden ellos más... Estos bravucones parece que se quieren comer el mundo, y en cuanto salen al mar parece que no tienen bastantes costillas para recibir los porrazos de los ingleses.

—¡No! —dijo *Medio-hombre* enérgicamente y cerrando el puño con gesto amenazador—. ¡Si no fuera por sus muchas astucias y picardías!... Nosotros vamos siempre contra ellos con el alma a un largo, pues, con nobleza, bandera izada y manos limpias. El inglés no se *larguea*[49], y siempre ataca por sorpresa, buscando las aguas malas y las horas de cerrazón. Así fue la del Estrecho, que nos tienen que pagar. Nosotros navegábamos confiados, porque ni de perros herejes moros se teme la traición, *cuantimás* de un inglés que es *civil* y al modo de cristiano. Pero no: el que ataca a traición no es cristiano, sino un salteador de caminos. Figúrese usted, señora —añadió, dirigiéndose a doña Francisca para obtener su benevolencia—, que salimos de Cádiz para auxiliar a la escuadra francesa, que se había refugiado en Algeciras, perseguida por los ingleses. Hace de esto cuatro años, y *entavía* tengo tal coraje, que la sangre se me emborbota cuando lo recuerdo. Yo iba en el *Real Carlos,* de ciento doce cañones, que mandaba Ezguerra, y además llevábamos el *San Hermenegildo,* de ciento

---

[49] Actuar *al largo,* «a cara descubierta».

doce también; el *San Fernando*, el *Argonauta*, el *San Agustín* y la fragata *Sabina*. Unidos con la escuadra francesa, que tenía cuatro navíos, tres fragatas y un bergantín, salimos de Algeciras para Cádiz a las doce del día, y como el tiempo era flojo, nos anocheció más acá de Punta Carnero. La noche estaba más negra que un barril de chapapote; pero como el tiempo era bueno, no nos importaba navegar a oscuras. Casi toda la tripulación dormía: me acuerdo que estaba yo en el castillo de proa hablando con mi primo Pepe Débora, que me contaba las perradas de su suegra, y desde allí vi las luces del *San Hermenegildo,* que navegaba a estribor como a tiro de cañón. Los demás barcos iban delante. *Pusque* lo que menos creíamos era que los casacones habían salido de Gibraltar tras de nosotros y nos daban caza. ¿Ni cómo los habíamos de ver, si tenían apagadas las luces y se nos acercaban sin que nos percatáramos de ello? De repente, y *anque* la noche estaba muy oscura, me pareció ver..., yo siempre he tenido un *farol* como un lince..., me pareció que un barco pasaba entre nosotros y el *San Hermenegildo*. «José Débora —dije a mi compañero—: o yo estoy viendo *pantasmas* o tenemos un barco inglés por estribor.» José Débora miró y me dijo: «Que el palo mayor se caiga por la fogonadura y me parta si hay por estribor más barco que el *San Hermenegildo*.» «Pues por sí o por no —dije—, voy a avisarle al oficial que está de cuarto.» No había acabado de decirlo cuando, ¡*pataplús!*..., sentimos el *musiqueo* de toda una andanada que nos soplaron por el costado. En un minuto la tripulación se levantó..., cada uno a su puesto... ¡Qué batahola, señora doña Francisca! Me alegraría de que usted lo hubiera visto para que supiera cómo son estas cosas. Todos jurábamos como demonios y pedíamos a Dios que nos pusiera un cañón en cada dedo para contestar al ataque. Ezguerra subió al alcázar y mandó disparar la andanada de estribor... ¡*Zapataplús!* La andanada de estribor disparó en seguida, y al poco rato nos contestaron... Pero en aquella trapisonda no vimos que con el primer disparo nos habían soplado a bordo unas endiabladas materias *comestibles* (combustibles, quería decir) que cayeron sobre el buque como si estuviera lloviendo fuego. Al ver que ardía nuestro navío, se nos redobló la rabia y cargamos de nuevo la andanada, y otra, y otra... ¡Ah señora doña Francisca! ¡Bonito se puso aquello!... Nuestro comandante mandó meter sobre estribor para atacar al abordaje al buque enemigo. Aquí te quiero ver... Yo estaba en mis glorias... En un guiñar del ojo preparamos las hachas y picas para el abordaje...; el barco enemigo se nos venía encima, lo cual me *encabrilló* (me alegró) el alma, porque así nos enredaríamos más pronto... Mete, mete a estribor..., ¡qué julepe! Principiaba a amanecer; ya los penoles se besaban; ya estaban dispuestos los grupos, cuando oímos juramentos españoles a bordo del buque enemigo. Entonces nos quedamos todos tiesos de espanto, porque vimos que el barco con que nos batíamos era el mismo *San Hermenegildo.*

—Eso sí que estuvo bueno —dijo doña Francisca, mostrando algún interés en la narración—. ¿Y cómo fueron tan burros que uno y otro...?

—Diré a usted: no tuvimos tiempo de andar con palabreo. El fuego del *Real Carlos* se pasó al *San Hermenegildo,* y entonces... ¡Virgen del Carmen, la que se armó! «¡A las lanchas!», gritaron muchos. El fuego estaba ya ras con ras con la santabárbara, y esta señora no se anda con bromas... Nosotros jurábamos, gritábamos, insultando a Dios, a la Virgen y a todos los santos, porque así parece que se desahoga uno cuando está lleno de coraje hasta la escotilla.

—¡Jesús, María y José! ¡Qué horror! —exclamó mi ama—. ¿Y se salvaron?

—Nos salvamos cuarenta en la falúa y seis o siete en el chinchorro; éstos recogieron al segundo del *San Hermenegildo.* José Débora se aferró a un pedazo de palo y arribó más muerto que vivo a las playas de Marruecos.

—¿Y los demás?

—Los demás...; la mar es grande y en ella cabe mucha gente. Dos mil hombres *apagaron fuegos* aquel día, entre ellos nuestro comandante Ezguerra, y Emparán, el del otro barco.

—¡Válgame Dios! —dijo doña Francisca—. Aunque bien empleado les está, por andarse en esos juegos. Si se estuvieran quietecitos en sus casas como Dios manda...

—Pues la causa de este desastre —dijo don Alonso, que gustaba de interesar a su mujer en tan dramáticos sucesos— fue la siguiente: los ingleses, validos de la oscuridad de la noche, dispusieron que el navío *Soberbio,* el más ligero de los que traían, apagara sus luces y se colocara entre nuestros dos hermosos barcos. Así lo hizo: disparó sus dos andanadas, puso su aparejo en facha con mucha presteza, orzando al mismo tiempo para librarse de la contestación. El *Real Carlos* y el *San Hermenegildo,* viéndose atacados inesperadamente, hicieron fuego; pero se estuvieron batiendo el uno contra el otro, hasta que cerca del amanecer, y estando a punto de abordarse, se reconocieron y ocurrió lo que tan detalladamente te ha contado Marcial.

—¡Oh, y qué bien os la jugaron! —dijo la dama—. Estuvo bueno, aunque eso no es de gente noble.

—Qué ha de ser —añadió *Medio-hombre*—. Entonces yo no los quería bien; pero *dende* esa noche... Si están ellos en el Cielo, no quiero ir al Cielo, *manque* me condene para toda la *enternidad*...

—Pues ¿y la captura de las cuatro fragatas que venían del Río de la Plata? —dijo don Alonso, animando a Marcial para que continuara sus narraciones.

—También en ésa me encontré —contestó el marino—, y allí me dejaron sin pierna. También entonces nos cogieron desprevenidos, y como estábamos en tiempo de paz, navegábamos muy tranquilos, contando ya las horas que nos faltaban para llegar, cuando de pronto... Le diré a usted cómo fue, señora doña Francisca, para que vea las mañas de esa gente. Después de lo del Estrecho, me embarqué en la *Fama* para Montevideo, y ya hacía mucho tiempo que estábamos allí, cuando el jefe de la escuadra recibió orden de traer a España los caudales de Lima y Buenos Aires. El viaje fue muy

bueno, y no tuvimos más percance que unas calenturi-
llas, que no mataron ni tanto así de hombre... Traíamos
mucho dinero del Rey y de particulares, y también lo
que llamamos la *caja de soldadas,* que son los ahorrillos
de la tropa que sirve en las Américas. Por junto, si no
me engaño, eran cosa de cinco millones de pesos, como
quien no dice nada, y además traíamos pieles de lobo,
lana de vicuña, cascarilla, barras de estaño y cobre y
maderas finas. Pues, señor, después de cincuenta días de
navegación, el cinco de octubre vimos tierra, y ya contá-
bamos entrar en Cádiz al día siguiente, cuando cátate
que hacia el Nordeste se nos presentan cuatro señoras
fragatas. *Anque* era tiempo de paz y nuestro capitán,
don Miguel de Zapiaín[50], parecía no tener maldito
recelo, yo, que soy perro viejo en la mar, llamé a
Débora y le dije que el tiempo me olía a pólvora...
Bueno; cuando las fragatas inglesas estuvieron cerca, el
general mandó hacer zafarrancho; la *Fama* iba delante,
y al poco rato nos encontramos a tiro de pistola de una
de las inglesas por barlovento.

Entonces el capitán inglés nos habló con su bocina y
nos dijo..., ¡pues mire usted que me gustó la franqueza!..., nos dijo que nos pusiéramos en facha porque nos
iba a atacar. Hizo mil preguntas; pero le dijimos que no
nos daba la gana de contestar. A todo esto, las otras tres
fragatas enemigas se habían acercado a las nuestras, de
tal manera que cada una de las inglesas tenía otra
española por el costado de sotavento.

—Su posición no podía ser mejor —apuntó mi amo.

—Eso digo yo —continuó Marcial—. El jefe de nuestra escuadra, don José Bustamante[51], anduvo poco lis-

---

[50] Miguel de Zapiaín, comandante de la *Fama;* apresado en el
combate del cabo de Santa María (cfr. nota 39). En el *Censo* de Sáinz
de Robles *(OC,* III, pág. 1.827) figura como *Zapiani.*

[51] José de Bustamante y Guerra. Jefe de escuadra a bordo del
Medea; se rinde en el combate del cabo de Santa María (cfr. nota 39).
En el *Censo* de Sáinz de Robles se dice que era jefe de escuadra en el
combate de San Vicente *(sic: OC,* III, pág. 1.444).

to, que si hubiera sido yo... Pues, señor, el *comodón*[52] (quería decir el comodoro) inglés envió a bordo de la *Medea* un oficialillo de estos de cola de abadejo, el cual, sin andarse en chiquitas, dijo que *anque* no estaba declarada la guerra, el *comodón* tenía orden de apresarnos. Esto sí que se llama ser inglés. El combate empezó al poco rato; nuestra fragata recibió la primera andanada por babor; se le contestó al saludo, y cañonazo va, cañonazo viene..., lo cierto del caso es que no metimos en un puño a aquellos herejes *por mor* de que el demonio fue y pegó fuego a la santabárbara de la *Mercedes,* que se voló en un suspiro, y todos con este suceso nos afligimos tanto, sintiéndonos tan apocados..., no por falta de valor, sino por aquello que dicen... en *la moral...*, pues... *denque* el mismo momento nos vimos perdidos. Nuestra fragata tenía las velas con más agujeros que capa vieja, los cabos rotos, cinco pies de agua en bodega, el palo de mesana tendido, tres balazos a flor de agua y bastantes muertos y heridos. A pesar de esto, seguíamos la *cuchipanda* con el inglés; pero cuando vimos que la *Medea* y la *Clara,* no pudiendo resistir la chamusquina, arriaban bandera, forzamos de vela y nos retiramos defendiéndonos como podíamos. La maldita fragata inglesa nos daba caza, y como era más velera que la nuestra, no pudimos zafarnos y tuvimos también que arriar el trapo a las tres de la tarde, cuando ya nos habían matado mucha gente y yo estaba medio muerto sobre el *sollao*, porque a una bala le dio la gana de quitarme la pierna. Aquellos condenados nos llevaron a Inglaterra, no como presos, sino como detenidos; pero carta va, carta viene entre Londres y Madrid, lo cierto es que se quedaron con el dinero, y me parece que cuando a mí me nazca otra pierna, entonces el Rey de España les verá la punta del pelo a los cinco millones de pesos.

---

[52] *El comodón* es el comodoro inglés *Sir* Graham Moore, según el léxico de Marcial.

—¡Pobre hombre!... ¿Y entonces perdiste la pata? —le dijo compasivamente doña Francisca.

—Sí, señora; los ingleses, sabiendo que yo no era bailarín, creyeron que tenía bastante con una. En la travesía me curaron bien; en un pueblo que llaman *Plinmuf* (Plymouth) estuve seis meses en el pontón, con el petate liado y la patente para el otro mundo en el bolsillo... Pero Dios quiso que no me fuera a pique tan pronto; un físico inglés me puso esta pierna de palo, que es mejor que la otra, porque aquélla me dolía de la condenada reuma, y ésta, a Dios gracias, no duele aunque la echen una descarga de metralla. En cuanto a dureza, creo que la tiene, *anque entavía* no se me ha puesto delante la popa de ningún inglés para probarla.

—Muy bravo estás —dijo mi ama—; quiera Dios no pierdas también la otra. El que busca el peligro...

Concluida la relación de Marcial se trabó de nuevo la disputa sobre si mi amo iría o no a la escuadra. Persistía doña Francisca en la negativa, y don Alonso, que en presencia de su digna esposa era manso como un cordero, buscaba pretextos y alegaba toda clase de razones para convencerla.

—Iremos sólo a ver, mujer, nada más que a ver —decía el héroe con mirada suplicante.

—Dejémonos de fiestas —le contestaba su esposa—. Buen par de esperpentos[53] estáis los dos.

—La escuadra combinada —dijo Marcial— se quedará en Cádiz, y ellos tratarán de forzar la entrada.

—Pues entonces —añadió mi ama—, pueden ver la

---

[53] V. A. Smith y J. E. Varey (*«Esperpento:* Some Early Usages in the Novels of Galdós», en *Galdós Studies,* págs. 195-204) notaron el uso de la palabra *esperpento* por primera vez en Galdós en *La desheredada* (1881), muy anterior al dato ofrecido por Joan Corominas (*Diccionario crítico-etimológico de la lengua castellana,* II (Berna, 1954, pág. 389), según el cual aparece en un texto de 1891 de Juan Valera. Yo mismo señalé en otro lugar («Cuatro notas galdosianas», en *Galdós: Burguesía y Revolución,* págs. 205-207) que, en rigor, *esperpento* aparece bastantes años antes que todo lo citado, en 1874, fecha del episodio *Cádiz.* Mas como puede verse aquí, el uso galdosiano del término es aún algo anterior.

función desde la muralla de Cádiz; pero lo que es en los barquitos... Digo que no y que no, Alonso. En cuarenta años de casados no me has visto enojada (la veía todos los días); pero ahora te juro que si vas a bordo... haz cuenta de que Paquita no existe para ti.

—¡Mujer! —exclamó con aflicción mi amo—. ¡Y he de morirme sin tener ese gusto!

—¡Bonito gusto, hombre de Dios! ¡Ver cómo se matan esos locos! Si el Rey de las Españas me hiciera caso, mandaría a paseo a los ingleses y les diría: «Mis vasallos queridos no están aquí para que ustedes se diviertan con ellos. Métanse ustedes en faena unos con otros si quieren juego.» ¿Qué creen? Yo, aunque tonta, bien sé lo que hay aquí, y es que el Primer Cónsul, Emperador, Sultán o lo que sea, quiere acometer a los ingleses, y como no tiene hombres de alma para el caso, ha embaucado a nuestro buen Rey para que le preste los suyos, y la verdad es que nos está fastidiando con sus guerras marítimas. Díganme ustedes: ¿a España qué le va ni le viene en esto? ¿Por qué ha de estar todos los días cañonazo y más cañonazo por una simpleza? Antes de esas picardías que Marcial ha contado, ¿qué daño nos habían hecho los ingleses? ¡Ah, si hicieran caso de lo que yo digo, el señor de Bonaparte armaría la guerra solo, o si no, que no la armara!

—Es verdad —dijo mi amo— que la alianza con Francia nos está haciendo mucho daño, pues si algún provecho resulta es para nuestra aliada, mientras todos los desastres son para nosotros.

—Entonces, tontos rematados, ¿para qué se os calientan las pajarillas con esta guerra?

—El honor de nuestra nación está empeñado —contestó don Alonso—, y una vez metidos en la danza, sería una mengua volver atrás. Cuando estuve el mes pasado en Cádiz en el bautizo de la hija de mi primo, me decía Churruca: «Esta alianza con Francia[54] y el

---

[54] Cfr. sobre esto *Tratado de San Ildefonso* (nota 55) y *Tratado de Subsidios* (nota 27).

maldito tratado de San Ildefonso[55], que por la astucia
de Bonaparte y la debilidad de Godoy se ha convertido
en tratado de subsidios, serán nuestra ruina, serán la
ruina de nuestra escuadra, si Dios no lo remedia, y, por
tanto, la ruina de nuestras colonias y del comercio
español en América. Pero a pesar de todo, es preciso
seguir adelante.»

—Bien digo yo —añadió doña Francisca— que ese
Príncipe de la Paz se está metiendo en cosas que no
entiende. Ya se ve, ¡un hombre sin estudios! Mi hermano el arcediano, que es partidario del príncipe Fernando[56], dice que ese señor Godoy es un alma de cántaro y
que no ha estudiado latín ni teología, pues todo su saber
se reduce a tocar la guitarra y a conocer los veintidós
modos de bailar la gavota. Parece que por su linda cara
le han hecho primer ministro. Así andan las cosas de
España; luego, hambre y más hambre..., todo tan caro..., la fiebre amarilla asolando a Andalucía... Está esto
bonito, sí, señor... Y de ello tienen ustedes la culpa —continuó engrosando la voz y poniéndose muy encarna-
da—; sí, señor; ustedes, que ofenden a Dios matando
tanta gente; ustedes, que si en vez de meterse en esos
endiablados barcos se fueran a la iglesia a rezar el
rosario, no andaría Patillas[57] tan suelto por España
haciendo diabluras.

—Tú irás a Cádiz también —dijo don Alonso, ansioso de despertar el entusiasmo en el pecho de su mujer—;
irás a casa de Flora, y desde el mirador podrás ver

---

[55] El *Tratado de San Ildefonso* fue firmado en 1796 por Francia y
España, y entre otras cosas, ponía la flota española a disposición del
Directorio en su lucha contra Inglaterra. Napoleón llevaría el tratado
a sus últimas consecuencias. funestas para España (cfr. nota 27).
[56] El futuro Fernando VII, hijo de Carlos IV, llegaría al trono
en 1808, como consecuencia del motín popular de Aranjuez (cfr. el
episodio *El 19 de marzo y el 2 de mayo*). Aquí ya se insinúa el
descontento hacia Carlos IV y su favorito Godoy (cfr. notas 25 y 26).
[57] *Patillas* es el «nombre vulgar que se da al demonio, sin duda
porque comúnmente le pintan con unos pies o patas muy disformes y
feas» *(Autoridades)*.

cómodamente el combate, el humo, los fogonazos, las banderas... Es cosa muy bonita.

—¡Gracias, gracias! Me caería muerta de miedo. Aquí nos estaremos quietos, que el que busca el peligro en él perece.

Así terminó aquel diálogo, cuyos pormenores he conservado en mi memoria, a pesar del tiempo transcurrido. Mas acontece con frecuencia que los hechos muy remotos, correspondientes a nuestra infancia, permanecen grabados en la imaginación con mayor fijeza que los presenciados en edad madura y cuando predomina sobre todas las facultades la razón.

Aquella noche don Alonso y Marcial siguieron conferenciando en los pocos ratos que la recelosa doña Francisca los dejaba solos. Cuando ésta fue a la parroquia para asistir a la novena, según su piadosa costumbre, los dos marinos respiraron con libertad como escolares bulliciosos que pierden de vista al maestro. Encerráronse en el despacho, sacaron unos mapas y estuvieron examinándolos con gran atención; luego leyeron ciertos papeles en que había apuntados los nombres de muchos barcos ingleses con la cifra de sus cañones y tripulantes, y durante su calurosa conferencia, en que alternaba la lectura con los más enérgicos comentarios, noté que ideaban el plan de un combate naval.

Marcial imitaba con los gestos de su brazo y medio la marcha de las escuadras, la explosión de las andanadas; con su cabeza, el balanceo de los barcos combatientes; con su cuerpo, la caída de costado del buque que se va a pique; con su mano, el subir y bajar de las banderas de señal; con un ligero silbido, el mando del contramaestre; con los porrazos de su pie de palo contra el suelo, el estruendo del cañón; con su lengua estropajosa, los juramentos y singulares voces del combate; y como mi amo le secundase en esta tarea con la mayor gravedad, quise yo también echar mi cuarto a espadas, alentado por el ejemplo, y dando natural desahogo a esa necesidad devoradora de meter ruido que domina el temperamento de los chicos con absoluto imperio. Sin poderme contener, viendo el entusiasmo de los dos marinos, comencé a dar vueltas por la habitación, pues la confianza con que por mi amo era tratado me autorizaba a ello; remedé con la cabeza y los brazos la disposición de una nave que ciñe el viento, y al mismo tiempo profería, ahuecando la voz, los retumbantes monosílabos que más se parecen al ruido de un cañonazo, tales como *¡bum, bum, bum!...* Mi respetable amo, el mutilado marinero, tan niños como yo en aquella ocasión, no pararon mientes en lo que yo hacía, pues harto les embargaban sus propios pensamientos. ¡Cuánto me he reído después recordando aquella escena, y cuán cierto es, por lo que respecta a mis compañeros en aquel juego, que el entusiasmo de la ancianidad convierte a los viejos en niños, renovando las travesuras de la cuna al borde mismo del sepulcro!

Muy enfrascados estaban ellos en su conferencia, cuando sintieron los pasos de doña Francisca, que volvía de la novena.

—¡Qué viene! —exclamó Marcial con terror.

Y al punto guardaron los planos, disimulando su excitación, y pusiéronse a hablar de cosas indiferentes. Pero yo, bien porque la sangre juvenil no podía aplacarse fácilmente, bien porque no observé a tiempo la entrada de mi ama, seguí en medio del cuarto demostrando mi enajenación con frases como éstas, pronunciadas con el mayor desparpajo: «¡La mura a estribor[58]!... ¡Orza[59]!... ¡La andanada de sotavento[60]!... ¡Fuego!... *¡Bum, bum!...*» Ella se llegó a mí furiosa, y sin previo aviso me descargó en la popa la andanada de su mano derecha, con tan buena puntería, que me hizo ver las estrellas.

---

[58] *Amurar* es llevar a estribor los puños de las velas y sujetarlos con la *amura* (o *mura*), esto es, la parte del costado del buque próxima a la proa.
[59] *Orzar:* cuando el buque navega con la proa contra el viento, lo hace ladeado o inclinado.
[60] Costado de la nave opuesto al lado por donde da el viento (barlovento).

—¡También tú! —gritó, vapuleándome sin compasión—. Ya ves —añadió mirando a su marido con centelleantes ojos—: tú le enseñas a que pierda el respeto... ¿Te has creído que estás todavía en la Caleta, pedazo de zascandil?

La zurra continuó en la forma siguiente: yo, caminando a la cocina, lloroso y avergonzado, después de arriada la bandera de mi dignidad y sin pensar en defenderme contra tan superior enemigo; doña Francisca, detrás, dándome caza y poniendo a prueba mi pescuezo con los repetidos golpes de su mano. En la cocina eché el ancla, lloroso, considerando cuán mal había concluido mi combate naval.

V

Para oponerse a la insensata determinación de su marido, doña Francisca no se fundaba sólo en las razones anteriormente expuestas; tenía, además de aquéllas, otra poderosísima, que no indico en el diálogo anterior, quizá por demasiado sabida.

Pero el lector no la sabe y voy a decírsela. Creo haber escrito que mis amos tenían una hija. Pues bien: esta hija se llamaba Rosita, de edad poco mayor que la mía, pues apenas pasaba de los quince años, y ya estaba concertado su matrimonio con un joven oficial de Artillería llamado Malespina, de una familia de Medinasidonia, lejanamente emparentada con la de mi ama. Habíase fijado la boda para fin de octubre, y ya se comprende que la ausencia del padre de la novia habría sido inconveniente en tan solemnes días.

Voy a decir algo de mi señorita, de su novio, de sus amores, de su proyectado enlace y..., ¡ay!, aquí mis recuerdos toman un tinte melancólico, evocando en mi fantasía imágenes importunas y exóticas como si vinieran de otro mundo, despertando en mi cansado pecho sensaciones que, a decir verdad, ignoro si traen a mi espíritu alegría o tristeza. Estas ardientes memorias, que parecen agostarse hoy en mi cerebro, como flores tropicales trasplantadas al Norte helado, me hacen a veces reír, y a veces me hacen pensar... Pero cortemos, que el lector se cansa de reflexiones enojosas sobre lo que a un solo mortal interesa.

Rosita era lindísima. Recuerdo perfectamente su hermosura, aunque me sería muy difícil describir sus facciones. Parece que la veo sonreír delante de mí. La singular expresión de su rostro, a la de ningún otro parecida, es para mí, por la claridad con que se ofrece a mi entendimiento, como una de esas nociones primitivas que parece hemos traído de otro mundo, o nos han sido infundidas por misterioso poder desde la cuna. Y sin embargo, no respondo de poderlo pintar, porque lo que fue real ha quedado como una idea indeterminada en mi cabeza, y nada nos fascina tanto, así como nada se escapa tan sutilmente a toda apreciación descriptiva, como un ideal querido.

Al entrar en la casa creí que Rosita pertenecía a un orden de criaturas superior. Explicaré mis pensamientos para que se admiren ustedes de mi simpleza. Cuando somos niños y un nuevo ser viene al mundo en nuestra casa, las personas mayores nos dicen que le han traído de Francia, de París o de Inglaterra. Engañado yo, como todos, acerca de tan singular modo de perpetuar la especie, creía que los niños venían por encargo, empaquetados en un cajoncito, como un fardo de quincalla. Pues bien: contemplando por primera vez a la hija de mis amos, discurrí que tan bella persona no podía haber venido de la fábrica de donde venimos todos, es decir, de París o de Inglaterra, y me persuadí de la existencia de alguna región encantadora donde artífices divinos sabían labrar tan hermosos ejemplares de la persona humana.

Como niños ambos, aunque de distinta condición, pronto nos tratamos con la confianza propia de la edad, y mi mayor dicha consistía en jugar con ella, sufriendo todas sus impertinencias, que eran muchas, pues en nuestros juegos nunca se confundían las clases: ella era siempre señorita, y yo siempre criado; así es que yo llevaba la peor parte, y si había golpes, no es preciso indicar aquí quién los recibía.

Ir a buscarla al salir de la escuela para acompañarla a casa era mi sueño de oro; y cuando por alguna ocupación imprevista se encargaba a otra persona tan dulce comisión, mi pena era tan profunda, que yo la equiparaba a las mayores penas que pueden pasarse en la vida siendo hombre, y decía: «Es imposible que cuando yo sea grande experimente desgracia mayor.» Subir por orden suya al naranjo del patio para coger los azahares de las más altas ramas era para mí la mayor de las delicias, posición o preeminencia superior a la del mejor rey de la Tierra subido en su trono de oro, y no recuerdo alborozo comparable al que me causaba obligándome a correr tras ella en ese divino e inmortal juego que llaman escondite. Si ella corría como una gacela, yo volaba como un pájaro para cogerla más pronto, asiéndola por la parte de su cuerpo que encontraba más a mano. Cuando se trocaban los papeles, cuando ella era la perseguidora y a mí me correspondía el ser cogido, se duplicaban las inocentes y puras delicias de aquel juego sublime, y el paraje más oscuro y feo, donde yo, encogido y palpitante, esperaba la impresión de sus brazos, ansiosos de estrecharme, era para mí un verdadero paraíso. Añadiré que jamás, durante aquellas escenas, tuve un pensamiento, una sensación que no emanara del más refinado idealismo.

¿Y qué diré de su canto? Desde muy niña acostumbraba a cantar el *olé*[61] y las *cañas*[62] con la maestría de

---

[61] Baile popular andaluz y su cante, conservado hoy solamente de modo académico. Alejandro Dumas (hacia 1840) lo definió como «baile voluptuoso y de movimientos provocativos», que había sido prohibido por la censura y no podía bailarse en público. Según algún musicólogo, apareció en 1832 *(sic)*, y tenía sus orígenes en la zarabanda del siglo XVII. Cfr. para todo esto Hipólito Rossy, *Teoría del cante jondo*, Barcelona, 1966, págs. 263-265.

[62] Según *Demófilo*, padre de los poetas Machado, la caña andaluza surge durante el último tercio del siglo XVIII. Se halla en la base misma

los ruiseñores, que lo saben todo en materia de música sin haber aprendido nada. Todos le alababan aquella habilidad, y formaban corro para oírla; pero a mí me ofendían los aplausos de sus admiradores, y hubiera deseado que enmudeciera para los demás. Era aquel canto un gorjeo melancólico, aun modulado por su voz infantil. La nota, que repercutía sobre sí misma, enredándose y desenredándose, como un hilo sonoro, se perdía subiendo y se desvanecía alejándose, para volver descendiendo con timbre grave. Parecía emitida por un avecilla que se remontara primero al cielo y que después cantara en nuestro propio oído. El alma, si se me permite emplear un símil vulgar, parecía que se alargaba siguiendo el sonido, y se contraía después retrocediendo ante él; pero siempre pendiente de la melodía y asociando la música a la hermosa cantora. Tan singular era el efecto, que para mí el oírla cantar, sobre todo en presencia de otras personas, era casi una mortificación.

Teníamos la misma edad, poco más o menos, como he dicho, pues sólo excedía la suya a la mía en unos ocho o nueve meses. Pero yo era pequeñuelo y raquítico, mientras ella se desarrollaba con mucha lozanía, y así, al cumplirse los tres años de mi residencia en la casa, ella parecía de mucha más edad que yo. Estos tres años se pasaron sin sospechar nosotros que íbamos creciendo, y nuestros juegos no se interrumpían, pues ella era más traviesa que yo, y su madre la reñía, procurando sujetarla y hacerla trabajar.

Al cabo de lo tres años advertí que las formas de mi idolatrada señorita se ensanchaban y redondeaban, completando la hermosura de su cuerpo: su rostro se puso más encendido, más lleno, más tibio; sus grandes ojos, más vivos, si bien con la mirada menos errátil y voluble; su andar, más reposado; sus movimientos, no

---

del *cante jondo,* y está muy relacionada con la *soleá,* como el *polo;* se acompaña con guitarra. La primera referencia directa conocida es del viajero inglés Richard Ford (1830). Cfr. Ángel Álvarez Caballero, *Historia del cante flamenco,* Madrid, 1981, págs. 30-33.

sé si más o menos ligeros, pero ciertamente distintos, aunque no podía entonces ni puedo ahora apreciar en qué consistía la diferencia. Pero ninguno de estos accidentes me confundió tanto como la transformación de su voz, que adquirió cierta sonora gravedad, bien distinta de aquel travieso y alegre chillido con que me llamaba antes, trastornándome el juicio y obligándome a olvidar mis quehaceres para acudir al juego. El capullo se convertía en rosa.

Un día mil veces funesto, mil veces lúgubre, mi amita se presentó ante mí con traje bajo. Aquella transfiguración produjo en mí tal impresión, que en todo el día no hablé una palabra. Estaba serio como un hombre que ha sido vilmente engañado, y mi enojo contra ella era tan grande, que en mis soliloquios probaba con fuertes razones que el rápido crecimiento de mi amita era una felonía. Se despertó en mí la fiebre del raciocinar, y sobre aquel tema controvertía apasionadamente conmigo mismo en el silencio de mis insomnios. Lo que más me aturdía era ver que con unas cuantas varas de tela había variado por completo su carácter. Aquel día, mil veces desgraciado, me habló en tono ceremonioso, ordenándome con gravedad y hasta con displicencia las faenas que menos me gustaban; y ella, que tantas veces fue cómplice y encubridora de mi holgazanería, me reprendía entonces por perezoso. ¡Y a todas éstas, ni una sonrisa, ni un salto, ni una monada, ni una veloz carrera, ni un poco de *olé,* ni esconderse de mí para que la buscara, ni fingirse enfadada para reírse después, ni una disputilla, ni siquiera un pescozón con su blanda manecita! ¡Terribles crisis de la existencia! ¡Ella se había convertido en mujer, y yo continuaba siendo niño!

No necesito decir que se acabaron los retozos y los juegos; ya no volví a subir al naranjo, cuyos azahares crecieron tranquilos, libres de mi enamorada rapacidad, desarrollando con lozanía sus hojas y con todo lujo su provocativa fragancia; ya no corrimos más por el patio, ni hice más viajes a la escuela para traerla a casa, tan orgulloso de mi comisión que la hubiera defendido contra un ejército si éste hubiera intentado quitármela. Desde entonces Rosita andaba con la mayor circunspección y gravedad; varias veces noté que al subir una escalera delante de mí cuidaba de no mostrar ni una línea, ni una pulgada más arriba de su hermoso tobillo, y este sistema de fraudulenta ocultación era una ofensa a la dignidad de aquel cuyos ojos habían visto algo más arriba. Ahora me río considerando cómo se me partía el corazón con aquellas cosas.

Pero aún habían de ocurrir más terribles desventuras. Al año de su transformación, la tía Martina, Rosario la cocinera, Marcial y otros personajes de la servidumbre se ocupaban un día de cierto grave asunto. Aplicando mi diligente oído, luego me enteré de que corrían rumores alarmantes: la señorita se iba a casar. La cosa era inaudita, porque yo no le conocía ningún novio. Pero entonces lo arreglaban todo los padres, y lo raro es que a veces no salía del todo mal[63].

Pues un joven de gran familia pidió su mano, y mis amos se la concedieron. Este joven vino a casa acompañado de sus padres, que eran una especie de condes o marqueses con un título retumbante. El pretendiente traía su uniforme de Marina, en cuyo honroso cuerpo servía; pero, a pesar de tan elegante jaez, su facha era muy poco agradable. Así debió de parecerle a mi amita, pues desde un principio mostró repugnancia hacia aquella boda. Su madre trataba de convencerla, pero inútilmente, y le hacía la más acabada pintura de las buenas prendas del novio, de su alto linaje y grandes riquezas. La niña no se convencía, y a estas razones oponía otras muy cuerdas.

Pero la pícara se callaba lo principal, y lo principal era que tenía otro novio, a quien de veras amaba. Este otro era un oficial de Artillería llamado don Rafael Malespina, de muy buena presencia y gentil figura. Mi

---

[63] Parece obvia la alusión a *El sí de las niñas*, de Leandro Fernández de Moratín (1806).

amita le había conocido en la iglesia, y el pérfido amor se apoderó de ella mientras rezaba; pues siempre fue el templo lugar muy a propósito, por su poético y misterioso recinto, para abrir de par en par al amor las puertas del alma. Malespina rondaba la casa, lo cual observé yo varias veces, y tanto se habló en Vejer de estos amores, que el otro lo supo y se desafiaron. Mis amos supieron todo cuando llegó a casa la noticia de que Malespina había herido mortalmente a su rival.

El escándalo fue grande. La religiosidad de mis amos se escandalizó tanto con aquel hecho, que no pudieron disimular su enojo, y Rosita fue la víctima principal. Pero pasaron meses y más meses; el herido curó, y como Malespina fuese también persona bien nacida y rica, se notaron en la atmósfera política de la casa barruntos de que el joven don Rafael iba a entrar en ella. Renunciaron al enlace los padres del herido, y, en cambio, el del vencedor se presentó en casa a pedir para su hijo la mano de mi querida amita. Después de algunas dilaciones, se la concedieron.

Me acuerdo de cuando fue allí el viejo Malespina. Era un señor muy seco y estirado, con chupa de treinta colores, muchos colgajos en el reloj, gran coleto y una nariz muy larga y afilada, con la cual parecía olfatear a las personas que le sostenían la conversación. Hablaba por los codos y no dejaba meter baza a los demás: él se lo decía todo, y no se podía elogiar cosa alguna, porque al punto salía diciendo que tenía otra mejor. Desde entonces le taché por hombre vanidoso y mentirosísimo, como tuve ocasión de ver claramente más tarde. Mis amos le recibieron con agasajo, lo mismo que a su hijo, que con él venía. Desde entonces el novio siguió yendo a casa todos los días, sólo o en compañía de su padre.

Nueva transformación de mi amita. Su indiferencia hacia mí era tan marcada, que tocaba los límites del menosprecio. Entonces eché de ver claramente por primera vez, maldiciéndola, la humildad de mi condición; trataba de explicarme el derecho que tenían a la superioridad los que realmente eran superiores, y me preguntaba, lleno de angustia, si era justo que otros fueran nobles y ricos y sabios mientras yo tenía por abolengo la Caleta, por única fortuna mi persona y apenas sabía leer. Viendo la recompensa que tenía mi ardiente cariño, comprendí que a nada podría aspirar en el mundo, y sólo más tarde adquirí la firme convicción de que un grande y constante esfuerzo mío me daría quizá todo aquello que no poseía.

En vista del despego con que ella me trataba, perdí la confianza; no me atrevía a desplegar los labios en su presencia, y me infundía mucho más respeto que sus padres. Entre tanto, yo observaba con atención los indicios del amor que la dominaba. Cuando él tardaba, yo la veía impaciente y triste; al menor rumor que indicase la aproximación de alguno, se encendía su hermoso semblante, y sus negros ojos brillaban con ansiedad y esperanza. Si él entraba al fin, le era imposible a ella disimular su alegría, y luego se estaban charlando horas y más horas, siempre en presencia de doña Francisca, pues a mi señorita no se le consentían coloquios a solas ni por las rejas.

También había correspondencia larga, y lo peor del caso es que yo era el correo de los dos amantes. ¡Aquello me daba una rabia!... Según la consigna, yo salía a la plaza, y allí encontraba, más puntual que un reloj, al señorito Malespina, el cual me daba una esquela para entregarla a mi señorita. Cumplía mi encargo, y ella me daba otro para llevarla a él. ¡Cuántas veces sentía tentaciones de quemar aquellas cartas, no llevándolas a su destino! Pero, por mi suerte, tuve serenidad para dominar tan feo propósito.

No necesito decir que yo odiaba a Malespina. Desde que le veía entrar sentía mi sangre enardecida, y siempre que me ordenaba algo, hacíalo con los peores modos posibles, deseoso de significarle mi alto enojo. Este despego, que a ellos les parecía mala crianza y a mí un arranque de entereza propio de elevados corazones, me proporcionó algunas reprimendas y, sobre todo, dio origen a una frase de mi señorita, que se me clavó en el corazón como una dolorosa espina. En cierta ocasión le oí decir:

—Este chico está tan echado a perder, que será preciso mandarle fuera de casa.

Al fin se fijó el día para la boda, y unos cuantos antes del señalado ocurrió lo que ya conté y el proyecto de mi amo. Por esto se comprenderá que doña Francisca tenía razones poderosas, además de la poca salud de su marido, para impedirle ir a la escuadra.

VI

Recuerdo muy bien que al día siguiente de los pescozones que me aplicó doña Francisca, movida del espectáculo de mi irreverencia y de su profundo odio a las guerras marítimas, salí acompañando a mi amo en su paseo de mediodía. El me daba el brazo, y a su lado iba Marcial; los tres caminábamos lentamente, conforme al flojo andar de don Alonso y a la poca destreza de la pierna postiza del marinero. Parecía aquello una de esas procesiones en que marcha, sobre vacilante palanquín, un grupo de santos viejos y apolillados, que amenazan venirse al suelo en cuanto se acelere un poco el paso de los que los llevan. Los dos viejos no tenían expedito y vividor más que el corazón, que funcionaba como una máquina recién salida del taller. Era una aguja imantada que, a pesar de su fuerte potencia y exacto movimiento, no podía hacer navegar bien el casco viejo y averiado en que iba embarcada.

Durante el paseo, mi amo, después de haber asegurado con su habitual aplomo que si el almirante Córdova, en vez de mandar virar a estribor, hubiera mandado virar a babor, la batalla del 14 no se habría perdido, entabló la conversación sobre el famoso proyecto, y aunque no dijeron claramente su propósito, sin duda por estar yo delante, comprendí por algunas palabras sueltas que trataban de ponerlo en ejecución a cencerros

tapados, marchándose de la casa lindamente una mañana, sin que mi ama lo advirtiese.

Regresamos a la casa, y allí se habló de cosas muy
distintas. Mi amo, que siempre era complaciente con su
mujer, lo fue aquel día más que nunca. No decía
doña Francisca cosa alguna, aunque fuera insignificante,
sin que él lo celebrara con risas inoportunas. Hasta me
parece que le regaló algunas fruslerías, demostrando en
todos sus actos el deseo de tenerla contenta. Sin duda
por esta misma complacencia oficiosa, mi ama estaba
díscola y regañona cual nunca la había yo visto. No era
posible transacción honrosa. Por no sé qué fútil motivo,
riñó con Marcial, intimándole la inmediata salida de
la casa; también dijo terribles cosas a su marido; y
durante la comida, aunque éste celebraba todos los
platos con desusado calor, la implacable dama no cesaba de gruñir.

Llegada la hora de rezar el rosario, acto solemne que
se verificaba en el comedor con asistencia de todos los
de la casa, mi amo, que otras veces solía dormirse
murmurando perezosamente los *Pater-noster,* lo cual le
valía algunas reprimendas, estuvo aquella noche muy
despabilado y rezó con verdadero empeño, haciendo
que su voz se oyera entre todas las demás.

Otra cosa pasó que se me ha quedado muy presente.
Las paredes de la casa hallábanse adornadas con dos
clases de objetos: estampas de santos y mapas; la corte
celestial por un lado, y todos los derroteros de Europa y
América por otro. Después de comer, mi amo estaba en
la galería contemplando una carta de navegación y recorría con su vacilante dedo las líneas, cuando doña Francisca, que algo sospechaba del proyecto de escapatoria,
y además ponía el grito en el cielo siempre que sorprendía a su marido en flagrante delito de entusiasmo náuti-
co, llegó por detrás y, abriendo los brazos, exclamó:

—¡Hombre de Dios! Cuando digo que tú me andas buscando... Pues te juro que si me buscas, me encontrarás.

—Pero, mujer —repuso, temblando mi amo—, estaba
aquí mirando el derrotero de Alcalá Galiano y de Val-

dés en las goletas *Sutil* y *Mejicana* cuando fueron a reconocer el estrecho de Fuca. Es un viaje muy bonito, me parece que te lo he contado.

—Cuando digo que voy a quemar todos esos papelotes —añadió doña Francisca—. Mal hayan los viajes y el perro judío que los inventó. Mejor pensaras en las cosas de Dios, que, al fin y al cabo, no eres ningún niño. ¡Qué hombre, Santo Dios, qué hombre!

No pasó de esto. Yo andaba también por allí cerca; pero no recuerdo bien si mi ama desahogó su furor en mi humilde persona, demostrándome una vez más la elasticidad de mis orejas y la ligereza de sus manos. Ello es que estas caricias menudeaban tanto, que no hago memoria de si recibí alguna en aquella ocasión. Lo que sí recuerdo es que mi señor, a pesar de haber redoblado sus amabilidades, no consiguió ablandar a su consorte.

No he dicho nada de mi amita. Pues sépase que estaba muy triste, porque el señor de Malespina no había parecido aquel día ni escrito carta alguna, siendo inútiles todas mis pesquisas para hallarle en la plaza. Llegó la noche, y con ella la tristeza al alma de Rosita, pues ya no había esperanza de verle hasta el día siguiente. Mas de pronto, y cuando se había dado orden para la cena, sonaron fuertes aldabonazos en la puerta; fui a abrir corriendo, y era él. Antes de abrirle, mi odio le había conocido.

Aún me parece que le estoy viendo, cuando se presentó delante de mí, sacudiendo su capa, mojada por la lluvia. Siempre que le traigo a la memoria, se me representa como le vi en aquella ocasión. Hablando con imparcialidad, diré que era un joven realmente hermoso, de presencia noble, modales airosos, mirada afable, algo frío y reservado en apariencia, poco risueño y sumamente cortés, con aquella cortesía grave y un poco finchada de los nobles de antaño. Traía aquella noche la chaqueta faldoneada, el calzón corto con botas, el sombrero portugués y riquísima capa de grana con forros de seda, que era la prenda más elegante entre los señoritos de la época.

Desde que entró conocí que algo grave ocurría. Pasó al comedor, y todos se maravillaron de verle a tal hora, pues jamás había venido de noche. Mi amita no tuvo de alegría más que el tiempo necesario para comprender que el motivo de visita tan inesperada no podía ser lisonjero.

—Vengo a despedirme —dijo Malespina.

Todos se quedaron como lelos, y Rosita más blanca que el papel en que escribo; después, encendida como la grana, y luego, pálida otra vez como una muerta.

—Pues ¿qué pasa? ¿Adónde va usted, señor don Rafael? —le preguntó mi ama.

Debo de haber dicho que Malespina era oficial de Artillería, pero no que estaba de guarnición en Cádiz y con licencia en Vejer.

—Como la escuadra carece de personal —añadió—, han dado orden para que nos embarquemos, con objeto de hacer allí el servicio. Se cree que el combate es inevitable, y la mayor parte de los navíos tienen falta de artilleros.

—¡Jesús, María y José! —exclamó doña Francisca más muerta que viva—. ¿También a usted se lo llevan? Pues me gusta. Pero usted es de tierra, amiguito. Dígales usted que se entiendan ellos; que si no tienen gente, que la busquen. ¡Pues a fe que es bonita la broma!

—Pero, mujer —dijo tímidamente don Alonso—, ¿no ves que es preciso...?

No pudo seguir, porque doña Francisca, que sentía desbordarse el vaso de su enojo, apostrofó a todas las potencias terrestres.

—A ti todo te parece bien con tal que sea para los dichosos barcos de guerra. ¿Pero quién, pero quién es el demonio del infierno que ha mandado vayan a bordo los oficiales de tierra? A mí que no me digan: eso es cosa del señor de Bonaparte. Ninguno de acá puede haber inventado tal diablura. Pero vaya usted y diga que se va a casar. A ver —añadió, dirigiéndose a su marido—, escribe a Gravina diciéndole que este joven no puede ir a la escuadra.

Y como viera que su marido se encogía de hombros indicando que la cosa era sumamente grave, exclamó:

—No sirves para nada. ¡Jesús! Si yo gastara calzones, me plantaba en Cádiz y le sacaba a usted del apuro.

Rosita no decía palabra. Yo, que la observaba atentamente, conocí la gran turbación de su espíritu. No quitaba los ojos de su novio, y a no impedírselo la etiqueta y el buen parecer, habría llorado ruidosamente, desahogando la pena de su corazón oprimido.

—Los militares —dijo don Alonso— son esclavos de su deber, y la patria exige a este joven que se embarque para defenderla. En el próximo combate alcanzará usted mucha gloria e ilustrará su nombre con alguna hazaña que quede en la Historia para ejemplo de las generaciones futuras.

—Sí, eso, eso —dijo doña Francisca, remedando el tono grandilocuente con que mi amo había pronunciado las anteriores palabras—. Sí. Y todo, ¿por qué? Porque se les antoja a esos zánganos de Madrid. Que vengan ellos a disparar los cañones y a hacer la guerra... ¿Y cuándo marcha usted?

—Mañana mismo. Me han retirado la licencia, ordenándome que me presente al instante en Cádiz.

Imposible pintar con palabras ni por escrito lo que vi en el semblante de mi señorita cuando aquellas frases oyó. Los dos novios se miraron, y un largo y triste silencio siguió al anuncio de la próxima partida.

—Esto no se puede sufrir —dijo doña Francisca—. Por último, llevarán a los paisanos, y si se les antoja, también a las mujeres... Señor —prosiguió, mirando al cielo con ademán de pitonisa—, no creo ofenderte si digo que maldito sea el que inventó los barcos, maldito el mar en que navegan y más maldito el que hizo el primer cañón para dar esos estampidos que la vuelven a una loca, y para matar a tantos pobrecitos que no han hecho ningún daño.

Don Alonso miró a Malespina, buscando en su semblante una expresión de protesta contra los insultos dirigidos a la noble artillería. Después dijo:

—Lo malo será que los navíos carezcan también de buen material; y sería lamentable...

Marcial que oía la conversación desde la puerta, no pudo contenerse y entró, diciendo:

—¿Qué ha de faltar? El *Trinidad* tiene ciento treinta cañones: treinta y dos de a treinta y seis, treinta y cuatro de a veinticuatro, treinta y seis de a doce, dieciocho de a ocho, y diez obuses de a veinticuatro. El *Príncipe de Asturias,* ciento dieciocho; el *Santa Ana,* ciento veinte; el *Rayo,* cien, y el *Nepomuceno,* el *San...*[64]

—¿Quién le mete a usted aquí, señor Marcial —chilló doña Francisca—, ni qué nos importa si tienen cincuenta u ochenta?

Marcial continuó, a pesar de esto, su guerrera estadística, pero en voz baja, dirigiéndose sólo a mi amo, el cual no se atrevía a expresar su aprobación.

Ella siguió hablando así:

—Pero, don Rafael, no vaya usted, por Dios. Diga usted que es de tierra, que se va a casar. Si Napoleón quiere guerra, que la haga él solo; que venga y diga: «Aquí estoy yo: mátenme ustedes, señores ingleses, o déjense matar por mí.» ¿Por qué ha de estar España sujeta a los antojos de ese caballero?

—Verdaderamente —dijo Malespina—, nuestra unión con Francia ha sido hasta ahora desastrosa.

—Pues ¿para qué la han hecho? Bien dicen que ese Godoy es hombre sin estudios. ¡Si creerá él que se gobierna una nación tocando la guitarra!

—Después de la paz de Basilea[65] —continuó el jo-

---

[64] En *OC*, las piezas de artillería del Trinidad son 140, equivocadamente; sigo el manuscrito, pág. 82. En todo caso, y según los datos de Vázquez Arjona («Cotejo histórico...», pág. 376), el *Trinidad* tenía 136 bocas de fuego; el *Príncipe de Asturias*, 112, y no 118; el *Santa Ana*, 112 y no 120. Coincide la cifra dada para el *Rayo*.

[65] La *Paz de Basilea* fue firmada entre España y el Directorio francés (1796), y puso fin a la guerra entre los dos países (cfr. nota 72). Francia devuelve las plazas que había ocupado en la Península, y España cede su parte de Santo Domingo. Godoy obtiene el título de *Príncipe de la Paz* (cfr. notas 26 y 72).

ven— nos vimos obligados a enemistarnos con los ingleses, que batieron nuestra escuadra en el cabo de San Vicente.

—Alto allá —declaró don Alonso, dando un fuerte puñetazo en la mesa—. Si el almirante Córdova hubiera mandado orzar sobre babor a los navíos de la vanguardia, según lo que pedían las más vulgares leyes de la estrategia, la victoria hubiera sido nuestra. Eso lo tengo probado hasta la saciedad, y en el momento del combate hice constar mi opinión. Quede, pues, cada cual en su lugar.

—Lo cierto es que se perdió la batalla —prosiguió Malespina—. Este desastre no habría sido de grandes consecuencias si después la Corte de España no hubiera celebrado con la República Francesa el tratado de San Ildefonso, que nos puso a merced del Primer Cónsul, obligándonos a prestarle ayuda en guerras que a él sólo y a su grande ambición interesaban. La paz de Amiens[66] no fue más que una tregua. Inglaterra y Francia volvieron a declararse la guerra, y entonces Napoleón exigió nuestra ayuda. Quisimos ser neutrales, pues aquel convenio a nada obligaba en la segunda guerra; pero él con tanta energía solicitó nuestra cooperación, que, para aplacarlo, tuvo el Rey que convenir en dar a Francia un subsidio de cien millones de reales, lo que equivalía a comprar a peso de oro la neutralidad. Pero ni aun así la compramos. A pesar de tan gran sacrificio fuimos arrastrados a la guerra. Inglaterra nos obligó a ello, apresando inoportunamente cuatro fragatas que venían de América cargadas de caudales. Después de aquel acto de piratería, la Corte de Madrid no tuvo más remedio que echarse en brazos de Napoleón, el cual no deseaba otra cosa. Nuestra Marina quedó al arbitrio del Primer Cónsul, ya Emperador, quien, aspirando a vencer por el engaño a los ingleses, dispuso que la escuadra

---

[66] Tregua (1796) entre Francia e Inglaterra. España se ve obligada a ceder Trinidad a los ingleses.

combinada partiese a la Martinica, con objeto de alejar de Europa a los marinos de la Gran Bretaña. Con esta estratagema pensaba realizar su anhelado desembarco en esta isla; mas tan hábil plan no sirvió sino para demostrar la impericia y cobardía del almirante francés[67], el cual, de regreso a Europa, no quiso compartir con nuestros navíos la gloria del combate de Finisterre. Ahora, según las órdenes del Emperador, la escuadra combinada debía hallarse en Brest. Dícese que Napoleón está furioso con su almirante[68], y que piensa relevarle inmediatamente.

—Pero, según dicen —indicó Marcial—, *Monsieur Corneta* quiere pintarla y busca una acción de guerra que haga olvidar sus faltas. Yo me alegro, pues de ese modo se verá quién puede y quién no puede.

—Lo indudable —prosiguió Malespina— es que la escuadra inglesa anda cerca y con intento de bloquear a Cádiz. Los marinos españoles opinan que nuestra escuadra no debe salir de la bahía, donde hay probabilidades de que venza. Mas el francés parece que se obstina en salir.

—Veremos —dijo mi amo—. De todos modos, el combate será glorioso.

—Glorioso, sí —contestó Malespina—. Pero ¿quién asegura que sea afortunado? Los marinos se forjan ilusiones, y quizá por estar demasiado cerca no conocen la inferioridad de nuestro armamento frente al de los ingleses. Estos, además de una soberbia artillería, tienen todo lo necesario para reponer prontamente sus averías. No digamos nada en cuanto al personal: el de nuestros enemigos es inmejorable, compuesto todo de viejos y muy expertos marinos, mientras que muchos de los navíos españoles están tripulados en gran parte por gente de leva, siempre holgazana y que apenas sabe el oficio; el cuerpo de infantería tampoco es un modelo,

---

[67] Villeneuve; cfr. nota 48.
[68] Villeneuve; cfr. nota 48.

pues las plazas vacantes se han llenado con tropa de tierra, muy valerosa sin duda, pero que se marea.

—En fin —dijo mi amo—, dentro de algunos días sabremos lo que ha de resultar de esto.

—Lo que ha de resultar ya lo sé yo —observó doña Francisca—. Que esos caballeros, sin dejar de decir que han alcanzado mucha gloria, volverán a casa con la cabeza rota.

—Mujer, ¿tú qué entiendes de eso? —dijo don Alonso, sin poder contener un arrebato de enojo, que sólo duró un instante.

—¡Más que tú! —contestó vivamente ella—. Pero Dios querrá preservarle a usted, señor don Rafael, para que vuelva sano y salvo.

Esta conversación ocurría durante la cena, la cual fue muy triste; y después de lo referido, los cuatro personajes no dijeron una palabra. Concluida aquélla, se verificó la despedida, que fue ternísima, y por un favor especial, propio de aquella ocasión solemne, los bondadosos padres dejaron solos a los novios, permitiéndoles despedirse a sus anchas y sin testigos para que el disimulo no les obligara a omitir algún accidente que fuera desahogo a su profunda pena. Por más que hice no pude asistir al acto, y me es, por tanto, desconocido lo que en él pasó; pero es fácil presumir que habría todas las ternezas imaginables por una y otra parte.

Cuando Malespina salió del cuarto, estaba más pálido que un difunto. Despidióse a toda prisa de mis amos, que le abrazaron con el mayor cariño, y se fue. Cuando acudimos adonde estaba mi amita, la encontramos hecha un mar de lágrimas: tan grande era su dolor, que los cariñosos padres no pudieron calmar su espíritu con ingeniosas razones, ni atemperar su cuerpo con los cordiales que traje a toda prisa de la botica. Confieso que, profundamente apenado, yo también, al ver la desgracia de los pobres amantes, se amortiguó en mi pecho el rencorcillo que me inspiraba Malespina. El corazón de un niño perdona fácilmente, y el mío no era el menos dispuesto a los sentimientos dulces y expansivos.

VII

A la mañana siguiente se me preparaba una gran sorpresa, y a mi ama el más fuerte berrinche que creo tuvo en su vida. Cuando me levanté vi que don Alonso estaba amabilísimo, y su esposa más irritada que de costumbre. Cuando ésta se fue a misa con Rosita, advertí que el señor se daba gran prisa por meter en una maleta algunas camisas y otras prendas de vestir, entre las cuales iba su uniforme. Yo le ayudé, y aquello me olió a escapatoria, aunque me sorprendía no ver a Marcial por ninguna parte. No tardé, sin embargo, en explicarme su ausencia, pues don Alonso, una vez arreglado su breve equipaje, se mostró muy impaciente, hasta que al fin apareció el marinero, diciendo:

—Ahí está el coche. Vámonos antes que ella venga.

Cargué la maleta, y en un santiamén don Alonso, Marcial y yo salimos por la puerta del corral para no ser vistos[69]; nos subimos a la calesa, y ésta partió tan a escape como lo permitía la escualidez del rocín que la arrastraba y la procelosa configuración del camino. Este, si para caballerías era malo, para coches, perverso; pero a pesar de los fuertes tumbos y arcadas, apretamos el paso, y hasta que no perdimos de vista el pueblo no se alivió algún tanto el martirio de nuestros cuerpos.

Aquel viaje me gustaba extraordinariamente, porque a los chicos toda novedad les trastorna el juicio. Marcial no cabía en sí de gozo, y mi amo, que al principio manifestó su alborozo casi con menos gravedad que yo, se entristeció bastante cuando dejó de ver el pueblo. De cuando en cuando decía:

—¡Y ella, tan ajena a esto! ¡Qué dirá cuando llegue a casa y no nos encuentre!

---

[69] El recuerdo de la primera salida de Don Quijote es obvio (cfr. *Quijote*, 1.2); ambos caballeros se escabullen por el corral de sus respectivas casas. Cfr. introducción.

A mí se me ensanchaba el pecho con la vista del paisaje, con la alegría y frescura de la mañana y, sobre todo, con la idea de ver pronto a Cádiz y su incomparable bahía poblada de naves; sus calles bulliciosas y alegres; su Caleta que simbolizaba para mí en un tiempo lo más hermoso de la vida: la libertad; su plaza, su muelle y demás sitios para mí muy amados. No habíamos andado tres leguas, cuando alcanzamos a ver dos caballeros montados en soberbios alazanes, que viniendo tras nosotros, se nos juntaron en poco tiempo. Al punto reconocimos a Malespina y a su padre, aquel señor alto, estirado y muy charlatán de quien antes hablé. Ambos se asombraron de ver a don Alonso, y mucho más cuando éste les dijo que iba a Cádiz para embarcarse. Recibió la noticia con pesadumbre el hijo; mas el padre, que, según entonces comprendí, era un rematado fanfarrón, felicitó a mi amo muy campanudamente, llamándole flor de los navegantes, espejo de los marinos y honra de la patria[70].

Nos detuvimos para comer en el parador de Conil. A los señores les dieron lo que había, y a Marcial y a mí lo que sobraba, que no era mucho. Como yo servía la mesa, pude oír la conversación, y entonces conocí mejor el carácter del viejo Malespina, quien si primero pasó a mis ojos como un embustero lleno de vanidad, después me pareció el más gracioso charlatán que he oído en mi vida.

El futuro suegro de mi amita, don José María Malespina, que no tenía parentesco con el célebre marino del mismo apellido[71], era coronel de Artillería retirado, y cifraba todo su orgullo en conocer a fondo aquella terrible arma y manejarla como nadie. Tratando de este asunto era como más lucía su imaginación y gran desparpajo para mentir.

---

[70] Expresiones de origen claramente cervantino; cfr. *Quijote, passim.*
[71] Alejandro Malespina (1754-1809). En 1782, a bordo de la *Astrea,* llevó a cabo un viaje alrededor del mundo (cfr. nota 18). Acabó encarcelado por cuestiones políticas y marchó a la emigración.

—Los artilleros —decía, sin suspender por un momento la acción de engullir— hacen mucha falta a bordo. ¿Qué es de un barco sin artillería? Pero donde hay que ver los efectos de esta invención admirable de la humana inteligencia es en tierra, señor don Alonso. Cuando la guerra del Rosellón[72]..., ya sabe usted que tomé parte en aquella campaña y que todos los triunfos se debieron a mi acierto en el manejo de la artillería... La batalla de Masdeu[73], ¿por qué cree usted que se ganó? El general Ricardos[74] me situó en una colina con cuatro piezas, mandándome que no hiciera fuego sino cuando él me lo ordenara. Pero yo, que veía las cosas de otra manera, me estuve callandito hasta que una columna francesa vino a colocarse delante de mí en tal disposición, que mis disparos podían enfilarla de un extremo a otro. Los franceses forman la línea con gran perfección. Tomé bien la puntería con una de las piezas, dirigiendo la mira a la cabeza del primer soldado... ¿Comprende usted?... Como la línea era tan perfecta, disparé, y ¡zas!, la bala se llevó ciento cuarenta y dos cabezas, y no cayeron más porque el extremo de la línea se movió un poco. Aquello produjo gran consternación en los enemigos; pero como éstos no comprendían mi estrategia ni podían verme en el sitio donde estaba, enviaron otra columna a atacar a las tropas que estaban a mi derecha, y aquella columna tuvo la misma suerte, y otra, y otra, hasta que se ganó la batalla[75].

—Es maravilloso —dijo mi amo, quien, conociendo la magnitud de la bola, no quiso, sin embargo, desmentir a su amigo.

[72] El Rosellón fue uno de los escenarios de la guerra entre España y la República Francesa (1793-1795), terminada con la *Paz de Basilea* (cfr. nota 65). Los franceses llegaron a ocupar en 1794 Irún, San Sebastián, Tolosa, Vitoria, Figueras..., pese a una primera campaña victoriosa de los españoles en el Rosellón (cfr. notas 73-77, 129 y 131).

[73] Victoria española en la guerra del Rosellón.

[74] Antonio Ricardos (1727-1794), jefe del ejército español durante la primera campaña de la guerra del Rosellón (cfr. nota 72).

[75] Este fantástico episodio recuerda una de las aventuras del famoso barón Münchhausen. Cfr. introducción.

—Pues en la segunda campaña, al mando del conde de la Unión[76], también escarmenté de lo lindo a los republicanos. La defensa de Boulou[77], no nos salió bien, porque se nos acabaron las municiones; yo, con todo, hice un gran destrozo cargando una pieza con las llaves de la iglesia; pero éstas no eran muchas, y, al fin, como un recurso de desesperación, metí en el ánima del cañón mis llaves, mi reloj, mi dinero, cuantas baratijas encontré en los bolsillos, y, por último, hasta mis cruces. Lo particular es que una de éstas fue a estamparse en el pecho de un general francés, donde se le quedó como pegada y sin hacerle daño. El la conservó, y cuando fue a París, la Convención[78] le condenó no sé si a muerte o a destierro por haber admitido condecoraciones de un Gobierno enemigo.

—¡Qué diablura! —murmuró mi amo, recreándose con tan chuscas invenciones.

—Cuando estuve en Inglaterra... —continuó el viejo Malespina—, ya sabe usted que el Gobierno inglés me mandó llamar para perfeccionar la artillería de aquel país... Todos los días comía con Pitt[79], con Burke[80], con lord North[81], con el general Conwallis[82] y otros

---

[76] El conde de la Unión fue el sucesor (1794) de Ricardos en la jefatura del ejército español en la guerra del Rosellón (cfr. notas 73-74).

[77] En la defensa de Boulou se distinguió Mariano Álvarez de Castro, futuro héroe de los sitios de Gerona en 1808-1809 (cfr. nota 10).

[78] Tras el golpe del 9 Termidor de 1795, que acabó con el *terror* de Robespierre, se instauró en Francia un gobierno revolucionario moderado, la *Convención*.

[79] William Pitt, *el Joven* (1759-1806). Político inglés, organizador de las coaliciones europeas contra Napoleón.

[80] Edmond Burke (1729-1797), político y filósofo inglés, del partido *whig*. No figura en el *Censo* de Sáinz de Robles.

[81] *Lord* Frederic North, conde de Guilford (1732-1792). Político inglés, que fue Primer *Lord* de la Tesorería, Presidente de los Comunes y ministro del Interior.

[82] Charles Conwallis (1738-1805), general y político inglés. Segundo comandante en jefe británico contra los independentistas norteamericanos (1778). Virrey de Irlanda hasta la anexión de este país al Reino Unido (1794-1800). Gobernador general de la India en 1786 y en 1805, donde murió en combate con los patriotas hindúes.

personajes importantes que me llamaban *el chistoso español*. Recuerdo que una vez, estando en Palacio, me suplicaron que les mostrase cómo era una corrida de toros, y tuve que capear, picar y matar una silla, lo cual divirtió mucho a toda la Corte, especialmente al Rey Jorge Tercero[83], quien era muy amigote mío y siempre me decía que le mandase a buscar a mi tierra aceitunas buenas. ¡Oh!, tenía mucha confianza conmigo. Todo su empeño era que le enseñase palabras de español y, sobre todo, algunas de esta nuestra graciosa Andalucía; pero nunca pudo aprender más que *otro toro y vengan esos cinco*, frase con que me saludaba todos los días cuando iba a almorzar con él pescadillas y unas cañitas de Jerez.

—¿Eso almorzaba?

—Era lo que le gustaba más. Yo hacía llevar de Cádiz, embotellada, la pescadilla: consérvase muy bien con un específico que inventé, cuya receta tengo en casa.

—Maravilloso. ¿Y reformó usted la artillería inglesa? —preguntó mi amo, alentándole a seguir, porque le divertía mucho.

—Completamente. Allí inventé un cañón que no llegó a dispararse, porque todo Londres, incluso la Corte y los ministros, vinieron a suplicarme que no hiciera la prueba, por temor a que del estremecimiento cayeran al suelo muchas casas.

—¿De modo que tan gran pieza ha quedado relegada al olvido?

—Quiso comprarla el Emperador de Rusia[84]; pero no fue posible moverla del sitio en que estaba.

—Pues bien podía usted sacarnos del apuro inventan-

---

[83] Jorge III fue rey de Inglaterra de 1760 a 1810. Durante su reinado, los Estados Unidos lograron su independencia (1776). Loco, le sucedió su hijo Jorge IV.

[84] A dos zares puede referirse Malespina. A Pablo I, que reinó de 1796 a 1801, y murió asesinado, y a su sucesor Alejandro I (1801-1825), aliado de los ingleses contra Napoleón (cfr. nota 142).

do un cañón que destruyera de un disparo la escuadra inglesa.

—¡Oh! —contestó Malespina—. En eso estoy pensando, y creo que podré realizar mi pensamiento. Ya le mostraré a usted los cálculos que tengo hechos, no sólo para aumentar hasta un extremo fabuloso el calibre de las piezas de artillería, sino para construir placas de resistencia que defiendan los barcos y los castillos. Es el pensamiento de toda mi vida.

A todas éstas, habían concluido de comer. Nos zampamos en un santiamén Marcial y yo las sobras, y seguimos el viaje; ellos, a caballo, marchando al estribo, y nosotros, como antes, en nuestra derrengada calesa. La comida y los frecuentes tragos con que la roció excitaron más aún la vena inventora del viejo Malespina, quien por todo el camino siguió espetándonos sus grandes paparruchas. La conversación volvió al tema por donde había empezado: a la guerra del Rosellón; y como don José se apresurara a referir nuevas proezas, mi amo, cansado ya de tanto mentir, quiso desviarle de aquella materia, y dijo:

—Guerra desastrosa e impolítica. ¡Más nos hubiera valido no haberla emprendido!

—¡Oh! —exclamó Malespina—. El conde de Aranda[85], como usted sabe, condenó desde el principio esta funesta guerra con la República. ¡Cuánto hemos hablado de esta cuestión!..., porque somos amigos desde la infancia. Cuando yo estuve en Aragón, pasamos siete meses juntos cazando en el Moncayo[86]. Precisamente hice construir para él una escopeta singular...

—Sí, Aranda se opuso siempre —dijo mi amo, atajándole en el peligroso camino de la balística.

—En efecto —continuó el mentiroso—, y si aquel

[85] Pedro Pablo Abarca de Bolea, conde de Aranda (1718-1798). Ministro ilustrado de Carlos III, amigo de Voltaire. Ya bajo Carlos IV fue desplazado por Godoy y desterrado.

[86] Monte en los límites de Castilla (Soria) y Aragón (Zaragoza). 2.316 metros de altitud.

hombre eminente defendió con tanto calor la paz con los republicanos, fue porque yo se lo aconsejé, convenciéndole antes de la inoportunidad de la guerra. Mas Godoy, que ya entonces era valido, se obstinó en proseguirla, sólo por llevarme la contraria, según he entendido después. Lo más gracioso es que el mismo Godoy se vio obligado a concluir la guerra en el verano del noventa y cinco, cuando comprendió su ineficacia, y entonces se adjudicó a sí mismo el retumbante título de *Príncipe de la Paz*.

—¡Qué faltos estamos, amigo don José María —dijo mi amo—, de un buen hombre de Estado a la altura de las circunstancias, un hombre que no nos entremeta en guerras inútiles y mantenga incólume la dignidad de la Corona!

—Pues cuando yo estuve en Madrid el año último —prosiguió el embustero—, me hicieron proposiciones para desempeñar la Secretaría de Estado. La Reina[87] tenía gran empeño en ello, y el Rey[88] no dijo nada... Todos los días le acompañaba a El Pardo para tirar un par de tiros... Hasta el mismo Godoy se hubiera conformado, conociendo mi superioridad; y si no, no me habría faltado un castillito donde encerrarlo para que no me diera que hacer. Pero yo rehusé, prefiriendo vivir tranquilo en mi pueblo, y dejé los negocios públicos en manos de Godoy. Ahí tiene usted un hombre cuyo padre fue mozo de mulas en la dehesa que mi suegro tenía en Extremadura.

—No sabía... —dijo don Alonso—. Aunque hombre oscuro, yo creí que el Príncipe de la Paz pertenecía a una familia de hidalgos, de escasa fortuna, pero de buenos principios.

Así continuó el diálogo: el señor Malespina soltando unas bolas como templos, y mi amo oyéndolas con santa calma, pareciendo unas veces enfadado y otras

---

[87] María Luisa Teresa de Parma (1751-1819), esposa de Carlos IV (cfr. nota 25) y amante de Godoy (cfr. nota 26).
[88] Carlos IV (cfr. nota 25).

complacido de escuchar tanto disparate. Si mal no recuerdo, también dijo don José María que había aconsejado a Napoleón el atrevido hecho del 18 brumario[89].

Con estas y otras cosas nos anocheció en Chiclana, y mi amo, atrozmente quebrantado y molido a causa del movimiento del fementido calesín, se quedó en dicho pueblo, mientras los demás siguieron, deseosos de llegar a Cádiz en la misma noche. Mientras cenaron, endilgó Malespina nuevas mentiras, y pude observar que su hijo las oía con pena, como abochornado de tener por padre el más grande embustero que crió la Tierra. Despidiéronse ellos; nosotros descansamos hasta el día siguiente por la madrugada, hora en que proseguimos nuestro camino; y como éste era mucho más cómodo y expedito desde Chiclana a Cádiz que en el tramo recorrido, llegamos al término de nuestro viaje a eso de las once del día, sin novedad en la salud y con el alma alegre.

VIII

No puedo describir el entusiasmo que despertó en mi alma la vuelta a Cádiz. En cuanto pude disponer de un rato de libertad, después que mi amo quedó instalado en casa de su prima, salí a las calles y corrí por ellas sin dirección fija, embriagado con la atmósfera de mi ciudad querida.

Después de ausencia tan larga, lo que había visto tantas veces embelesaba mi atención como cosa nueva y extremadamente hermosa. En cuantas personas encontraba al paso veía un rostro amigo, y todo era para mí simpático y risueño: los hombres, las mujeres, los viejos, los niños, los perros, hasta las casas, pues mi imaginación juvenil observaba en ello no sé qué de personal y animado, se me representaban como seres sensibles;

---

[89] El 18 Brumario de 1797 Napoleón da un golpe de estado; es abolido el Directorio y el futuro emperador es nombrado Primer Cónsul por diez años (cfr. nota 21).

parecíame que participaban del general contento por mi llegada, remedando en sus balcones y ventanas las facciones de un semblante alborozado. Mi espíritu veía reflejar en todo lo exterior su propia alegría.

Corría por las calles con gran ansiedad, como si en un minuto quisiera verlas todas. En la plaza de San Juan de Dios compré algunas golosinas, más que por el gusto de comerlas por la satisfacción de presentarme regenerado ante las vendedoras, a quienes me dirigí como antiguo amigo, reconociendo a algunas como favorecedoras en mi anterior miseria, y a otras, como víctimas, aún no aplacadas, de mi inocente afición al merodeo. Las más no se acordaban de mí; pero algunas me recibieron con injurias, recordando las proezas de mi niñez y haciendo comentarios tan chistosos sobre mi nuevo empaque y la gravedad de mi persona, que tuve que alejarme a toda prisa, no sin que lastimaran mi decoro algunas cáscaras de frutas lanzadas por experta mano contra mi traje nuevo. Como tenía la conciencia de mi formalidad, estas burlas más bien me causaron orgullo que pena.

Recorrí luego la muralla y conté todos los barcos fondeados a la vista. Hablé con cuantos marineros hallé al paso, diciéndoles que yo también iba a la escuadra, y preguntándoles con tono muy enfático si había recalado la escuadra de Nelson. Después les dije que *Monsieur Corneta* era un cobarde, y que la próxima función sería buena.

Llegué, por fin, a la Caleta, y allí mi alegría no tuvo límites. Bajé a la playa, y quitándome los zapatos salté de peñasco en peñasco; busqué a mis antiguos amigos de uno y otro sexo, mas no encontré sino muy pocos: unos eran ya hombres y habían abrazado mejor carrera; otros habían sido embarcados por la leva, y los que quedaban apenas me reconocieron. La movible superficie del agua despertaba en mi pecho sensaciones voluptuosas. Sin poder resistir la tentación, y compelido por la misteriosa atracción del mar, cuyo elocuente rumor me ha parecido siempre, no sé por qué, una voz que solicita dulcemente en la bonanza, o llama con imperiosa cólera en la tempestad, me desnudé a toda prisa y me lancé en él como quien se arroja en los brazos de una persona querida.

Nadé más de una hora, experimentando un placer indecible, y vistiéndome luego, seguí mi paseo hacia el barrio de la Viña, en cuyas edificantes tabernas encontré a algunos de los más célebres perdidos de mi glorioso tiempo. Hablando con ellos, yo me las echaba de hombre de pro, y como tal gasté en obsequiarles los pocos cuartos que tenía. Pregúnteles por mi tío, mas no me dieron noticia alguna de su señoría; y luego que hubimos charlado un poco, me hicieron beber una copa de aguardiente que al punto dio con mi pobre cuerpo en tierra.

Durante el periodo más fuerte de mi embriaguez, creo que aquellos tunantes se rieron de mí cuanto les dio la gana; pero una vez que me serené un poco, salí avergonzadísimo de la taberna. Aunque andaba muy difícilmente, quise pasar por mi antigua casa, y vi en la puerta a una mujer andrajosa que freía sangre y tripas. Conmovido en presencia de mi morada natal, no pude contener el llanto, lo cual, visto por aquella mujer sin entrañas, se le figuró burla o estratagema para robarle sus frituras. Tuve, por tanto, que librarme de sus manos con la ligereza de mis pies, dejando para mejor ocasión el desahogo de mis sentimientos.

Quise ver después la catedral vieja, a la cual se refería uno de los más tiernos recuerdos de mi niñez, y entré en ella: su recinto me pareció encantador, y jamás he recorrido las naves de templo alguno con tan religiosa veneración. Creo que me dieron fuertes ganas de rezar, y que lo hice en efecto, arrodillándome en el altar donde mi madre había puesto un *exvoto* por mi salvación. El personaje de cera que yo creía mi perfecto retrato estaba allí colgado, y ocupaba su puesto con la gravedad de las cosas santas; pero se me parecía como un huevo a una castaña. Aquel muñequito, que simbolizaba la piedad y el amor materno, me infundía, sin embargo, el respeto más vivo. Recé un rato de rodillas, acordándome de los padecimientos y de la muerte de mi buena madre, que ya gozaba de Dios en el Cielo; pero como mi cabeza no estaba buena, a causa de los vapores del maldito aguardiente, al levantarme me caí, y un sacristán empedernido me puso bonitamente en la calle. En pocas zancadas me trasladé a la del Fideo, donde residíamos, y mi amo, al verme entrar, me reprendió por mi larga ausencia. Si aquella falta hubiera sido cometida ante doña Francisca, no me habría librado de una fuerte paliza; pero mi amo era tolerante, y no me castigaba nunca, quizá porque tenía la conciencia de ser tan niño como yo.

Habíamos ido a residir en casa de la prima de mi amo, la cual era una señora a quien el lector me permitirá describir con alguna prolijidad, por ser tipo que lo merece. Doña Flora de Cisniega era una vieja que se empeñaba en permanecer joven: tenía más de cincuenta años; pero ponía en práctica todos los artificios imaginables para engañar al mundo, aparentando la mitad de aquella cifra aterradora. Decir cuánto inventaba la ciencia y el arte en armónico consorcio para conseguir tal objeto, no es empresa que corresponde a mis escasas fuerzas. Enumerar los rizos, moñas, lazos, trapos, adobos, bermellones, aguas y demás extraños cuerpos que concurrían a la grande obra de su monumental restauración, fatigaría la más diestra fantasía; quédese esto, pues, para las plumas de los novelistas, si es que la Historia, buscadora de las grandes cosas, no se apropia tan hermoso asunto. Respecto a su físico, lo más presente que tengo es el conjunto de su rostro, en que parecían haber puesto su rosicler todos los pinceles de las Academias presentes y pretéritas. También recuerdo que al hablar hacía con los labios un mohín, un repliegue, un mimo, cuyo objeto era, o achicar con gracia la descomunal boca, o tapar el estrago de la dentadura, de cuyas filas desertaban todos los años un par de dientes; pero aquella supina estratagema de la presunción era tan poco afortunada, que antes la afeaba que la embellecía.

Vestía con lujo, y en su peinado se gastaban los polvos por almudes, y como no tenía malas carnes, a juzgar por lo que pregonaba el ancho escote y por lo que dejaban transparentar las gasas, todo su empeño consistía en lucir aquellas partes menos sensibles a la injuriosa acción del tiempo, para cuyo objeto tenía un arte maravilloso.

Era doña Flora persona muy prendada de las cosas antiguas; muy devota, aunque no con la santa piedad de mi doña Francisca, y grandemente se diferenciaba de mi ama, pues así como ésta aborrecía las glorias navales, aquélla era entusiasta por todos los hombres de guerra en general y por lo marinos en particular. Inflamada en amor patriótico, ya que en la madurez de su existencia no podía aspirar al calorcillo de otro amor, y orgullosa en extremo como mujer y como dama española, el sentimiento nacional se asociaba en su espíritu al estampido de los cañones y creía que la grandeza de los pueblos se medía por libras de pólvora. Como no tenía hijos, ocupaban su vida los chismes de vecinos, traídos y llevados en pequeño círculo por dos o tres cotorrones como ella, y se distraía también con su sistemática afición a hablar de las cosas públicas. Entonces no había periódicos, y las ideas políticas, así como las noticias, circulaban de viva voz, desfigurándose entonces más que ahora, porque siempre fue la palabra más mentirosa que la imprenta.

En todas las ciudades populosas, y especialmente en Cádiz, que era entonces la más culta, había muchas personas desocupadas que eran depositarias de las noticias de Madrid y París, y las llevaban y traían diligentes vehículos, enorgulleciéndose con una misión que les daba gran importancia. Algunos de éstos, a modo de vivientes periódicos, concurrían a casa de aquella señora por las tardes, y esto, además del buen chocolate y mejores bollos, atraía a otros ansiosos de saber lo que pasaba. Doña Flora, ya que no podía inspirar una pasión formal, ni quitarse de encima la gravosa pesadumbre de sus cincuenta años, no hubiera trocado aquel papel por otro alguno, pues el centro general de las noticias casi equivalía en aquel tiempo a la majestad de un trono.

Doña Flora y doña Francisca se aborrecían cordialmente, como comprenderá quien considere el exaltado militarismo de la una y el pacífico apocamiento de la otra. Por esto, hablando con su primo en el día de nuestra llegada, le decía la vieja:

—Si tú hubieras hecho caso siempre de tu mujer, todavía serías guardiamarina. ¡Qué carácter! Si yo fuera hombre y casado con mujer semejante, reventaría como una bomba. Has hecho bien en no seguir su consejo y en venir a la escuadra. Todavía eres joven, Alonso; todavía puedes alcanzar el grado de brigadier, que tendrías ya de seguro si Paca no te hubiese echado una calza como a los pollos para que no salgan del corral.

Después, como mi amo, impulsado por su gran curiosidad, le pidiese noticias, ella le dijo:

—Lo principal es que todos los marinos de aquí están muy descontentos del almirante francés, que ha probado su ineptitud en el viaje a la Martinica y en el combate de Finisterre. Tal es su timidez y el miedo que tiene a los ingleses, que al entrar aquí la escuadra combinada en agosto último, no se atrevió a apresar el crucero inglés mandado por Collingwood, y que sólo constaba de tres navíos. Toda nuestra oficialidad está muy mal por verse obligada a servir a las órdenes de semejante hombre. Fue Gravina a Madrid a decírselo a Godoy[90], previendo grandes desastres si no ponía al frente de la escuadra un hombre más apto; pero el ministro le contestó cualquiera cosa, porque no se atreve a resolver nada; y como Bonaparte anda metido con los austria-

---

[90] Sobre el viaje de Gravina a Madrid para quejarse ante Godoy, cfr. cómo lo cuenta un historiador: «El general Gravina había estado en la corte dando cuenta al Príncipe de la Paz de la incapacidad de Villeneuve. Era testigo del suceso de Finisterre, sabía las murmuraciones que andaban destruyendo el buen espíritu de las tripulaciones españolas y francesas, y sobre todo estaba convencido de que bajo el mando en jefe de Villeneuve no había victoria posible [...]. Pero, ¿qué podía hacer en aquellos momentos el gobierno español, comprometido como estaba en la lucha general bajo la tutela o siquiera bajo la dirección de Bonaparte?» (J. Ferrer de Couto, *Historia del combate naval de Trafalgar...*, pág. 114).

cos[91], mientras él no decida... Dicen que éste también está muy descontento de Villeneuve y que ha determinado destituirle; pero entre tanto... ¡Ah! Napoleón debiera confiar el mando de la escuadra a algún español; a ti, por ejemplo, Alonsito, dándote tres o cuatro grados de mogollón, que a fe bien merecidos los tienes...

—¡Oh!, yo no soy para eso —dijo mi amo con su habitual modestia.

—O a Gravina o a Churruca, que dicen que es tan buen marino. Si no, me temo que esto acabará mal. Aquí no pueden ver a los franceses. Figúrate que cuando llegaron los barcos de Villeneuve carecían de víveres y municiones, y en el arsenal no se las quisieron dar. Acudieron en queja a Madrid; y como Godoy no hace más que lo que quiere el embajador francés, monsieur de Bernouville, dio orden para que se entregara a nuestros aliados cuanto necesitasen. Mas ni por ésas. El intendente de Marina y el comandante de Artillería dicen que no darán nada mientras Villeneuve no lo pague en moneda contante y sonante[92]. Así, así: me parece que está muy bien parlado. ¡Pues no falta más sino que esos señores, con sus manos lavadas, se fueran a llevar lo poco que tenemos! ¡Bonitos están los tiempos! Ahora cuesta todo un ojo de la cara; la fiebre amarilla por un lado y los malos tiempos por otro, han

---

[91] Referencia a la tercera coalición europea contra Napoleón (Inglaterra, Austria, Rusia) y a la campaña francesa contra los austriacos, derrotados en Ulm y Austerlitz (1805). Cfr. nota 142.

[92] Cfr. sobre todo esto la versión del propio embajador francés en Madrid, Bernouville, en carta al ministro de Marina de su país: «Je vous avais mandé que l'inspecteur d'artillerie à Cadiz avait, d'ordre de son Gouvernement, refusé à M. Villeneuve les munitions que ce vice-amiral avait demandées, qu'au préalable il n'eut versé leur valeur en argent effectif dans la caisse d'artillerie; j'ai aplani cette difficulté en écrivant à M. le Prince de la Paix que je mettais sur sa responsabilité tous les retards des opérations de l'armée navale: les munitions et tout ce que le vice-amiral Villeneuve avait demandé a été délivré et embarqué. Le Prince de la Paix se récrie un peu sur les prix excessifs que tous ces objets coutent à l'Espagne pour les faire arriver à Cadiz [...]» (Documento incluido en E. Desbrières, *La campagne maritime de 1805. Trafalgar*, París, 1907, pág. 44).

puesto a Andalucía en tal estado, que toda ella no vale una aljofifa; y luego añada usted a esto los desastres de la guerra. Verdad es que el honor nacional es lo primero, y es preciso seguir adelante para vengar los agravios recibidos. No me quiero acordar de lo del cabo de Finisterre, donde por la cobardía de nuestros aliados perdimos el *Firme* y el *Rafael,* dos navíos como dos soles, ni de la voladura del *Real Carlos,* que fue una traición tal, que ni entre moros berberiscos pasaría igual, ni del robo de las cuatro fragatas, ni del combate del cabo de...

—Lo que es eso... —dijo mi amo, interrumpiéndola vivamente—. Es preciso que cada cual quede en su lugar. Si el almirante Córdova hubiera mandado virar por...

—Sí, sí; ya sé —dijo doña Flora, que había oído muchas veces lo mismo en boca de mi amo—. Habrá que darles la gran paliza, y se la daréis. Me parece que vas a cubrirte de gloria. Así haremos rabiar a Paca.

—Yo no sirvo para el combate —dijo mi amo con tristeza—. Vengo tan sólo a presenciarlo, por pura afición y por el entusiasmo que me inspiran nuestras queridas banderas.

Al día siguiente de nuestra charla recibió mi amo la visita de un brigadier de Marina, amigo antiguo, cuya fisonomía no olvidaré jamás, a pesar de no haberle visto más que en aquella ocasión. Era un hombre como de cuarenta y cinco años, de semblante hermoso y afable, con tal expresión de tristeza, que era imposible verle sin sentir irresistible inclinación a amarle. No usaba peluca, y sus abundantes cabellos rubios, no martirizados por las tenazas del peluquero para tomar la forma de ala de pichón, se recogían con cierto abandono en una gran coleta, y estaban inundados de polvos con menos arte del que la presunción propia de la época exigía. Eran grandes y azules sus ojos; su nariz, muy fina, de perfecta forma y un poco larga, sin que esto le afeara; antes bien, parecía ennoblecer su expresivo semblante. Su barba, afeitada con esmero, era algo puntiaguda, aumentando así el conjunto melancólico de su rostro oval, que indicaba más bien delicadeza que energía. Este noble continente era realzado por una urbanidad en los modales, por una grave cortesanía de que ustedes no pueden formarse idea, por la estirada fatuidad de los señores del día, ni por la movible elegancia de nuestra dorada juventud. Tenía el cuerpo pequeño, delgado y como enfermizo. Más que guerrero, aparentaba ser hombre de estudio, y su frente, que, sin duda, encerraba altos y delicados pensamientos, no parecía la más propia para arrostrar los horrores de una batalla. Su endeble constitución, que, sin duda, contenía un espíritu privilegiado, parecía destinada a sucumbir conmovida al primer choque. Y, sin embargo, según después supe, aquel hombre tenía tanto corazón como inteligencia. Era Churruca[93].

El uniforme del héroe demostraba, sin ser viejo ni raído, algunos años de honroso servicio. Después, cuando le oí decir, por cierto sin tono de queja, que el Gobierno le debía nueve pagas, me expliqué aquel deterioro. Mi amo le preguntó por su mujer, y de su contestación deduje que se había casado poco antes, por cuya razón le compadecí, pareciéndome muy atroz que se le mandara al combate en tan felices días. Habló luego de su barco, el *San Juan Nepomuceno,* al que mostró igual cariño que a su joven esposa, pues, según dijo, él lo había compuesto y arreglado a su gusto, por privilegio especial, haciendo de él uno de los primeros barcos de la armada española.

Hablaron luego del tema ordinario en aquellos días: de si salía o no salía la escuadra, y el marino se expresó largamente con estas palabras, cuya sustancia guardo en

---

[93] Sobre Churruca, cfr. nota 13. El retrato que traza aquí Galdós de Churruca, coincide en buena medida con el que existe en el Museo Naval de Madrid. Un historiador francés recoge esta página de *Trafalgar* y comenta: «M. Pérez Galdós, dans la première nouvelle qui ouvre la série de ses *Episodios Nacionales,* a tracé de Churruca un très vivant portrait dont tous les détails sont rigoureusement exacts, et qui font admirablement revivre la sympathique physionomie du héros guipuzcoan» (G. Desdevises du Dezert, *De Trafalgar a Aranjuez, 1805-1808,* Madrid, 1907, pág. 33).

la memoria, y que después, con datos y noticias históricas, he podido restablecer con la posible exactitud:

—El almirante francés —dijo Churruca—, no sabiendo qué resolución tomar, y deseando hacer algo que ponga en olvido sus errores, se ha mostrado, desde que estamos aquí, partidario de salir en busca de los ingleses. El ocho de octubre escribió a Gravina diciéndole que deseaba celebrar a bordo del *Bucentauro* un consejo de guerra para acordar lo que fuera más conveniente[94]. En efecto, Gravina acudió al consejo, llevando al teniente general Álava, a los jefes de escuadra Escaño[95] y Cisneros, al brigadier Galiano y a mí. De la escuadra francesa estaban los almirantes Dumanoir[96] y Magon[97], y los capitanes de navío Cosmao[98], Maistral[99], Villiegris[100] y Prigny[101]. Habiendo mostrado Villeneuve el deseo de salir, nos opusimos todos los españoles. La discusión fue muy viva y acalorada, y Alcalá Galiano cruzó con el almirante Magon palabras bastante duras, que ocasionarán un lance de honor si antes no los ponemos en paz. Mucho disgustó a Villeneuve nuestra oposición, y también en el calor de la discusión dijo frases descompuestas, a que contestó Gravina del modo más enérgico... Es curioso el empeño de esos señores de hacerse a la mar en busca de un enemigo poderoso,

---

[94] Compárese la versión galdosiana de este consejo celebrado en el *Bucentaure* con otra de Ferrer de Couto *(Historia del combate naval de Trafalgar...,* págs. 122-125).

[95] Antonio de Escaño (1750-1814). Mandaba el *Príncipe de Asturias,* a bordo del cual iba también Gravina (cfr. nota 15), y donde cayó herido. Posteriormente fue diputado en las Cortes de Cádiz (1812) y ministro constitucional de Marina. Se le menciona en el episodio *Cádiz (OC,* I, pág. 680).

[96] Dumanoir iba a bordo del buque *Le Formidable* como jefe de la Escuadra de Retaguardia. Sin entrar en fuego, se retira del combate con cuatro barcos.

[97] En Trafalgar, comandante de *L'Algeciras.*

[98] Julien Marie Cosmao (1761-1825). Comandante de *Le Pluton* en Trafalgar, salvó varios buques de ser destruidos por los ingleses.

[99] Comandante de *Le Neptune* en Trafalgar.

[100] Comandante de *Le Mont-Blanc* en Trafalgar.

[101] Prigny era el Jefe de Estado Mayor de Villeneuve; el capitán del *Bucentaure,* buque insignia de Villeneuve, era Magendie (véase nota 48).

cuando en el combate de Finisterre nos abandonaron, quitándonos la ocasión de vencer si nos auxiliaran a tiempo. Además, hay otras razones, que yo expuse en el Consejo, y son que la estación avanza; que la posición más ventajosa para nosotros es permanecer en la bahía, obligándolos a un bloqueo que no podrán resistir, mayormente si bloquean también a Tolón y a Cartagena. Es preciso que confesemos con dolor la superioridad de la marina inglesa, por la perfección del armamento, por la excelente dotación de sus buques y, sobre todo, por la unidad con que operan sus escuadras. Nosotros, con gente en gran parte menos diestra, con armamento imperfecto y mandados por un jefe que descontenta a todos, podríamos, sin embargo, hacer la guerra a la defensiva dentro de la bahía. Pero será preciso obedecer, conforme a la ciega sumisión de la Corte de Madrid, y poner barcos y marinos a merced de los planes de Bonaparte, que no nos ha dado, en cambio de esta esclavitud, un jefe digno de tantos sacrificios. Saldremos, si se empeña Villeneuve; pero si los resultados son desastrosos, quedará consignada para descargo nuestro la oposición que hemos hecho al insensato proyecto del jefe de la escuadra combinada. Villeneuve se ha entregado a la desesperación; su amo le ha dicho cosas muy duras, y la noticia de que va a ser relevado le induce a cometer las mayores locuras, esperando reconquistar en un día su perdida reputación por la victoria o por la muerte [102].

Así se expresó el amigo de mi amo. Sus palabras hicieron en mí gran impresión, pues con ser niño, yo prestaba gran interés a aquellos sucesos, y después, leyendo en la Historia lo mismo de que fui testigo, he auxiliado mi memoria con datos auténticos, y puedo narrar con bastante exactitud.

---

[102] Lo que dice aquí Churruca coincide con lo recogido en crónicas históricas; cfr. Cesáreo Fernández Duro, *La Armada española desde la unión de los reinos de Castilla y Aragón*, VIII, Madrid, 1902, páginas 305-310.

Cuando Churruca se marchó, doña Flora y mi amo hicieron de él grandes elogios, encomiando, sobre todo, su expedición a la América meridional para hacer el mapa de aquellos mares. Según les oí decir, los méritos de Churruca como sabio y como marino eran tantos, que el mismo Napoleón le hizo un precioso regalo y le colmó de atenciones. Pero dejemos al marino y volvamos a doña Flora.

A los dos días de estar allí noté un fenómeno que me disgustó sobre manera, y fue que la prima de mi amo comenzó a prendarse de mí, es decir, que me encontró pintiparado para ser su paje. No cesaba de hacerme toda clase de caricias, y al saber que yo también iba a la escuadra, se lamentó de ello, jurando que sería una lástima que perdiese un brazo, pierna o alguna otra parte no menos importante de mi persona, si no perdía la vida. Aquella antipatriótica compasión me indignó, y aun creo que dije algunas palabras para expresar que estaba inflamado en guerrero ardor. Mis baladronadas hicieron gracia a la vieja, y me dio mil golosinas para quitarme el mal humor.

Al día siguiente me obligó a limpiar la jaula de su loro, discreto animal que hablaba como un teólogo y nos despertaba a todos por la mañana, gritando: «Perro inglés, perro inglés.» Luego me llevó consigo a misa, haciéndome cargar la banqueta, y en la iglesia no cesaba de volver la cabeza para ver si estaba por allí. Después me hizo asistir a su tocador, ante cuya operación me quedé espantado, viendo el catafalco de rizos y moños que el peluquero armó en su cabeza. Advirtiendo el indiscreto estupor con que yo contemplaba la habilidad del maestro, verdadero arquitecto de las cabezas, doña Flora se rió mucho, y me dijo que en vez de pensar en ir a la escuadra, debía quedarme con ella para ser su paje; añadió que debía aprender a peinarla, que con el oficio de maestro peluquero podía ganarme la vida y ser un verdadero personaje. No me sedujeron tales proposiciones, y le dije con cierta rudeza que más quería ser soldado que peluquero. Esto le agradó; y como le daba el peine por las cosas patrióticas y militares, redobló su afecto hacia mí. A pesar de que allí se me trataba con mimo, confieso que me cargaba a más no poder la tal doña Flora, y que a sus almibaradas finezas prefería los rudos pescozones de mi iracunda doña Francisca.

Era natural: su intempestivo cariño, sus dengues, la insistencia con que solicitaba mi compañía, diciendo que le encantaba mi conversación y persona, me impedían seguir a mi amo en sus visitas a bordo. Le acompañaba en tan dulce ocupación un criado de su prima, y en tanto yo, sin libertad para correr por Cádiz, como hubiera deseado, me aburría en la casa, en compañía del loro de doña Flora y de los señores que iban allá por las tardes a decir si saldría o no la escuadra y otras cosas menos manoseadas, si bien más frívolas.

Mi disgusto llegó a la desesperación cuando vi que Marcial venía a casa y que con él iba mi amo a bordo, aunque no para embarcarse definitivamente; y cuando esto ocurría, y cuando mi alma atribulada acariciaba aún la débil esperanza de formar parte de aquella expedición, doña Flora se empeñó en llevarme a pasear a la alameda, y también al Carmen a rezar vísperas.

Esto me era insoportable, tanto más cuanto que yo soñaba con poner en ejecución cierto atrevido proyectillo, que consistía en ir a visitar, por cuenta propia, uno de los navíos, llevado por algún marinero conocido, que esperaba encontrar en el muelle. Salí con la vieja, y al pasar por la muralla deteníame para ver los barcos; mas no me era posible entregarme a las delicias de aquel espectáculo, por tener que contestar a las mil preguntas de doña Flora, que ya me tenía mareado. Durante el paseo se le unieron algunos jóvenes y señores mayores. Parecían muy encopetados, y eran las personas a la moda en Cádiz, todos muy discretos y elegantes. Alguno de ellos era poeta, o, mejor dicho, todos hacían versos, aunque malos, y me parece que les oí hablar de cierta

Academia[103] en que se reunían para tirotearse con sus estrofas, entretenimiento que no hacía daño a nadie.

Como yo observaba todo, me fijé en la extraña figura de aquellos hombres, en sus afeminados gestos y, sobre todo, en sus trajes, que me parecieron extravagantísimos. No eran muchas las personas que vestían de aquella manera en Cádiz, y pensando después en la diferencia que había entre aquellos arreos y los ordinarios de la gente que yo había visto siempre, comprendí que consistía en que éstos vestían a la española, y los amigos de doña Flora conforme a la moda de Madrid y de París. Lo que primero atrajo mis miradas fue la extrañeza de sus bastones, que eran unos garrotes retorcidos y con gruesísimos nudos. No se les veía la barba, porque la tapaba la corbata, especie de chal que, dando varias vueltas alrededor del cuello y prolongándose ante los labios, formaba una especie de cesta, una bandeja, o más bien bacía en que descansaba la cara. El peinado consistía en un artificioso desorden, y más que con peine, parecía que se lo habían aderezado con una escoba; las puntas del sombrero les tocaban los hombros; las casacas, altísimas de talle, casi barrían el suelo con sus faldones; las botas terminaban en punta; de los bolsillos de su chaleco pendían multitud de dijes y sellos; sus calzones listados se ataban a la rodilla con un enorme lazo, y para que tales figuras fueran completos mamarrachos, todos llevaban un lente, que durante la conversación acercaban repetidas veces al ojo derecho, cerrando el siniestro, aunque en entrambos tuvieran muy buena vista.

La conversación de aquellos personajes versó sobre la

---

[103] Alusión a la *Academia de Bellas Letras* de Cádiz (1805-1808). Continuadora gaditana de la *Academia de Buenas Letras* de Sevilla, que «a la sazón, si no había muerto, estaba moribunda», como dice Antonio Alcalá Galiano, uno de sus fundadores. Formaban parte de ella, entre otros, José Joaquín de Mora y José de Rojas, futuro conde de Casa-Rojas. Dice el mismo Alcalá Galiano: «estábamos considerados como ridículos copleros», lo que recoge sin duda Galdós. Cfr. sobre todo esto Manuel Ruiz Lagos, *Ilustrados y reformadores en la Baja Andalucía*, Madrid, 1974, págs. 49-50.

salida de la escuadra, alternando con este asunto la relación de no sé qué baile o fiesta que ponderaron mucho, siendo uno de ellos objeto de grandes alabanzas por lo bien que hacía trenzas con sus ligeras piernas bailando la gavota [104].

Después de haber charlado mucho, entraron con doña Flora en la iglesia del Carmen, y allí, sacando cada cual su rosario, rezaron que se las pelaban un buen espacio de tiempo, y alguno de ellos me aplicó lindamente un coscorrón en la coronilla porque en vez de orar tan devotamente como ellos, prestaba demasiada atención a dos moscas que revoloteaban alrededor del rizo culminante del peinado de doña Flora. Salimos, después de haber oído un enojoso sermón, que ellos celebraron como obra maestra; paseamos de nuevo; continuó la charla más vivamente, porque se nos unieron unas damas vestidas por el mismo estilo, y entre todos se armó tan ruidosa algazara de galanterías, frases y sutilezas mezcladas con algún verso insulso, que no puedo recordarlas.

¡Y en tanto Marcial y mi querido amo trataban de fijar día y hora para trasladarse definitivamente a bordo! ¡Y yo estaba expuesto a quedarme en tierra, sujeto a los antojos de aquella vieja que me empalagaba con su insulso cariño! ¿Creerán ustedes que aquella noche insistió en que debía quedarme para siempre a su servicio? ¿Creerán ustedes que aseguró que me quería mucho, y me dio como prueba algunos afectuosos abrazos y besos, ordenándome que no lo dijera a nadie? ¡Horribles contradicciones de la vida!, pensaba yo al considerar cuán feliz habría sido si mi amita me hubiera tratado de aquella manera. Yo, turbado hasta lo sumo, le dije que quería ir a la escuadra, y que cuando volviese me podría querer a su antojo; pero que si no me dejaba realizar mi deseo, la aborrecería tanto así, y extendí los brazos para expresar una cantidad muy grande de aborrecimiento.

---

[104] Baile de origen francés, de moda entre los petimetres de la época.

Luego, como entrase inesperadamente mi amo, yo, juzgando llegada la ocasión de lograr mi objeto por medio de un arranque oratorio, que había cuidado de preparar, me arrodillé delante de él, diciéndole en el tono más patético que si no me llevaba a bordo, me arrojaría desesperado al mar.

Mi amo se rió de la ocurrencia; su prima, haciendo mimos con la boca, fingió cierta hilaridad que le afeaba el rostro amojamado, y consintió al fin. Dióme mil golosinas para que comiese a bordo; me encargó que huyese de los sitios de peligro, y no dijo una palabra más contraria a mi embarque, que se verificó a la mañana siguiente muy temprano.

IX

Octubre era el mes, y 18 el día. De esta fecha no me queda duda, porque al día siguiente salió la escuadra. Nos levantamos muy temprano y fuimos al muelle, donde esperaba un bote, que nos condujo a bordo.

Figúrense ustedes cuál sería mi estupor, ¡qué digo estupor!, mi entusiasmo, mi enajenación, cuando me vi cerca del *Santísima Trinidad*, el mayor barco del mundo, aquel alcázar de madera que, visto de lejos, se representaba en mi imaginación como una fábrica portentosa, sobrenatural, único monstruo digno de la majestad de los mares. Cuando nuestro bote pasaba junto a un navío, yo le examinaba con cierto religioso asombro, admirado de ver tan grandes los cascos que me parecían tan pequeñitos desde la muralla; en otras ocasiones me parecían más chicos de lo que mi fantasía los había forjado. El inquieto entusiasmo de que estaba poseído me expuso a caer al agua cuando contemplaba con arrobamiento un figurón de proa, objeto que más que otro alguno fascinaba mi atención.

Por fin, llegamos al *Trinidad*. A medida que nos acercábamos, las formas de aquel coloso iban aumentando, y cuando la lancha se puso al costado, confundida en el espacio de mar donde se proyectaba, cual en negro y horrible cristal, la sombra del navío; cuando vi cómo se sumergía el inmóvil casco en el agua sombría que azotaba suavemente los costados; cuando alcé la vista y vi las tres filas de cañones asomando sus bocas amenazadoras por las portas, mi entusiasmo se trocó en miedo, púseme pálido y quedé sin movimiento, asido al brazo de mi amo.

Pero en cuanto subimos y me hallé sobre cubierta, se me ensanchó el corazón. La airosa y altísima arboladura, la animación del alcázar, la vista del cielo y la bahía, el admirable orden de cuantos objetos ocupaban la cubierta, desde los coys[105] puestos en fila sobre la obra muerta, hasta los cabrestantes, bombas, mangas, escotillas; la variedad de uniformes; todo, en fin, me suspendió, de tal modo, que por un buen rato estuve absorto en la contemplación de tan hermosa máquina, sin acordarme de nada más.

Los presentes no pueden hacerse cargo de aquellos magníficos barcos, ni menos del *Santísima Trinidad*, por las malas estampas en que los han visto representados. Tampoco se parecen nada a los buques guerreros de hoy, cubiertos con su pesado arnés de hierro, largos, monótonos, negros, y sin accidentes muy visibles en su vasta extensión, por lo cual me han parecido a veces inmensos ataúdes flotantes. Creados por una época positivista y adecuados a la ciencia náuticomilitar de estos tiempos, que mediante el vapor ha anulado las maniobras, fiando el éxito del combate al poder y empuje de los navíos, los barcos de hoy son simples máquinas de guerra, mientras los de aquel tiempo eran el guerrero mismo, armado de todas armas de ataque y defensa, pero confiando principalmente en su destreza y valor.

Yo, que observo cuanto veo, he tenido siempre la costumbre de asociar, hasta un extremo exagerado, ideas con imágenes, cosas con personas, aunque perte-

---

[105] Lonas rectangulares que colgadas de sus extremos sirven de camas o hamacas para la marinería.

nezcan a las más inasociables categorías. Viendo más tarde las catedrales llamadas góticas de nuestra Castilla, y las de Flandes, y observando con qué imponente majestad se destaca su compleja y sutil fábrica entre las construcciones del gusto moderno, levantadas por la utilidad, tales como bancos, hospitales y cuarteles, no he podido menos de traer a la memoria las distintas clases de naves que he visto en mi larga vida, y he comparado las antiguas con las catedrales góticas. Sus formas, que se prolongan hacia arriba; el predominio de las líneas verticales sobre las horizontales; cierto inexplicable idealismo, algo de histórico y religioso a la vez, mezclado con la complicación de líneas y el juego de colores que combina a su capricho el sol, han determinado esta asociación extravagante, que yo me explico por la huella de romanticismo que dejan en el espíritu las impresiones de la niñez.

El *Santísima Trinidad* era un navío de cuatro puentes. Los mayores del mundo eran de tres. Aquel coloso, construido en La Habana con las más ricas maderas de Cuba en 1769, contaba treinta y seis años de honrosos servicios. Tenía 220 pies (61 metros) de eslora, es decir, de popa a proa; 58 pies de manga (ancho), y 28 de puntal (altura desde la quilla a la cubierta), dimensiones extraordinarias que entonces no tenía ningún buque del mundo. Sus poderosas cuadernas, que eran un verdadero bosque, sustentaban cuatro pisos. En sus costados, que eran fortísimas murallas de madera, se habían abierto al construirlo 116 troneras: cuando se le reformó, agradándolo, en 1796, se le abrieron 130, y artillado de nuevo en 1805, tenía sobre sus costados, cuando yo le vi, 140 bocas de fuego, entre cañones y carronadas. El interior era maravilloso por la distribución de los diversos compartimientos, ya fuesen puentes para la artillería, sollados para la tripulación, pañoles para depósitos de víveres, cámaras para los jefes, cocinas, enfermería y demás servicios. Me quedé absorto recorriendo las galerías y demás escondrijos de aquel Escorial de los mares. Las cámaras situadas a popa eran un pequeño palacio por dentro, y por fuera una especie de fantástico alcázar; los balconajes, los pabellones de las esquinas de popa, semejantes a las linternas de un castillo ojival, eran como grandes jaulas abiertas al mar, y desde donde la vista podía recorrer las tres cuartas partes del horizonte.

Nada más grandioso que la arboladura, aquellos mástiles gigantescos, lanzados hacia el cielo como un reto a la tempestad. Parecía que el viento no había de tener fuerza para impulsar sus enormes gavias. La vista se mareaba y se perdía contemplando la inmensa madeja que formaban en la arboladura los obenques, estáis, brazas, burdas, amantillos y drizas que servían para sostener y mover el velamen[106].

Yo estaba absorto en la contemplación de tanta maravilla, cuando sentí un fuerte golpe en la nuca. Creí que el palo mayor se me había caído encima. Volví la vista atontado y lancé una exclamación de horror al ver a un hombre que me tiraba de las orejas como si quisiera levantarme en el aire. Era mi tío.

—¿Qué buscas tú aquí, lombriz? —me dijo en el suave tono que le era habitual—. ¿Quieres aprender el oficio? Oye, Juan —añadió, dirigiéndose a un marinero de feroz aspecto—, súbeme a este galápago a la verga mayor para que se pasee por ella.

Yo eludí como pude el compromiso de pasear por la verga, y le expliqué con la mayor cortesía que, hallándome al servicio de don Alonso Gutiérrez de Cisniega, había venido a bordo en su compañía. Tres o cuatro marineros, amigos de mi simpático tío, quisieron maltratarme, por lo que resolví alejarme de tan distinguida

---

[106] Esta prolija descripción del *Santísima Trinidad* fue traducida al francés por G. Desdevises du Dezert e incorporada a su obra *La marine espagnole pendant la campagne de Trafalgar*, Toulouse, 1898; en la página 19 indica el historiador francés que la descripción galdosiana corresponde enteramente a la realidad. Señala Vázquez Arjona («Cotejo histórico...», pág. 349) que otros autores utilizan los datos de Galdós; así F. Barado, en su *Museo militar de España*, Barcelona, 1886.

sociedad, y me marché a la cámara en busca de mi amo. Los oficiales hacían su tocado, no menos difícil a bordo que en tierra, y cuando yo veía a los pajes ocupados en empolvar las cabezas de los héroes a quienes servían, me pregunté si aquella operación no era la menos a propósito dentro de un buque, donde todos los instantes son preciosos y donde estorba siempre todo lo que no sea de inmediata necesidad para el servicio.

Pero la moda era entonces tan tirana como ahora, y aun en aquel tiempo imponía de un modo apremiante sus enfadosas ridiculeces. Hasta el soldado tenía que emplear un tiempo precioso en hacerse el coleto. ¡Pobres hombres! Yo los vi puestos en fila unos tras otros, arreglando cada cual el coleto del que tenía delante, medio ingenioso que remata la operación en poco tiempo. Después se encasquetaban el sombrero de pieles, pesada mole cuyo objeto nunca me pude explicar, y luego iban a sus puestos si tenían que hacer guardia, o a pasearse por el combés[107] si estaban libres de servicio. Los marineros no usaban aquel ridículo apéndice capilar, y su sencillo traje me parece que no se ha modificado mucho desde aquella fecha.

En la cámara, mi amo hablaba acaloradamente con el comandante del buque, don Francisco Javier de Uriarte[108], y con el jefe de escuadra, don Baltasar Hidalgo de Cisneros. Según lo poco que oí, no me quedó duda de que el general francés había dado orden de salida para la mañana siguiente.

Esto alegró mucho a Marcial, que, junto con otros viejos marineros en el castillo de proa, disertaba ampu-

---

[107] Espacio descubierto en la cubierta del buque, desde el palo mayor hasta el castillo de proa.

[108] Brigadier de la Armada (1753-1842), comandante del *Santísima Trinidad* en Trafalgar, a bordo del cual fue herido y hecho prisionero, no sin antes haber puesto fuera de combate al *Victory* de Nelson (cfr. nota 44). Había intervenido en numerosos viajes y acciones, como la expedición al estrecho de Magallanes (cfr. nota 30), o los ataques contra Argel (cfr. nota 23) y Tolón (cfr. nota 32), etc. Llegó a ser gobernador militar de la Isla de León y de La Carraca y Cartagena, y por último, Capitán General de la Armada.

losamente sobre el próximo combate. Tal sociedad me agradaba más que la de mi interesante tío, porque los colegas de *Medio-hombre* no se permitían bromas pesadas con mi persona. Esta sola diferencia hacía comprender la diversa procedencia de los tripulantes, pues mientras unos eran marineros de pura raza, llevados allí por la matrícula o enganche voluntario, los otros eran gente de leva, casi siempre holgazana, díscola, de perversas costumbres y mal conocedora del oficio.

Con los primeros hacía yo mejores migas que con los segundos, y asistía a todas las conferencias de Marcial. Si no temiera cansar al lector, le referiría la explicación que éste dio de las causas diplomáticas y políticas de la guerra, parafraseando del modo más cómico posible lo que había oído algunas noches antes de boca de Malespina en casa de mis amos. Por él supe que el novio de mi amita se había embarcado en el *Nepomuceno*[109].

Todas las conferencias terminaban en un solo punto: el próximo combate. La escuadra debía salir al día siguiente. ¡Qué placer! Navegar en aquel gigantesco barco, el mayor del mundo; presenciar una batalla en medio de los mares; ver cómo era la batalla, cómo se disparaban los cañones, cómo se apresaban los buques enemigos..., ¡qué hermosa fiesta!; y luego volver a Cádiz cubiertos de gloria... Decir a cuantos quisieran oírme: «Yo estuve en la escuadra; lo vi todo...» Decírselo también a mi amita, contándole la grandiosa escena y excitando su atención, su curiosidad, su interés... Decirle también: «Yo me hallé en los sitios de mayor peligro, y no temblaba por eso.» Ver cómo se altera, cómo palidece y se asusta, oyendo referir los horrores del combate, y luego mirar con desdén a todos los que digan: «¡Contad, Gabrielito, esa cosa tan tremenda!...» ¡Oh!, esto era más de lo que necesitaba mi imaginación para enloquecer... digo francamente que en aquel día no me hubiera cambiado por Nelson.

---

[109] En el *San Juan Nepomuceno* murió Churruca durante el combate de Trafalgar (cfr. nota 13).

Amaneció el 19, que fue para mí felicísimo, y no había aún amanecido, cuando yo estaba en el alcázar de popa con mi amo, que quiso presenciar la maniobra. Después del baldeo comenzó la operación de levar el buque. Se izaron las grandes gavias, y el pesado molinete, girando con su agudo chirrido, arrancaba la poderosa áncora del fondo de la bahía. Corrían los marineros por las vergas; manejaban otros las brazas, prontos a la voz del contramaestre, y todas las voces del navío, antes mudas, llenaban el aire con espantosa algarabía. Los pitos, la campana de proa, el discorde concierto de mil voces humanas mezcladas con el rechinar de los motones; el crujido de los cabos, el trapeo de las velas azotando los palos antes de henchirse impelidas por el viento, todos estos variados sones acompañaron los primeros pasos del colosal navío.

Pequeñas olas acariciaban sus costados, y la mole, majestuosa, comenzó a deslizarse por la bahía sin dar la menor cabezada, sin ningún vaivén de costado, con marcha grave y solemne, que sólo podía apreciarse comparativamente observando la traslación imaginaria de los buques mercantes anclados y del paisaje.

Al mismo tiempo se dirigía la vista en derredor, y ¡qué espectáculo, Dios mío!: treinta y dos navíos[110], cinco fragatas y dos bergantines, entre españoles y franceses, colocados delante, detrás y a nuestro costado, se cubrían de velas y marchaban también impelidos por el escaso viento. No he visto mañana más hermosa. El sol inundaba de luz la magnífica rada; un ligero matiz de púrpura teñía la superficie de las aguas hacia Oriente, y la cadena de colinas y lejanos montes que limitan el horizonte hacia la parte del Puerto permanecían aún encendidos por el fuego de la pasada aurora; el cielo, limpio, apenas tenía algunas nubes rojas y doradas por

---

[110] Dice aquí Galdós que el número de navíos de la escuadra combinada es de 32; algo más adelante (pág. 152) la cifra es de 33, que coincide con la señalada por historiadores ingleses y franceses. Cfr. sobre ello Vázquez Arjona, «Cotejo histórico...», págs. 150-351.

Levante; el mar, azul, estaba tranquilo, y sobre este mar y bajo aquel cielo, las cuarenta velas, con sus blancos velámenes, emprendían la marcha, formando el más vistoso escuadrón que puede presentarse ante humanos ojos.

No andaban todos los bajeles con igual paso. Unos se adelantaban, otros tardaron mucho en moverse; pasaban algunos junto a nosotros, mientras los había que se quedaban detrás. La lentitud de su marcha; la altura de su aparejo, cubierto de lona; cierta misteriosa armonía que mis oídos de niño percibían como saliendo de los gloriosos cascos, especie de himno que sin duda resonaba dentro de mí mismo; la claridad del día, la frescura del ambiente, la belleza del mar, que fuera de la bahía parecía agitarse con gentil alborozo a la aproximación de la flota, formaban el más imponente cuadro que puede imaginarse.

Cádiz, en tanto, como un panorama giratorio, se escorzaba a nuestra vista, presentándonos sucesivamente las distintas facetas de su vasto circuito. El sol, encendiendo los vidrios de sus mil miradores, salpicaba la ciudad con polvos de oro, y su blanca mole se destacaba tan limpia y pura sobre las aguas, que parecía haber sido creada en aquel momento, o sacada del mar como la fantástica ciudad de San Jenaro[111]. Vi el desarrollo de la muralla desde el muelle hasta el castillo de Santa Catalina; reconocí el baluarte del Bonete, el baluarte del Orejón, la Caleta, y me llené de orgullo considerando de dónde había salido y dónde estaba.

Al mismo tiempo llegaba a mis oídos como música misteriosa el son de las campanas de la ciudad medio despierta, tocando a misa, con esa algazara charlatana de las campanas de un gran pueblo. Ya expresaban alegría, como un saludo de buen viaje, y yo escuchaba el rumor cual si fuese de humanas voces que nos daban la despedida; ya me parecían sonar tristes y acongojadas anunciándonos una desgracia, y a medida que nos alejá-

---

[111] Alusión a San Jenaro, uno de los santos patronos de la ciudad de Cádiz.

bamos, aquella música se iba apagando hasta que se extinguió difundida en el inmenso espacio.

La escuadra salía lentamente: algunos barcos emplearon muchas horas para hallarse fuera. Marcial, durante la salida, iba haciendo comentarios sobre cada buque, observando su marcha, motejándoles si eran pesados, animándoles con paternales consejos si eran ligeros y zarpaban pronto.

—¡Qué pesado está don Federico! —decía observando el *Príncipe de Asturias,* mandado por Gravina—. Allá va *Monsieur Corneta* —exclamaba mirando al *Bucentauro,* navío general—. Bien *haiga* quien te puso *Rayo* —decía irónicamente mirando al navío de este nombre, que era el más pesado de toda la escuadra—. Bien por *papá Ignacio* —añadía dirigiéndose al *Santa Ana,* que montaba Álava—. Echa toda la gavia, pedazo de tonina —decía, contemplando el navío de Dumanoir—; este gabacho tiene un peluquero para rizar la gavia, y carga las velas con tenacillas.

El cielo se enturbió por la tarde, y al anochecer, hallándonos ya a gran distancia, vimos a Cádiz perderse poco a poco entre la bruma, hasta que se confundieron con las tintas de la noche sus últimos contornos. La escuadra tomó rumbo al Sur.

Por la noche no me separé de él, una vez que dejé a mi amo muy bien arrellanado en su camarote. Rodeado de dos colegas y admiradores, les explicaba el plan de Villeneuve del modo siguiente:

—*Monsieur Corneta* ha dividido la escuadra en cuatro cuerpos. La vanguardia, que es mandada por Álava, tiene siete navíos; el centro, que lleva siete y lo manda *Monsieur Corneta* en persona; la retaguardia, también de siete que va mandada por Dumanoir, y el cuerpo de reserva, compuesto de doce navíos, que manda don Federico. No me parece que está esto mal pensado. Por supuesto que van los barcos españoles mezclados con los gabachos, para que no nos dejen en las astas del toro, como sucedió en Finisterre. Según me ha referido don Alonso, el francés ha dicho que si el enemigo se nos presenta a sotavento, formaremos la línea de batalla y caeremos sobre él... Esto está muy guapo, dicho en el camarote; pero ya... ¿El *Señorito* va a ser tan buey que se nos presente a sotavento?... Sí, porque tiene poco *farol* (inteligencia) su señoría para dejarse pescar así... *Veremos a ver si vemos* lo que espera el francés... Si el enemigo se presenta a barlovento[112] y nos ataca, debemos esperarle en línea de batalla; y como tendrá que dividirse para atacarnos, si no consigue romper nuestra línea, nos será muy fácil vencerle. A ese señor todo le parece fácil. (Rumores.) Dice también que no hará señales, y que todo lo espera de cada capitán. ¡Si iremos a ver lo que yo vengo predicando desde que se hicieron esos malditos tratados de *sursillos*[113], y es que... más vale callar..., quiera Dios...! Ya les he dicho a ustedes que *Monsieur Corneta* no sabe lo que tiene entre manos, y que no le caben cincuenta barcos en la cabeza. Cuidado con un almirante que llama a sus capitanes el día antes de una batalla y les dice que haga cada uno lo que le diere la gana... *Pos pa eso*... (Grandes muestras de asentimiento.) En fin, allá veremos... Pero vengan acá ustedes y díganme: si nosotros los españoles queremos desfondar a unos cuantos barcos ingleses, ¿no nos bastamos y nos sobramos para ello? ¿Pues a cuenta *qué* hemos de juntarnos con franceses que no nos dejan hacer lo que nos *sale de dentro,* sino que hemos de ir al remolque de sus señorías? *Siempre di cuando* fuimos con ellos, *siempre di cuando* salimos *destaponados*... En fin..., Dios y la Virgen del Carmen vayan con nosotros, y nos libren de amigos franceses por siempre jamás amén. (Grandes aplausos.)

Todos asintieron a su opinión. Su conferencia duró hasta hora avanzada, elevándose desde la profesión naval hasta la ciencia diplomática. La noche fue serena, y

---

[112] Barlovento es la parte de donde viene el viento, al contrario que sotavento.

[113] *Sursillos,* esto es, *Subsidios,* en el léxico de Marcial. Cfr. nota 27.

navegábamos con viento fresco. Se me permitirá que al hablar de la escuadra diga *nosotros*. Yo estaba tan orgulloso de encontrarme a bordo del *Santísima Trinidad,* que me llegué a figurar que iba a desempeñar algún papel importante en tan alta ocasión, y por eso no dejaba de gallardearme con los marineros, haciéndoles ver que yo estaba allí para alguna cosa útil.

X

Al amanecer del día 20, el viento soplaba con mucha fuerza, y por esta causa los navíos estaban muy distantes unos de otros. Mas habiéndose calmado el viento poco después de mediodía, el buque almirante hizo señales de que se formasen las cinco columnas: vanguardia, centro, retaguardia y los dos cuerpos que componían la reserva.

Yo me deleitaba viendo cómo acudían dócilmente a la formación aquellas moles, y aunque, a causa de la diversidad de sus condiciones marineras, las maniobras no eran muy rápidas y las líneas formadas poco perfectas, siempre causaba admiración contemplar aquel ejercicio. El viento soplaba del SO., según dijo Marcial, que lo había profetizado desde por la mañana, y la escuadra, recibiéndole por estribor, marchó en dirección del Estrecho. Por la noche se vieron algunas luces, y al amanecer del 21 vimos veintisiete navíos por barlovento, entre los cuales Marcial designó siete de tres puentes. A eso de las ocho, los treinta y tres barcos de la flota enemiga estaban a la vista, formados en dos columnas. Nuestra escuadra formaba una larguísima línea, y según las apariencias, las dos columnas de Nelson, dispuestas en forma de cuña, avanzaban como si quisieran cortar nuestra línea por el centro y retaguardia[114].

Tal era la situación de ambos contendientes, cuando

---

[114] Sobre la disposición de las escuadras para la batalla, cfr. Vázquez Arjona, «Cotejo histórico...», págs. 352-353.

el *Bucentauro* hizo señal de virar en redondo. Ustedes quizá no entiendan esto; pero les diré que consistía en variar diametralmente de rumbo, es decir, que si antes el viento impulsaba nuestros navíos por estribor, después de aquel movimiento nos daba por babor, de modo que marchábamos en dirección casi opuesta a la que antes teníamos. Las proas se dirigían al Norte, y este movimiento, cuyo objeto era tener a Cádiz bajo el viento, para arribar a él en caso de desgracia, fue muy criticado a bordo del *Trinidad,* y especialmente por Marcial, que decía:

—Ya se *esparrancló* la línea de batalla, que antes era mala y ahora es peor.

Efectivamente, la vanguardia se convirtió en retaguardia, y la escuadra de reserva, que era la mejor, según oí decir, quedó a la cola. Como el viento era flojo, los barcos de diversa andadura y la tripulación poco diestra, la nueva línea no pudo formarse ni con rapidez ni con precisión: unos navíos andaban muy aprisa y se precipitaban sobre el delantero; otros marchaban poco, rezagándose, o se desviaban, dejando un gran claro que rompía la línea antes de que el enemigo se tomase el trabajo de hacerlo.

Se mandó restablecer el orden; pero por obediente que sea un buque, no es tan fácil de manejar como un caballo. Con este motivo, y observando las maniobras de los barcos más cercanos, *Medio-hombre* decía:

—La línea es más larga que el camino de Santiago. Si el *Señorito* la corta, adiós mi bandera: perderíamos hasta el modo de andar, *manque* los pelos se nos hicieran cañones. Señores, nos van a dar julepe por el centro ¿Cómo pueden venir a ayudarnos el *San Juan* y el *Bahama,* que están a la cola, ni el *Neptuno* ni el *Rayo,* que están a la cabeza? (Rumores de aprobación.) Además, estamos a sotavento, y los casacones pueden elegir el punto que quieran para atacarnos. Bastante haremos nosotros con defendernos como podamos. Lo que digo es que Dios nos saque bien y nos libre de franceses por siempre jamás amén Jesús.

El sol avanzaba hacia el cenit, y el enemigo estaba ya encima.

—¿Les parece a ustedes que ésta es hora de empezar un combate? ¡Las doce del día! —exclamaba con ira el marinero, aunque no se atrevía a hacer demasiado pública su demostración, ni estas conferencias pasaban de un pequeño círculo, dentro del cual yo, llevado de mi sempiterna insaciable curiosidad, me había injerido.

No sé por qué me pareció advertir en todos los semblantes cierta expresión de disgusto. Los oficiales en el alcázar de popa y los marineros y contramaestres en el de proa, observaban los navíos sotaventados y fuera de línea, entre los cuales había cuatro pertenecientes al centro.

Se me había olvidado mencionar una operación preliminar del combate, en la cual tomé parte. Hecho por la mañana el zafarrancho, preparado ya todo lo concerniente al servicio de piezas y lo relativo a maniobras, oí que dijeron:

—La arena, extender la arena.

Marcial me tiró de la oreja, y llevándome a una escotilla, me hizo colocar en línea con algunos marinerillos de leva, grumetes y gente de poco más o menos. Desde la escotilla hasta el fondo de la bodega se habían colocado, escalonados en los entrepuentes, algunos marineros, y de este modo iban sacando los sacos de arena. Uno se lo daba al que tenía al lado, éste al siguiente, y de este modo se sacaba rápidamente y sin trabajo cuanto se quisiera. Pasando de mano en mano, subieron de la bodega multitud de sacos, y mi sorpresa fue grande cuando vi que los vaciaban sobre la cubierta, sobre el alcázar y castillos, extendiendo la arena hasta cubrir toda la superficie de los tablones. Lo mismo hicieron en los entrepuentes. Por satisfacer mi curiosidad, pregunté al grumete que tenía al lado.

—Es para la sangre —me contestó con indiferencia.

—¡Para la sangre! —repetí yo sin poder reprimir un estremecimiento de terror.

Miré la arena; miré a los marineros, que con gran

algazara se ocupaban en aquella faena, y por un instante me sentí cobarde. Sin embargo, la imaginación, que entonces predominaba en mí, alejó de mi espíritu todo temor, y no pensé más que en triunfos y agradables sorpresas.

El servicio de los cañones estaba listo, y advertí también que las municiones pasaban de los pañoles al entrepuente por medio de una cadena humana semejante a la que había sacado la arena del fondo del buque.

Los ingleses avanzaban para atacarnos en dos grupos. Uno se dirigía hacia nosotros, y traía en su cabeza, o en el vértice de la cuña, un gran navío con insignia de almirante. Después supe que era el *Victory* y que lo mandaba Nelson. El otro traía a su frente el *Royal Sovereign,* mandado por Collingwood.

Todos estos hombres, así como las particularidades estratégicas del combate, han sido estudiados por mí más tarde.

Mis recuerdos, que son clarísimos en todo lo pintoresco y material, apenas me sirven en lo relativo a operaciones que entonces no comprendía. Lo que oí con frecuencia de boca de Marcial, unido a lo que después he sabido, pudo darme a conocer la formación de nuestra escuadra; y para que ustedes lo comprendan bien, les pongo aquí una lista de nuestros navíos, indicando los desviados, que dejaban un claro; la nacionalidad y la forma en que fuimos atacados. Poco más o menos, era así:

Neptuno. E.
Scipión. F....
Rayo. E........
Formidable. F. } VANGUARDIA
——Duguay. F.
Mont-Blanc. F...
Asís. E................

PRIMER CUERPO
MANDADO POR NELSON

Agustín. E..............
Héros. F................
Trinidad. E..............
Victory. Bucentaure. F............ } CENTRO
⟶ Santa Ana. E..................
Redoutable. F.............
Intrépide. F.................
——Leandro. E..............

SEGUNDO CUERPO
MANDADO POR COLLINGWOOD

Royal Sovereign

——Justo. E......................
——Indomptable. F............
—Neptune. F............ } RETAGUARDIA
Fougueux. F...................
Monarca. E............................
Pluton. F..................................

Bahama. E.....................................
——Aigle. F..................................
Montañés. E.................................
Algeciras. E..................................
Argonauta. E................................
Swift-Sure. F................................. } RESERVA
Argonaute. F..................................
Ildefonso. E...................................
——Achilles. F...............................
Príncipe de Asturias. E.....................
Berwick. F.....................................
Nepomuceno. E...............................

158

Eran las doce menos cuarto. El terrible instante se aproximaba. La ansiedad era general, y no digo esto juzgando por lo que pasaba en mi espíritu, pues atento a los movimientos del navío en que se decía estaba Nelson, no pude por un buen rato darme cuenta de lo que pasaba a mi alrededor.

De repente nuestro comandante dio una orden terrible. La repitieron los contramaestres. Los marineros corrieron hacia los cabos, chillaron los motones, trapearon las gavias.

—¡En facha, en facha! —exclamó Marcial, lanzando con energía un juramento—. Ese condenado se nos quiere meter por la popa.

Al punto comprendí que se había mandado detener la marcha del *Trinidad* para estrecharle contra el *Bucentauro,* que venía detrás, porque el *Victory* parecía venir dispuesto a cortar la línea por entre los dos navíos.

Al ver la maniobra de nuestro buque, pude observar que gran parte de la tripulación no tenía toda aquella desenvoltura propia de los marineros familiarizados, como Marcial, con la guerra y con la tempestad. Entre los soldados vi algunos que sentían el malestar del mareo, y se agarraban a los obenques para no caer. Verdad es que había gente muy decidida, especialmente en la clase de voluntarios; pero por lo común todos eran de leva, obedecían las órdenes como de mala gana, y estoy seguro de que no tenían ni el más leve sentimiento de patriotismo. No les hizo dignos del combate más que el combate mismo, como advertí después. A pesar del distinto temple moral de aquellos hombres, creo que en los solemnes momentos que precedieron al primer cañonazo la idea de Dios estaba en todas las cabezas.

Por lo que a mí toca, en toda la vida ha experimentado mi alma sensaciones iguales a las de aquel momento. A pesar de mis pocos años, me hallaba en disposición de comprender la gravedad del suceso, y por primera vez, después que existía, altas concepciones, elevadas imágenes y generosos pensamientos ocuparon mi mente. La persuasión de la victoria estaba tan arraigada en mi ánimo, que me inspiraban cierta lástima los ingleses, y les admiraba al verles buscar con tanto afán una muerte segura.

Por primera vez entonces percibí con completa claridad la idea de la patria, y mi corazón respondió a ella con espontáneos sentimientos, nuevos hasta aquel momento en mi alma. Hasta entonces la patria se me representaba en las personas que gobernaban la nación, tales como el Rey y su célebre ministro, a quienes no consideraba con igual respeto. Como yo no sabía más historia que la que aprendí en la Caleta, para mí era de ley que debía uno entusiasmarse al oír que los españoles habían matado muchos moros primero, y gran pacotilla de ingleses y franceses después. Me representaba, pues, a mi país como muy valiente; pero el valor que yo concebía era tan parecido a la barbarie como un huevo a otro huevo. Con tales pensamientos, el patriotismo no era para mí más que el orgullo de pertenecer a aquella casta de matadores de moros.

Pero en el momento que precedió al combate comprendí todo lo que aquella divina palabra significaba, y la idea de nacionalidad se abrió paso en mi espíritu, iluminándolo y descubriendo infinitas maravillas, como el sol que disipa la noche y saca de la oscuridad un hermoso paisaje. Me representé a mi país como una inmensa tierra poblada de gentes, todos fraternalmente unidos; me representé la sociedad dividida en familias, en las cuales había esposas que mantener, hijos que educar, hacienda que conservar, honra que defender; me hice cargo de un pacto establecido entre tantos seres para ayudarse y sostenerse contra un ataque de fuera, y comprendí que por todos habían sido hechos aquellos barcos para defender la patria, es decir, el terreno en que ponían sus plantas, el surco regado con su sudor, la casa donde vivían sus ancianos padres, el huerto donde jugaban sus hijos, la colonia descubierta y conquistada por sus ascendientes, el puerto donde amarraban su embarcación fatigada del largo viaje, el almacén donde depositaban sus riquezas; la iglesia, sarcófago de sus mayores, habitáculo de sus santos y arca de sus creencias; la plaza, recinto de sus alegres pasatiempos; el hogar doméstico, cuyos antiguos muebles, transmitidos de generación en generación, parecen el símbolo de la perpetuidad de las naciones; la cocina, en cuyas paredes ahumadas parece que no se extingue nunca el eco de los cuentos con que las abuelas amansan la travesura e inquietud de los nietos; la calle, donde se ven desfilar caras amigas; el campo, el mar, el cielo; todo cuanto desde el nacer se asocia a nuestra existencia, desde el pesebre de un animal querido hasta el trono de reyes patriarcales; todos los objetos en que vive prolongándose nuestra alma, como si el propio cuerpo no le bastara.

Yo creía también que las cuestiones que España tenía con Francia o con Inglaterra eran siempre porque alguna de estas naciones quería quitarnos algo, en lo cual no iba del todo descaminado. Parecíame, por tanto, tan legítima la defensa como brutal la agresión; y como había oído decir que la justicia triunfaba siempre, no dudaba de la victoria. Mirando nuestras banderas rojas y amarillas, los colores combinados que mejor representan al fuego, sentí que mi pecho se ensanchaba; no pude contener algunas lágrimas de entusiasmo; me acordé de Cádiz, de Vejer; me acordé de todos los españoles, a quienes consideraba asomados a una gran azotea, contemplándonos con ansiedad; y todas estas ideas y sensaciones llevaron finalmente mi espíritu hasta Dios, a quien dirigí una oración que no era padrenuestro ni avemaría, sino algo nuevo que a mí se me ocurrió entonces. Un repentino estruendo me sacó de mi arrobamiento, haciéndome estremecer con violentísima sacudida. Había sonado el primer cañonazo.

XI

Un navío de la retaguardia disparó el primer tiro contra el *Royal Sovereign* que mandaba Collingwood[115]. Mientras trababa combate con éste el *Santa Ana*, el *Victory* se dirigía contra nosotros. En el *Trinidad* todos demostraban gran ansiedad por comenzar el fuego; pero nuestro comandante esperaba el momento más favorable. Como si unos navíos se lo comunicaran a los otros, cual piezas pirotécnicas enlazadas por una mecha común, el fuego se corrió desde el *Santa Ana* hasta los dos extremos de la línea.

El *Victory* atacó primero al *Redoutable*, francés; rechazado por éste, vino a quedar frente a nuestro costado por barlovento. El momento terrible había llegado: cien voces dijeron *¡fuego!*, repitiendo como un eco infernal la del comandante, y la andanada lanzó cincuenta proyectiles sobre el navío inglés. Por un instante el humo me quitó la vista del enemigo. Pero éste, ciego de coraje, se venía sobre nosotros viento en popa. Al llegar a tiro de fusil, orzó y nos descargó su andanada. En el tiempo que medió de uno a otro disparo, la tripulación, que había podido observar el daño hecho al enemigo, redobló su entusiasmo. Los cañones se servían con presteza, aunque no sin cierto entorpecimiento, hijo de la poca práctica de algunos cabos de cañón. Marcial hubiera tomado por su cuenta de buena gana la empresa de servir una de las piezas de cubierta; pero su cuerpo mutilado no era capaz de responder al heroísmo de su alma. Se contentaba con vigilar el servicio de la cartuchería, y con su voz y con su gesto alentaba a los que servían las piezas.

El *Bucentauro*, que estaba a nuestra popa, hacía fuego igualmente sobre el *Victory* y el *Temerary*, otro poderoso navío inglés. Parecía que el navío de Nelson iba a

---

[115] Compárese la descripción de la batalla con Vázquez Arjona, «Cotejo histórico...» págs. 353 y ss.

caer en nuestro poder, porque la artillería del *Trinidad* le había destrozado el aparejo, y vimos con orgullo que perdía su palo de mesana.

En el ardor de aquel primer encuentro, apenas advertí que algunos de nuestros marineros caían heridos o muertos. Yo, puesto en el lugar donde creía estorbar menos, no cesaba de contemplar al comandante, que mandaba desde el alcázar con serenidad heroica, y me admiraba de ver a mi amo con menos calma, pero con más entusiasmo, alentando a oficiales y marineros con su ronca vocecilla.

—¡Ah! —dije yo para mí—. ¡Si te viera ahora doña Francisca...!

Confesaré que yo tenía momentos de un miedo terrible, en que me hubiera escondido nada menos que en el mismo fondo de la bodega, y otros de cierto delirante arrojo en que me arriesgaba a ver desde los sitios de mayor peligro aquel gran espectáculo. Pero, dejando a un lado mi humilde persona, voy a narrar el momento más terrible de nuestra lucha con el *Victory*. El *Trinidad* le destrozaba con mucha fortuna, cuando el *Temerary,* ejecutando una habilísima maniobra, se interpuso entre los dos combatientes, salvando a su compañero de nuestras balas. En seguida se dirigió a cortar la línea por la popa del *Trinidad,* y como el *Bucentauro,* durante el fuego, se había estrechado contra éste hasta el punto de tocarse los penoles, resultó un gran claro, por donde se precipitó el *Temerary,* que viró prontamente, y colocándose a nuestra aleta de babor, nos disparó por aquel costado, hasta entonces ileso. Al mismo tiempo, el *Neptune,* otro poderoso navío inglés, colocóse donde antes estaba el *Victory;* éste se sotaventó, de modo que en un momento el *Trinidad* se encontró rodeado de enemigos que le acribillaban por todos lados.

En el semblante de mi amo, en la sublime cólera de Uriarte, en los juramentos de los marineros amigos de Marcial, conocí que estábamos perdidos, y la idea de la derrota angustió mi alma. La línea de la escuadra combinada se hallaba rota por varios puntos, y al orden imperfecto con que se había formado después de la vira en redondo sucedió el más terrible desorden. Estábamos envueltos por el enemigo, cuya artillería lanzaba una espantosa lluvia de balas y de metralla sobre nuestro navío, lo mismo que sobre el *Bucentauro*. El *Agustín*, el *Héros* y el *Leandro* se batían lejos de nosotros, en posición algo desahogada, mientras el *Trinidad,* lo mismo que el navío almirante, sin poder disponer de sus movimientos, cogidos en terrible escaramuza por el genio del gran Nelson, luchaban heroicamente, no ya buscando una victoria imposible, sino movidos por el afán de perecer con honra.

Los cabellos blancos que hoy cubren mi cabeza se erizan todavía al recordar aquellas tremendas horas, principalmente desde las dos a las cuatro de la tarde. Se me representan los barcos, no como ciegas máquinas de guerra obedientes al hombre, sino como verdaderos gigantes, seres vivos y monstruosos que luchaban por sí, poniendo en acción, como ágiles miembros, su velamen, y cual terribles armas, la poderosa artillería de sus costados. Mirándolos, mi imaginación no podía menos de personalizarlos, y aun ahora me parece que los veo acercarse, desafiarse, orzar con ímpetu para descargar su andanada, lanzarse al abordaje con ademán provocativo, retroceder con ardiente coraje para tomar más fuerza, mofarse del enemigo, increparle; me parece que les veo expresar el dolor de la herida, o exhalar noblemente el gemido de la muerte, como el gladiador que no olvida el decoro de la agonía; me parece oír el rumor de las tripulaciones, como la voz que sale de un pecho irritado, a veces alarido de entusiasmo, a veces sordo mugido de desesperación, precursor de exterminio; ahora, himno de júbilo que indica la victoria; después, algazara rabiosa que se pierde en el espacio, haciendo lugar a un terrible silencio que anuncia la vergüenza de la derrota.

El espectáculo que ofrecía el interior del *Santísima Trinidad* era el de un infierno. Las maniobras habían sido abandonadas, porque el barco no se movía ni podía moverse. Todo el empeño consistía en servir las piezas con la mayor presteza posible, correspondiendo así al estrago que hacían los proyectiles enemigos. La metralla inglesa rasgaba el velamen como si grandes e invisibles uñas le hicieran trizas. Los pedazos de obra muerta, los trozos de madera, los gruesos obenques, segados cual haces de espigas; los motones que caían, los trozos de velamen, los hierros, cabos y demás despojos arrancados de su sitio por el cañón enemigo, llenaban la cubierta, donde apenas había espacio para moverse. De minuto en minuto caían al suelo o al mar multitud de hombres llenos de vida; las blasfemias de los combatientes se mezclaban a los lamentos de los heridos, de tal modo que no era posible distinguir si insultaban a Dios los que morían o le llamaban con angustia los que luchaban.

Yo tuve que prestar auxilio en una faena tristísima, cual era la de transportar heridos a la bodega, donde estaba la enfermería. Algunos morían antes de llegar a ella, y otros tenían que sufrir dolorosas operaciones antes de poder reposar un momento su cuerpo fatigado. También tuve la indecible satisfacción de ayudar a los carpinteros, que a toda prisa procuraban aplicar tapones a los agujeros hechos en el casco; pero, por causa de mi poca fuerza, no eran aquellos auxilios tan eficaces como yo habría deseado.

La sangre corría en abundancia por la cubierta y los puentes, y a pesar de la arena, el movimiento del buque la llevaba de aquí para allí, formando fatídicos dibujos. Las balas de cañón, de tan cerca disparadas, mutilaban horriblemente los cuerpos, y era frecuente ver rodar a alguno, arrancada a cercén la cabeza, cuando la violencia del proyectil no arrojaba la víctima al mar, entre cuyas ondas debía perderse casi sin dolor la última noción de la vida. Otras balas rebotaban contra un palo o contra la obra muerta, levantando granizada de astillas que herían como flechas. La fusilería de las cofas y la metralla de las carronadas esparcían otra muerte menos rápida y más dolorosa, y fue raro el que no salió marcado más o menos gravemente por el plomo y el hierro de nuestros enemigos.

De tal suerte combatida y sin poder de ningún modo devolver iguales destrozos, la tripulación, aquella alma del buque, se sentía perecer, agonizaba con desesperado coraje, y el navío mismo, aquel cuerpo glorioso, retemblaba al golpe de las balas. Yo le sentía estremecerse en la terrible lucha: crujían sus cuadernas, estallaban sus baos, rechinaban sus puntales a manera de miembros que retuerce el dolor, y la cubierta trepidaba bajo mis pies con ruidosa palpitación, como si a todo el inmenso cuerpo del buque se comunicara la indignación y los dolores de sus tripulantes. En tanto, el agua penetraba por los mil agujeros y grietas del casco acribillado, y comenzaba a inundar la bodega.

El *Bucentauro,* navío general, se rindió a nuestra vista. Villeneuve había arriado bandera. Una vez entregado el jefe de la escuadra, ¿que esperanza quedaba a los buques? El pabellón francés desapareció de la popa de aquel gallardo navío, y cesaron sus fuegos. El *San Agustín* y el *Héros* se sostenían todavía, y el *Rayo* y el *Neptuno,* pertenecientes a la vanguardia, que habían venido a auxiliarnos, intentaron en vano salvarnos de los navíos enemigos que nos asediaban. Yo pude observar la parte del combate más inmediata al *Santísima Trinidad,* porque del resto de la línea no era posible ver nada. El viento parecía haberse detenido, y el humo se quedaba sobre nuestras cabezas, envolviéndonos en su espesa blancura, que las miradas no podían penetrar. Distinguíamos tan sólo el aparejo de algunos buques lejanos, aumentados de un modo inexplicable por no sé qué efecto óptico o porque el pavor de aquel sublime momento agrandaba todos los objetos.

Disipóse por un momento la densa penumbra; ¡pero de qué manera tan terrible! Detonación espantosa, más fuerte que la de los mil cañones de la escuadra disparando a un tiempo, paralizó a todos, produciendo general terror. Cuando el oído recibió tan fuerte impresión, claridad vivísima había iluminado el ancho espacio ocupado por las dos flotas, rasgando el velo de humo, y presentóse a nuestros ojos todo el panorama del combate. La terrible explosión había ocurrido hacia el Sur, en el sitio ocupado antes por la retaguardia.

—Se ha volado un navío —dijeron todos.

Las opiniones fueron diversas, y se dudaba si el buque volado era el *Santa Ana,* el *Argonauta,* el *Ildefonso* o el *Bahama.* Después se supo que había sido el francés nombrado *Achilles*[116]. La expansión de los gases desparramó por mar y cielo, en pedazos mil, cuanto momentos antes constituía un hermoso navío con 74 cañones y 600 hombres de tripulación. Algunos segundos después de la explosión ya no pensábamos más que en nosotros mismos.

Rendido el *Bucentauro,* todo el fuego enemigo se dirigió contra nuestro navío, cuya pérdida era ya segura. El entusiasmo de los primeros momentos se había apagado en mí, y mi corazón se llenó de un terror que me paralizaba, ahogando todas las funciones de mi espíritu, excepto la curiosidad. Esta era tan irresistible, que me obligó a salir a los sitios de mayor peligro. De poco servía ya mi escaso auxilio, pues ni aun se trasladaban los heridos a la bodega, por ser muchos, y las piezas exigían el servicio de cuantos conservaban un poco de fuerza. Entre éstos vi a Marcial, que se multiplicaba gritando y moviéndose conforme a su poca agilidad, y era a la vez contramaestre, marinero, artillero, carpintero y cuanto había que ser en tan terribles instantes. Nunca creí que desempeñara funciones correspondientes a tantos hombres el que no podía considerarse sino como la mitad de un cuerpo humano. Un astillazo le había herido en la cabeza, y la sangre, tiñéndole la cara, le daba horrible aspecto. Yo le vi agitar sus labios, bebiendo aquel líquido, y luego lo escupía con furia fuera del portalón, como si también quisiera herir a salivazos a nuestros enemigos.

---

[116] Sobre la voladura del *Achilles,* cfr. Vázquez Arjona, «Cotejo histórico...», pág. 360.

Lo que más me asombraba, causándome cierto espanto, era que Marcial, aun en aquella escena de desolación, profería frases de buen humor, no sé si por alentar a sus decaídos compañeros o porque de este modo acostumbraba alentarse a sí mismo.

Cayó con estruendo el palo de trinquete, ocupando el castillo de proa con la balumba de su aparejo, y Marcial dijo:

—Muchachos, vengan las hachas. Metamos este mueble en la alcoba.

Al punto se cortaron los cabos, y el mástil cayó al mar.

Y viendo que arreciaba el fuego, gritó, dirigiéndose a un pañolero que se había convertido en cabo de cañón:

—Pero Abad, mándales el vino[117] a esos casacones para que nos dejen en paz.

Y a un soldado que yacía como muerto por el dolor de sus heridas y la angustia del mareo, le dijo, aplicándole el botafuego a la nariz:

—Huele una hojita de azahar, camarada, para que se te pase el desmayo. ¿Quieres dar un paseo en bote? Anda: Nelson nos convida a echar unas cañas.

Esto pasaba en el combés. Alcé la vista al alcázar de popa, y vi que el general Cisneros había caído. Precipitadamente le bajaron dos marineros a la cámara. Mi amo continuaba inmóvil en su puesto; pero de su brazo izquierdo manaba mucha sangre. Corrí hacia él para auxiliarle, y antes que yo llegase, un oficial se le acercó intentando convencerle de que debía bajar a la cámara. No había éste pronunciado dos palabras, cuando una bala le llevó la mitad de la cabeza, y su sangre salpicó mi rostro. Entonces, don Alonso se retiró, tan pálido

---

[117] Curiosa utilización galdosiana de los dos *explicit* añadidos al texto del *Poema de Mio Cid*. En el primero figura el nombre del copista del códice conservado, Per Abbat; en el segundo, se dice a los oyentes: «datnos del vino» (cfr. *Poema de Mio Cid,* edición de Colin Smith, Madrid, 1981, pág. 270). El vino que Marcial ordena que Pero Abad envíe a los ingleses es, claro está, pólvora y balas de cañón.

como el cadáver de su amigo, que yacía mutilado en el piso del alcázar.

Cuando bajó mi amo, el comandante quedó solo arriba, con tal presencia de ánimo que no pude menos de contemplarle un rato, asombrado de tanto valor. Con la cabeza descubierta, el rostro pálido, la mirada ardiente, la acción enérgica, permanecía en su puesto dirigiendo aquella acción desesperada que no podía ganarse ya. Tan horroroso desastre había de verificarse con orden, y el comandante era la autoridad que reglamentaba el heroísmo. Su voz dirigía a la tripulación en aquella contienda del honor y la muerte.

Un oficial que mandaba en la primera batería subió a tomar órdenes, y antes de hablar cayó muerto a los pies de su jefe: otro guardiamarina que estaba a su lado cayó también mal herido, y Uriarte quedó al fin enteramente solo en el alcázar, cubierto de muertos y heridos. Ni aun entonces se apartó su vista de los barcos ingleses ni de los movimientos de nuestra artillería; y el imponente aspecto del alcázar y toldilla, donde agonizaban sus amigos y subalternos, no conmovió su pecho varonil ni quebrantó su enérgica resolución de sostener el fuego hasta perecer. ¡Ah! Recordando yo después la serenidad y estoicismo de don Francisco Javier Uriarte, he podido comprender todo lo que nos cuentan de los heroicos capitanes de la antigüedad. Entonces no conocía yo la palabra *sublimidad;* pero, viendo a nuestro comandante, comprendí que todos los idiomas deben tener un hermoso vocablo para expresar aquella grandeza de alma que me parecía favor rara vez otorgado por Dios al hombre miserable.

Entre tanto, gran parte de los cañones había cesado de hacer fuego, porque la mitad de la gente estaba fuera de combate. Tal vez no me hubiera fijado en esta circunstancia si, habiendo salido de la cámara, impulsado por mi curiosidad, no sintiera una voz que con acento terrible me dijo:

—¡Gabrielillo, aquí!

Marcial me llamaba. Acudí prontamente, y le hallé

empeñado en servir uno de los cañones que habían quedado sin gente. Una bala había llevado a *Mediohombre* la punta de su pierna de palo, lo cual le hacía decir:

—Si llego a traer la de carne y hueso...

Dos marinos muertos yacían a su lado; un tercero, gravemente herido, se esforzaba en seguir sirviendo la pieza.

—Compadre —le dijo Marcial—, ya tú no puedes ni encender una colilla.

Arrancó el botafuego de manos del herido y me lo entregó diciendo:

—Toma, Gabrielillo; si tienes miedo, vas al agua.

Esto diciendo, cargó el cañón con toda la prisa que le fue posible, ayudado de un grumete que estaba casi ileso; lo cebaron y apuntaron; ambos exclamaron: «¡Fuego!»; acerqué la mecha y el cañón disparó.

Se repitió la operación por segunda y tercera vez, y el ruido del cañón, disparado por mí, retumbó de un modo extraordinario en mi alma. El considerarme, no ya espectador, sino actor decidido en tan grandiosa tragedia, disipó por un instante el miedo, y me sentí con grandes bríos, al menos con la firme resolución de aparentarlos. Desde entonces conocí que el heroísmo es casi siempre una forma del pundonor. Marcial y otros me miraban: era preciso que me hiciera digno de fijar su atención.

—¡Ah! —decía yo para mí con orgullo—. Si mi amita pudiera verme ahora... ¡Qué valiente estoy disparando cañonazos como un hombre!... Lo menos habré mandado al otro mundo dos docenas de ingleses.

Pero estos nobles pensamientos me ocuparon muy poco tiempo, porque Marcial, cuya fatigada naturaleza comenzaba a rendirse después de su esfuerzo, respiró con ansia, se secó la sangre que afluía en abundancia de su cabeza, cerró los ojos, sus brazos se extendieron con desmayo, y dijo:

—No puedo más: se me sube la pólvora a la toldilla (la cabeza). Gabriel, tráeme agua.

Corrí a buscar el agua, y cuando se la traje, bebió con ansia. Pareció tomar con esto nuevas fuerzas; íbamos a seguir, cuando un gran estrépito nos dejó sin movimiento. El palo mayor, tronchado por la fogonadura, cayó sobre el combés, y tras él el de mesana. El navío quedó lleno de escombros y el desorden fue espantoso.

Felizmente, quedé en hueco y sin recibir más que una ligera herida en la cabeza, la cual, aunque me aturdió al principio, no me impidió apartar los trozos de vela y cabos que habían caído sobre mí. Los marineros y soldados de cubierta pugnaban por desalojar tan enorme masa de cuerpos inútiles, y desde entonces sólo la artillería de las baterías bajas sostuvo el fuego. Salí como pude, busqué a Marcial, no le hallé, y habiendo fijado mis ojos en el alcázar, noté que el comandante ya no estaba allí. Gravemente herido de un astillazo en la cabeza, había caído exánime, y al punto dos marineros subieron para trasladarle a la cámara. Corrí también allá, y entonces un casco de metralla me hirió en el hombro, lo que me asustó en extremo, creyendo que mi herida era mortal y que iba a exhalar el último suspiro. Mi turbación no me impidió entrar en la cámara, donde, por la mucha sangre que brotaba de mi herida, me debilité, quedando por un momento desvanecido.

En aquel pasajero letargo, seguí oyendo el estrépito de los cañones de la segunda y tercera batería, y después una voz que decía con furia:

—¡Abordaje!... ¡Las picas!... ¡Las hachas!...

Después la confusión fue tan grande, que no pude distinguir lo que pertenecía a las voces humanas en tal descomunal concierto. Pero no sé cómo, sin salir de aquel estado de somnolencia, me hice cargo de que se creía todo perdido y de que los oficiales se hallaban reunidos en la cámara para acordar la rendición; y también puedo asegurar que si no fue invento de mi fantasía, entonces trastornada, resonó en el combés una voz que decía:

—¡El *Trinidad* no se rinde!

De fijo fue la voz de Marcial, si es que realmente dijo alguien tal cosa.

Me sentí despertar, y vi a mi amo arrojado sobre uno de los sofás de la cámara, con la cabeza oculta entre las manos, en ademán de desesperación y sin cuidarse de su herida.

Acerquéme a él, y el infeliz anciano no halló mejor modo de expresar su desconsuelo que abrazándome paternalmente, como si ambos estuviéramos cercanos a la muerte. El, por lo menos, creo que se consideraba próximo a morir de puro dolor, porque su herida no tenía la menor gravedad. Yo le consolé como pude, diciendo que si la acción no se había ganado, no fue porque yo dejara de matar bastante ingleses con mi cañoncito, y añadí que para otra vez seríamos más afortunados; pueriles razones que no calmaron su agitación.

Saliendo afuera en busca de agua para mi amo, presencié el acto de arriar la bandera, que aún flotaba en la cangreja[118], uno de los pocos restos de arboladura que con el tronco de mesana quedaban en pie. Aquel lienzo glorioso, ya agujereado por mil partes, señal de nuestra honra, que congregaba bajo sus pliegues a todos los combatientes, descendió del mástil para no izarse más. La idea de un orgullo abatido, de un ánimo esforzado que sucumbe ante fuerzas superiores, no puede encontrar imagen más perfecta para representarse a los ojos humanos que la de aquel oriflama que se abate y desaparece como un sol que se pone. El de aquella tarde tristísima, tocando al término de su carrera en el momento de nuestra rendición, iluminó nuestra bandera con su último rayo.

El fuego cesó y los ingleses penetraron en el barco vencido[119].

---

[118] Vela de cuchillo, de forma trapezoidal.
[119] Sobre la rendición del *Santísima Trinidad,* cfr. Vázquez Arjona, «Cotejo histórico...», pág. 359.

XII

Cuando el espíritu, reposando de la agitación del combate, tuvo tiempo de dar paso a la compasión, al frío terror producido por la vista de tan grande estrago, se presentó a los ojos de cuantos quedamos vivos la escena del navío en toda su horrenda majestad. Hasta entonces los ánimos no se habían ocupado más que de la defensa; mas cuando el fuego cesó, se pudo advertir el gran destrozo del casco, que, dando entrada al agua por sus mil averías, se hundía, amenazando sepultarnos a todos, vivos y muertos, en el fondo del mar. Apenas entraron en él los ingleses, un grito resonó unánime, proferido por nuestros marinos:

—¡A las bombas!

Todos los que podíamos acudimos a ellas y trabajamos con ardor; pero aquellas máquinas imperfectas desalojaban una cantidad de agua bastante menor que la que entraba. De repente, un grito, aún más terrible que el anterior, nos llenó de espanto. Ya dije que los heridos se habían transportado al último sollado, lugar que, por hallarse bajo la línea de flotación, está libre de la acción de las balas. El agua invadía rápidamente aquel recinto, y algunos marinos asomaron por la escotilla gritando:

—¡Que se ahogan los heridos!

La mayor parte de la tripulación vaciló entre seguir desalojando el agua y acudir en socorro de aquellos desgraciados, y no sé qué habría sido de ellos si la gente de un navío inglés no hubiera acudido en nuestro auxilio. Estos no sólo transportaron los heridos a la tercera y a la segunda batería, sino que también pusieron mano a las bombas, mientras sus carpinteros trataban de reparar algunas de las averías del casco.

Rendido de cansancio, y juzgando que don Alonso podía necesitar de mí, fui a la cámara. Entonces vi a algunos ingleses ocupados en poner el pabellón británico en la popa del *Santísima Trinidad*. Como cuento con que el lector benévolo me ha de perdonar que apunte aquí mis impresiones, diré que aquello me hizo pensar un poco. Siempre se me habían representado los ingleses como verdaderos piratas o salteadores de los mares, gentezuela aventurera que no constituía nación y que vivía del merodeo. Cuando vi el orgullo con que enarbolaron su pabellón, saludándole con vivas aclamaciones; cuando advertí el gozo y la satisfacción que les causaba haber apresado el más grande y glorioso barco que hasta entonces surcó los mares, pensé que también ellos tendrían su patria querida, que ésta les habría confiado la defensa de su honor; me pareció que en aquella tierra, para mí misteriosa, que se llamaba Inglaterra, habían de existir, como en España, muchas gentes honradas, un rey paternal, y las madres, las hijas, las esposas, las hermanas de tan valientes marinos, los cuales, esperando con ansiedad su vuelta, rogarían a Dios que les concediera la victoria.

En la cámara encontré a mi señor más tranquilo. Los oficiales ingleses que habían entrado allí trataban a los nuestros con delicada cortesía, y según entendí, querían trasbordar los heridos a algún barco enemigo. Uno de aquellos oficiales se acercó a mi amo como queriendo reconocerle, y le saludó en español medianamente correcto, recordándole una amistad antigua. Contestó don Alonso a sus finuras con gravedad, y después quiso enterarse por él de los pormenores del combate.

—Pero ¿qué ha sido de la reserva? ¿Qué ha hecho Gravina? —preguntó mi amo.

—Gravina se ha retirado con algunos navíos —contestó el inglés.

—De la vanguardia sólo han venido a auxiliarnos el *Rayo* y el *Neptuno*.

—Los cuatro franceses, *Duguay Trouin, Mont-Blanc, Scipion* y *Formidable,* son los únicos que no han entrado en acción.

—Pero Gravina, Gravina, ¿qué es de Gravina? —insistió mi amo.

—Se ha retirado en el *Príncipe de Asturias;* mas como se le ha dado caza, ignoro si habrá llegado a Cádiz.

—¿Y el *San Ildefonso?*

—Ha sido apresado.

—¿Y el *Santa Ana?*

—También ha sido apresado.

—¡Vive Dios! —exclamó don Alonso sin poder disimular su enojo—. Apuesto a que no ha sido apresado el *Nepomuceno..*

—También lo ha sido.

—¡Oh! ¿Está usted seguro de ello? ¿Y Churruca?

—Ha muerto —contestó el inglés con tristeza.

—¡Oh! ¡Ha muerto! ¡Ha muerto Churruca! —exclamó mi amo con angustiosa perplejidad—. Pero el *Bahama* se habrá salvado, el *Bahama* habrá vuelto ileso a Cádiz.

—También ha sido apresado.

—¡También! ¿Y Galiano? Galiano es un héroe y un sabio.

—Sí —repuso sombríamente el inglés—; pero ha muerto también.

—¿Y qué es del *Montañés?* ¿Qué ha sido de Alcedo[120]?

—Alcedo... también ha muerto.

Mi amo no pudo reprimir la expresión de su profunda pena; y como la avanzada edad amenguaba en él la presencia de ánimo propia de tan terribles momentos, hubo de pasar por la pequeña amargura de derramar algunas lágrimas, triste obsequio a sus compañeros. No es impropio el llanto en las grandes almas; antes bien, indica el consorcio fecundo de la delicadeza de sentimiento con la energía de carácter. Mi amo lloró como hombre, después de haber cumplido con su deber como marino; mas reponiéndose de aquel abatimiento, y buscando alguna razón con que devolver al inglés la pesadumbre que éste le causara, dijo:

—Pero ustedes no habrán sufrido menos que nosotros. Nuestros enemigos habrán tenido pérdidas de consideración.

---

[120] F. Alcedo, jefe de escuadra, comandante del *Montañés,* muerto en Trafalgar. Su barco pudo regresar a Cádiz.

—Una, sobre todo, irreparable —contestó el inglés con tanta congoja como la de don Alonso—. Hemos perdido al primero de nuestros marinos, al valiente entre los valientes, al heroico, al divino, al sublime almirante Nelson.

Y con tan poca entereza como mi amo, el oficial inglés no se cuidó de disimular su inmensa pena: cubrióse la cara con las manos y lloró, con toda la expresiva franqueza del verdadero dolor, al jefe, al protector y al amigo.

Nelson, herido mortalmente en mitad del combate, según después supe, por una bala de fusil que le atravesó el pecho y se fijó en la espina dorsal, dijo al capitán Hardy:

—Se acabó; al fin lo han conseguido.

Su agonía se prolongó hasta el caer de la tarde; no perdió ninguno de los pormenores del combate, ni se extinguió su genio de militar y de marino sino cuando la última fugitiva palpitación de la vida se disipó en su cuerpo herido. Atormentado por horribles dolores, no dejó de dictar órdenes, enterándose de los movimientos de ambas escuadras, y cuando se le hizo saber el triunfo de la suya, exclamó:

—Bendito sea Dios; he cumplido con mi deber.

Un cuarto de hora después expiraba el primer marino de nuestro siglo[121].

Perdóneseme la digresión. El lector extrañará que no conociéramos la suerte de muchos buques de la escuadra combinada. Nada más natural que nuestra ignoran-

---

[121] Compárese la escena de la muerte de Nelson con la descripción de A. T. Mahan en su *Life of Nelson (apud* Vázquez Arjona, «Cotejo histórico...», pág. 373): «Nelson [. . .] was on Hardy's left [. . .] Hardy saw the admiral in the act of falling [. . .] To Hardy's natural exclamation [. . .] he replied: "They have done for me at last... Yes, my backbone is shot through" [. . .] The ball had struck him on the left shoulder on the forward part of the epaulette, piercing the lung [. . .] and then passed through the spine [. . .] lodging finally in the muscles of the back [. . .] "Beatty", he said again [. . .] "God be praised. I have done my duty".»

cia, por causa de la desmesurada longitud de la línea de combate, y, además, el sistema de luchas parciales adoptado por los ingleses. Sus navíos se habían mezclado con los nuestros, y como la contienda era a tiro de fusil, el buque enemigo que nos batía ocultaba la vista del resto de la escuadra, además de que el humo espesísimo nos impedía ver cuanto no se hallara en paraje cercano.

Al anochecer, y cuando aún el cañoneo no había cesado, distinguíamos algunos navíos, que pasaban a un largo como fantasmas, unos con media arboladura, otros completamente desarbolados. La bruma, el humo, el mismo aturdimiento de nuestras cabezas, nos impedían distinguir si eran españoles o enemigos; y cuando la luz de un fogonazo lejano iluminaba a trechos aquel panorama temeroso, notábamos que aún seguía la lucha con encarnizamiento entre grupos de navíos aislados; que otros corrían sin concierto ni rumbo, llevados por el temporal, y que alguno de los nuestros era remolcado por otro inglés en dirección al Sur.

Vino la noche, y con ella aumentó la gravedad y el horror de nuestra situación. Parecía que la Naturaleza había de sernos propicia después de tantas desgracias; pero, por el contrario, desencadenáronse con furia los elementos, como si el Cielo creyera que aún no era bastante grande el número de nuestras desdichas. Desatóse un recio temporal, y viento y agua, hondamente agitados, azotaron el buque, que, incapaz de maniobrar, fluctuaba a merced de las olas. Los vaivenes eran tan fuertes que se hacía difícil el trabajo, lo cual, unido al cansancio de la tripulación, empeoraba nuestro estado de hora en hora. Un navío inglés, que después supe se llamaba *Prince,* trató de remolcar al *Trinidad;* pero sus esfuerzos fueron inútiles, y tuvo que alejarse por temor a un choque, que habría sido funesto para ambos buques.

Entre tanto no era posible tomar alimento alguno, y yo me moría de hambre porque los demás, indiferentes a todo lo que no fuera el peligro, apenas se cuidaban de cosa tan importante. No me atrevía a pedir un pedazo de pan por temor de parecer importuno, y al mismo tiempo, sin vergüenza lo confieso, dirigía mi escrutadora observación a todos los sitios donde colegía que podían existir provisiones de boca. Apretado por la necesidad, me arriesgué a hacer una visita a los pañoles del bizcocho, y ¿cuál sería mi asombro cuando vi que Marcial estaba allí, trasegando a su estómago lo primero que encontró a mano? El anciano estaba herido de poca gravedad, y aunque una bala le había llevado el pie derecho, como éste no era otra cosa que la extremidad de la pierna de palo, el cuerpo de Marcial sólo estaba con tal percance un poco más cojo.

—Toma, Gabrielillo —me dijo, llenándome el seno de galletas—: barco sin lastre no navega.

En seguida empinó una botella y bebió con delicia.

Salimos del pañol, y vi que no éramos nosotros solos los que visitaban aquel lugar, pues todo indicaba que un desordenado pillaje había ocurrido allí momentos antes.

Reparadas mis fuerzas, pude pensar en servir de algo, poniendo mano a las bombas o ayudando a los carpinteros. Trabajosamente se enmendaron algunas averías con auxilio de los ingleses, que vigilaban todo, y según después comprendí, no perdían de vista a algunos de nuestros marineros, porque temían que se sublevasen, represando el navío, en lo cual los enemigos demostraban más suspicacia que buen sentido, pues menester era haber perdido el juicio para intentar represar un buque en tal estado. Ello es que los *casacones* acudían a todas partes y no perdían movimiento alguno.

Entrada la noche, y hallándome transido de frío, abandoné la cubierta, donde apenas podía tenerme, y corría, además, el peligro de ser arrebatado por un golpe de mar, y me retiré a la cámara. Mi primera intención fue dormir un poco; pero ¿quién dormía en aquella noche?

En la cámara todo era confusión, lo mismo que en el combés. Los sanos asistían a los heridos, y éstos, molestados a la vez por sus dolores y por el movimiento del buque, que les impedía todo reposo, ofrecían tan triste aspecto, que a su vista era imposible entregarse al descanso. En un lado de la cámara yacían, cubiertos con el pabellón nacional, los oficiales muertos. Entre tanta desolación, ante el espectáculo de tantos dolores, había en aquellos cadáveres no sé qué de envidiable: ellos solos descansaban a bordo del *Trinidad,* y todo les era ajeno, fatigas y penas, la vergüenza de la derrota y los padecimientos físicos. La bandera que les servía de ilustre mortaja parecía ponerles fuera de aquella esfera de responsabilidad, de mengua y desesperación en que todos nos encontrábamos. Nada les afectaba el peligro que corría la nave, porque ésta no era ya más que su ataúd.

Los oficiales muertos eran: don Juan Cisniega, teniente de navío, el cual no tenía parentesco con mi amo, a pesar de la identidad de apellido; don Joaquín de Salas y don Juan Matute, también tenientes de navío; el teniente coronel del ejército don José Graullé; el teniente de fragata Urías y el guardiamarina don Antonio de Bobadilla[122]. Los marineros y soldados muertos, cuyos cadáveres yacían sin orden en las baterías y sobre cubierta, ascendían a la terrible suma de cuatrocientos.

No olvidaré jamás el momento en que aquellos cuerpos fueron arrojados al mar por orden del oficial inglés que custodiaba el navío. Verificóse la triste ceremonia al amanecer del día 22, hora en que el temporal parece que arreció exprofeso para aumentar la pavura de semejante escena. Sacados sobre cubierta los cuerpos de los oficiales, el cura rezó un responso a toda prisa, porque no era ocasión de andarse en dibujos, e inmediatamente se procedió al acto solemne. Envueltos en su bandera, y con una bala atada a los pies, fueron arrojados al mar, sin que esto, que ordinariamente hubiera producido en todos tristeza y consternación, conmoviera entonces a los que lo presenciaron. ¡Tan hechos estaban los ánimos a la desgracia, que el espectáculo de la muerte les era

---

[122] Para una lista de oficiales muertos, coincidente con Galdós, cfr. Vázquez Arjona, «Cotejo histórico...», pág. 358.

poco menos que indiferente! Las exequias del mar son más tristes que las de la tierra. Se da sepultura a un cadáver, y allí queda: las personas a quienes interesa saben que hay un rincón de tierra donde existen aquellos restos, y pueden marcarlos con una losa, con una cruz o con una piedra. Pero en el mar... se arrojan los cuerpos en la movible inmensidad, y parece que dejan de existir en el momento de caer; la imaginación no puede seguirlos en su viaje al profundo abismo, y es difícil suponer que estén en alguna parte estando en el fondo del Océano. Estas reflexiones hacía yo viendo cómo desaparecían los cuerpos de aquellos ilustres guerreros, un día antes llenos de vida, gloria de su patria y encanto de sus familias.

Los marineros muertos eran arrojados con menos ceremonia: la Ordenanza manda que se les envuelva en el coy; pero en aquella ocasión no había tiempo para entretenerse en cumplir la Ordenanza. A algunos se les amortajó como está mandado; pero la mayor parte fueron echados al mar sin ningún atavío y sin bala a los pies, por la sencilla razón de que no había para todos. Eran cuatrocientos, aproximadamente, y a fin de terminar pronto la operación de darles sepultura, fue preciso que pusieran mano a la obra todos los hombres útiles que a bordo había para despachar más pronto. Muy a disgusto mío tuve que ofrecer mi cooperación para tan triste servicio, y algunos cuerpos cayeron al mar soltados desde la borda por mi mano, puesta en ayuda de otras más vigorosas.

Entonces ocurrió un hecho, una coincidencia que me causó mucho terror. Un cadáver horriblemente desfigurado fue cogido entre dos marineros, y en el momento de levantarlo en alto, algunos de los circunstantes se permitieron groseras burlas, que en toda ocasión habrían sido importunas, y en aquel momento infames. No sé por qué el cuerpo de aquel desgraciado fue el único que les movió a perder con tal descaro el respeto a la muerte, y decían: «Ya las ha pagado todas juntas...; no volverá a hacer de las suyas», y otras groserías del mismo jaez. Aquello me indignó; pero mi indignación se trocó en asombro y en un sentimiento indefinible, mezcla de respeto, de pena y de miedo, cuando observando atentamente las facciones mutiladas de aquel cadáver reconocí en él a mi tío... Cerré los ojos con espanto, y no los abrí hasta que el violento salpicar del agua me indicó que había desaparecido para siempre ante la vista humana.

Aquel hombre había sido muy malo para mí, muy malo para su hermana; pero era mi pariente cercano, hermano de mi madre; la sangre que corría por mis venas era su sangre, y esa voz interna que nos incita a ser benévolos con las faltas de los nuestros, no podía permanecer callada después de la escena que pasó ante mis ojos. Al mismo tiempo, yo había podido reconocer en la cara ensangrentada de mi tío algunos rasgos fisonómicos de la cara de mi madre, y esto aumentó mi aflicción. En aquel momento no me acordé de que había sido un gran criminal, ni menos de las crueldades que usó conmigo durante mi infortunada niñez. Yo les aseguro a ustedes, y no dudo en decir esto, aunque sea en elogio mío, que le perdoné con toda mi alma y que elevé el pensamiento a Dios, pidiéndole que le perdonara todas sus culpas.

Después supe que se había portado heroicamente en el combate, sin que por esto alcanzara las simpatías de sus compañeros, quienes, reputándole como el más bellaco de los hombres, no tuvieron para él una palabra de afecto o conmiseración, ni aun en el momento supremo en que toda falta se perdona, porque se supone al criminal dando cuenta de sus actos ante Dios.

Avanzado el día, intentó de nuevo el navío *Prince* remolcar al *Santísima Trinidad;* pero con tan poca fortuna como en la noche anterior. La situación no empeoraba, a pesar de que seguía el temporal con igual fuerza, pues se habían reparado muchas averías, y se creía que una vez calmado el tiempo, podría salvarse el casco. Los ingleses tenían gran empeño en ello, porque querían llevar por trofeo a Gibraltar el más grande navío hasta entonces construido. Por esta razón trabajaban con tanto ahínco en las bombas noche y día, permitiéndonos descansar algún rato.

Durante todo el día 22 la mar se revolvía con frenesí, llevando y trayendo el casco del navío cual si fuera endeble lancha de pescadores; y aquella montaña de madera probaba la fuerte trabazón de sus sólidas cuadernas, cuando no se rompían en mil pedazos al recibir el tremendo golpear de las olas. Había momentos en que, aplanándose el mar, parecía que el navío iba a hundirse para siempre; pero inflamándose la ola como al impulso de profundo torbellino, levantaba aquél su orgullosa proa, adornada con el león de Castilla, y entonces respirábamos con la esperanza de salvarnos.

Por todos lados descubríamos navíos dispersos, la mayor parte ingleses, no sin grandes averías y procurando todos alcanzar la costa para refugiarse. También los vimos españoles y franceses, unos desarbolados, otros remolcados por algún barco enemigo. Marcial reconoció en uno de éstos al *San Ildefonso*. Vimos flotando en el agua multitud de restos y despojos, como masteleros, cofas, lanchas rotas, escotillas, trozos de balconaje, portas, y, por último, avistamos dos infelices marinos que, mal embarcados en un gran palo, eran llevados por las olas, y habrían perecido si los ingleses no corrieran al instante a darles auxilio. Traídos a bordo del *Trinidad,* volvieron a la vida, que, recobrada después de sentirse en los brazos de la muerte, equivale a nacer de nuevo.

El día pasó entre agonías y esperanzas: ya nos parecía que era indispensable el trasbordo a un buque inglés para salvarnos, ya creíamos posible conservar el nuestro. De todos modos, la idea de ser llevados a Gibraltar como prisioneros era terrible, si no para mí, para los hombres pundonorosos y obstinados como mi amo, cuyos padecimientos morales debieron de ser inauditos aquel día. Pero estas dolorosas alternativas cesaron por la tarde y a la hora en que fue unánime la idea de que si no trasbordábamos pereceríamos todos en el buque, que ya tenía quince pies de agua en la bodega. Uriarte y

Cisneros recibieron aquella noticia con calma y serenidad, demostrando que no hallaban gran diferencia entre morir en la casa propia o ser prisioneros en la extraña. Acto continuo comenzó el trasbordo a la escasa luz del crepúsculo, lo cual no era cosa fácil, habiendo precisión de embarcar cerca de trescientos heridos. La tripulación sana constaba de unos quinientos hombres, cifra a que quedaron reducidos los mil ciento quince individuos de que se componía antes del combate.

Comenzó precipitadamente el trasbordo con las lanchas del *Trinidad,* las del *Prince* y las de otros tres buques de la escuadra inglesa. Dióse la preferencia a los heridos; mas aunque se trató de evitarles toda molestia, fue imposible levantarles de donde estaban sin mortificarles, y algunos pedían con fuertes gritos que los dejasen tranquilos, prefiriendo la muerte a un viaje que recrudecía sus dolores. La premura no daba lugar a la compasión, y eran conducidos a las lanchas tan sin piedad como arrojados al mar fueron los fríos cadáveres de sus compañeros.

El comandante Uriarte y el jefe de escuadra, Cisneros, se embarcaron en los botes de la oficialidad inglesa; y habiendo instado a mi amo para que entrase también en ellos, éste se negó resueltamente, diciendo que deseaba ser el último en abandonar el *Trinidad*. Esto no dejó de contrariarme, porque desvanecidos en mí los efluvios de patriotismo, que al principio me dieron cierto arrojo, no pensaba ya más que en salvar mi vida, y no era lo más a propósito para este noble fin el permanecer a bordo de un buque que se hundía por momentos.

Mis temores no fueron vanos, pues aún no estaba fuera la mitad de la tripulación cuando un sordo rumor de alarma y pavor resonó en nuestro navío.

—¡Que nos vamos a pique!... ¡A las lanchas, a las lanchas! —exclamaron algunos, mientras, dominados todos por el instinto de conservación, corrían hacia la borda, buscando con ávidos ojos las lanchas que volvían. Se abandonó todo trabajo; no se pensó más en los heridos, y muchos de éstos, sacados ya sobre cubierta, se arrastraban por ella con delirante extravío, buscando un portalón por donde arrojarse al mar. Por las escotillas salía un lastimero clamor, que aún parece resonar en mi cerebro, helando la sangre en mis venas y erizando mis cabellos. Eran los heridos que quedaban en la primera batería, los cuales, sintiéndose anegados por el agua, que invadía aquel sitio, clamaban pidiendo socorro no sé si a Dios o a los hombres.

A éstos se lo pedían en vano, porque no pensaban sino en la propia salvación. Se arrojaron precipitadamente a las lanchas, y esta confusión en la lobreguez de la noche entorpecía el transbordo. Un solo hombre, impasible ante tan gran peligro, permanecía en el alcázar sin atender a lo que pasaba a su alrededor, y se paseaba preocupado y meditabundo, como si aquellas tablas donde ponía su pie no estuvieran solicitadas por el inmenso abismo. Era mi amo.

Corrí hacia él despavorido, y le dije:

—¡Señor, que nos ahogamos!

Don Alonso no me hizo caso, y aun creo, si la memoria no me es infiel, que sin abandonar su actitud pronunció palabras tan ajenas a la situación como éstas:

—¡Oh! Cómo se va a reír Paca cuando yo vuelva a casa después de esta gran derrota.

—¡Señor, que el barco se va a pique! —exclamé de nuevo, no ya pintando el peligro, sino suplicando con gestos y voces.

Mi amo miró al mar, a las lanchas, a los hombres que, desesperados y ciegos, se lanzaban a ellas, y yo busqué con ansiosos ojos a Marcial, y le llamé con toda la fuerza de mis pulmones. Entonces paréceme que perdí la sensación de lo que ocurría, me aturdí, se nublaron mis ojos y no sé lo que pasó. Para contar cómo me salvé, no puedo fundarme sino en recuerdos muy vagos, semejantes a las imágenes de un sueño, pues, sin duda, el terror me quitó el conocimiento. Me parece que un marinero se acercó a don Alonso cuando yo le hablaba y le asió con sus vigorosos brazos. Yo mismo me sentí transportado, y cuando mi nublado espíritu se aclaró un poco, me vi en una lancha, recostado sobre las rodillas de mi amo, el cual tenía mi cabeza entre sus manos con paternal cariño. Marcial empuñaba la caña del timón; la lancha estaba llena de gente.

Alcé la vista y vi, como a cuatro o cinco varas de distancia, a mi derecha, el negro costado del navío, próximo a hundirse; por los portalones a que aún no había llegado el agua salía una débil claridad, la de la lámpara encendida al anochecer, y que aún velaba, guardián incansable, sobre los restos del buque abandonado. También hirieron mis oídos algunos lamentos que salían por las troneras: eran los pobres heridos que no había sido posible salvar y se hallaban suspendidos sobre el abismo, mientras aquella triste luz les permitía mirarse, comunicándose con los ojos la angustia de los corazones.

Mi imaginación se trasladó de nuevo al interior del buque: una pulgada de agua faltaba no más para romper el endeble equilibrio que aún le sostenía. ¡Cómo presenciarían aquellos infelices el crecimiento de la inundación! ¡Qué dirían en aquel momento terrible! Y si vieron a los que huían en las lanchas, si sintieron el chasquido de los remos, ¡con cuánta amargura gemirían sus almas atribuladas! Pero también es cierto que aquel atroz martirio las purificó de toda culpa y que la misericordia de Dios llenó todo el ámbito del navío en el momento de sumergirse para siempre[123].

La lancha se alejó: yo seguí viendo aquella gran masa informe, aunque sospecho que era mi fantasía, no mis ojos, la que miraba el *Trinidad* en la oscuridad de la noche, y hasta creí distinguir en el negro cielo un gran brazo que descendía hasta la superficie de las aguas. Fue, sin duda, la imagen de mis pensamientos, reproducida por los sentidos.

---

[123] Sobre el hundimiento del *Santísima Trinidad,* cfr. Vázquez Arjona, «Cotejo histórico...», pág. 359.

XIII

La lancha se dirigió... ¿adónde? Ni el mismo Marcial sabía a dónde nos dirigíamos. La oscuridad era tan fuerte que perdimos de vista las demás lanchas, y las luces del navío *Prince* se desvanecieron tras la niebla, como si un soplo las hubiera extinguido. Las olas eran tan gruesas y el vendaval tan recio, que la débil embarcación avanzaba muy poco, y gracias a una hábil dirección no zozobró más de una vez. Todos callábamos, y los más fijaban una triste mirada en el sitio donde se suponía que nuestros compañeros abandonados luchaban en aquel instante con la muerte en espantosa agonía.

No acabó aquella travesía sin hacer, conforme a mi costumbre, algunas reflexiones, que bien puedo aventurarme a llamar filosóficas. Alguien se reirá de un filósofo de catorce años; pero yo no me turbaré ante las burlas y tendré el atrevimiento de escribir aquí mis reflexiones de entonces. Los niños también suelen pensar grandes cosas; y en aquella ocasión, ante aquel espectáculo, ¿qué cerebro, como no fuera el de un idiota, podría permanecer en calma?

Pues bien: en nuestras lanchas iban españoles e ingleses, aunque era mayor el número de los primeros, y era curioso observar cómo fraternizaban, amparándose unos a otros en el común peligro, sin recordar que el día anterior se mataban en horrenda lucha, más parecidos a fieras que a hombres. Yo miraba a los ingleses, remando con tanta decisión como los nuestros; yo observaba en sus semblantes las mismas señales de terror o de esperanza, y, sobre todo, la expresión propia del santo sentimiento de humanidad y caridad, que era el móvil de unos y otros. Con estos pensamientos, decía para mí:

—¿Para qué son las guerras, Dios mío? ¿Por qué estos hombres no han de ser amigos en todas las ocasiones de la vida, como lo son en las de peligro? Esto que veo, ¿no prueba que todos los hombres son hermanos?

Pero venía de improviso a cortar estas consideraciones la idea de nacionalidad, aquel sistema de islas que yo había forjado, y entonces decía:

—Pero ya; esto de que las islas han de querer quitarse unas a otras algún pedazo de tierra, lo echa todo a perder, y, sin duda, en todas ellas debe de haber hombres muy malos que son los que arman las guerras para su provecho particular, bien porque son ambiciosos y quieren mandar, bien porque son avaros y anhelan ser ricos. Estos hombres malos son los que engañan a los demás, a todos estos infelices que van a pelear; y para que el engaño sea completo, les impulsan a odiar a otras naciones; siembran la discordia, fomentan la envidia, y aquí tienen ustedes el resultado. Yo estoy seguro —añadí— de que esto no puede durar; apuesto doble contra sencillo a que dentro de poco los hombres de unas y otras islas se han de convencer de que hacen un gran disparate armando tan terribles guerras, y llegará un día en que se abrazarán, conviniendo todos en no formar más que una sola familia.

Así pensaba yo. Después de esto he vivido setenta años, y no he visto llegar ese día.

La lancha avanzaba trabajosamente por el impetuoso mar. Yo creo que Marcial, si mi amo se lo hubiera permitido, habría consumado la siguiente hazaña: echar al agua a los ingleses y poner la proa a Cádiz o a la costa, aun con la probabilidad casi ineludible de perecer ahogados en la travesía. Algo de esto me parece que indicó a mi amo, hablándole quedamente al oído, y don Alonso debió de darle una lección de caballerosidad, porque le oí decir:

—Somos prisioneros, Marcial; somos prisioneros.

Lo peor del caso es que no divisábamos ningún barco.

El *Prince* se había apartado de donde estaba; ninguna luz nos indicaba la presencia de un buque enemigo. Por último, divisamos una, y un rato después, la mole confusa de un navío que corría el temporal por barlovento y aparecía en dirección contraria a la nuestra. Unos le creyeron francés; otros, inglés, y Marcial sostuvo que era español. Forzaron los remos, y no sin trabajo llegamos a ponernos al habla.

—¡Ah del navío! —gritaron los nuestros.

Al punto contestaron en español.

—Es el *San Agustín* —dijo Marcial.

—El *San Agustín* se ha ido a pique —contestó don Alonso—. Me parece que será el *Santa Ana*, que también está apresado.

Efectivamente, al acercanos, todos reconocieron al *Santa Ana,* mandado en el combate por el teniente general Álava. Al punto los ingleses que lo custodiaban dispusieron prestarnos auxilio, y no tardamos en hallarnos todos sanos y salvos sobre cubierta.

El *Santa Ana*, navío de 112 cañones, había sufrido también grandes averías, aunque no tan graves como las del *Santísima Trinidad;* y si bien estaba desarbolado de todos sus palos y sin timón, el casco no se conservaba mal. El *Santa Ana* vivió once años más después de Trafalgar, y aún habría vivido más si, por falta de carena, no se hubiera ido a pique en la bahía de La Habana en 1816. Su acción en las jornadas que refiero fue gloriosísima. Mandábalo, como he dicho, el teniente general Álava, jefe de la vanguardia, que, trocado el orden de batalla, vino a quedar a retaguardia. Ya saben ustedes que la columna mandada por Collingwood se dirigió a combatir la retaguardia, mientras Nelson marchó contra el centro. El *Santa Ana*, amparado sólo por el *Fougueux*, francés, tuvo que batirse con el *Royal Sovereign* y otros cuatro ingleses; y a pesar de la desigualdad de fuerzas, tanto padecieron los unos como los otros, siendo el navío de Collingwood el primero que quedó fuera de combate, por lo cual tuvo aquél que trasladarse a la fragata *Eurygalus*. Según allí refirieron, la lucha había sido horrorosa, y los dos poderosos navíos, cuyos penoles se tocaban, estuvieron destrozándose por espacio de seis horas, hasta que, herido el general

Álava, herido el comandante Gardoqui[124], muertos cinco oficiales y noventa y siete marineros, con más de ciento cincuenta heridos, tuvo que rendirse el *Santa Ana*. Apresado por los ingleses, era casi imposible manejarlo a causa del mal estado y del furioso vendaval que se desencadenó en la noche del 21; así es que cuando entramos en él se encontraba en situación bien crítica, aunque no desesperada, y flotaba a merced de las olas, sin poder tomar dirección alguna.

Desde luego me sirvió de consuelo el ver que los semblantes de toda aquella gente revelaban el temor de una próxima muerte. Estaban tristes y tranquilos, soportando con gravedad la pena del vencimiento y el bochorno de hallarse prisioneros. Un detalle advertí también que llamó mi atención, y fue que los oficiales ingleses que custodiaban el buque no eran, ni con mucho, tan complacientes y bondadosos como los que desempeñaron igual cargo a bordo del *Trinidad*. Por el contrario, eran los del *Santa Ana* unos caballeros muy foscos y antipáticos, y mortificaban con exceso a los nuestros, exagerando su propia autoridad y poniendo reparos a todo con suma impertinencia. Esto parecía disgustar mucho a la tripulación prisionera, especialmente a la marinería, y hasta me pareció advertir murmullos alarmantes, que no habrían sido muy tranquilizadores para los ingleses si éstos los hubieran oído.

Por lo demás, no quiero referir incidentes de la navegación de aquella noche, si puede llamarse navegación el vagar a la ventura, a merced de las olas, sin velamen ni timón. No quiero, pues, fastidiar a mis lectores repitiendo hechos que ya presenciamos a bordo del *Trinidad*, y paso a contarles otros enteramente nuevos y que sorprenderán a ustedes tanto como me sorprendieron a mí.

---

[124] José de Gardoqui (m. 1810). Comandante del *Santa Ana* y ayudante del vicealmirante Álava (cfr. nota 19). Gravemente herido en el combate, su barco fue apresado por los ingleses, pero una sublevación de los prisioneros consiguió liberarlo (cfr. nota 128).

Yo había perdido mi afición a andar por el combés y alcázar de proa, y así, desde que me encontré a bordo del *Santa Ana,* me refugié con mi amo en la cámara, donde pude descansar un poco y alimentarme, pues de ambas cosas estaba muy necesitado. Había allí, sin embargo, muchos heridos a quienes era preciso curar, y esta ocupación, muy grata para mí, no me permitió todo el reposo que mi agobiado cuerpo exigía. Hallábame ocupado en poner a don Alonso una venda en el brazo, cuando sentí que apoyaban una mano en mi hombro; me volví y encaré con un joven alto, embozado en luengo capote azul, y al pronto, como suele suceder, no le reconocí; mas contemplándole con atención por espacio de algunos segundos, lancé una exclamación de asombro: era el joven don Rafael Malespina, novio de mi amita.

Abrazóle don Alonso con mucho cariño, y él se sentó a nuestro lado. Estaba herido en una mano, y tan pálido por la fatiga y la pérdida de la sangre, que la demacración le desfiguraba completamente el rostro. Su presencia produjo en mi espíritu sensaciones muy raras, y he de confesarlas todas, aunque alguna de ellas me haga poco favor. Al punto experimenté cierta alegría viendo a una persona conocida que había salido ilesa del horroroso luchar; un instante después el odio antiguo que aquel sujeto me inspiraba se despertó en mi pecho como dolor adormecido que vuelve a mortificarnos tras un periodo de alivio. Con vergüenza lo confieso: sentí cierta pena de verle sano y salvo; pero diré también en descargo mío que aquella pena fue una sensación momentánea y fugaz como un relámpago, verdadero relámpago negro que oscureció mi alma, o mejor dicho, leve eclipse de la luz de mi conciencia, que no tardó en brillar con esplendorosa claridad.

La parte perversa de mi individuo me dominó un instante; en un instante también supe acallarla, acorralándola en el fondo de mi ser. ¿Podrán todos decir lo mismo?

Después de este combate moral vi a Malespina con

gozo porque estaba vivo, y con lástima porque estaba herido; y aún recuerdo con orgullo que hice esfuerzos para demostrarle estos dos sentimientos. ¡Pobre amita mía! ¡Cuán grande había de ser su angustia en aquellos momentos! Mi corazón concluía siempre por llenarse de bondad; yo hubiera corrido a Vejer para decirle:

—Señorita, doña Rosa, vuestro don Rafael está bueno y sano.

El pobre Malespina había sido transportado al *Santa Ana* desde el *Nepomuceno*, navío apresado también, donde era tal el número de heridos que fue preciso, según dijo, repartirlos para que no perecieran todos de abandono. En cuanto suegro y yerno cambiaron los primeros saludos, consagrando algunas palabras a las familias ausentes, la conversación recayó sobre la batalla; mi amo contó lo ocurrido en el *Santísima Trinidad*, y después añadió:

—Pero nadie me dice a punto fijo dónde está Gravina. ¿Ha caído prisionero, o se retiró a Cádiz?

—El general —contestó Malespina— sostuvo un horroroso fuego contra el *Defiance* y el *Revenge*. Le auxiliaron el *Neptune*, francés, y el *San Ildefonso* y el *San Justo*, nuestros; pero las fuerzas de los enemigos se duplicaron con la ayuda del *Dreadnought,* del *Thunderer* y del *Poliphemus,* después de lo cual fue imposible toda resistencia. Hallándose el *Príncipe de Asturias* con todas las jarcias cortadas, sin palos, acribillado a balazos, y habiendo caído herido el general Gravina y su mayor general, Escaño, resolvieron abandonar la lucha, porque toda resistencia era insensata y la batalla estaba perdida. En un resto de arboladura puso Gravina la señal de retirada, y acompañado del *San Justo,* el *San Leandro,* el *Montañés,* el *Indomptable,* el *Neptune* y el *Argonauta,* se dirigió a Cádiz, con la pena de no haber podido rescatar el *San Ildefonso,* que ha quedado en poder de los enemigos.

—Cuénteme usted lo que ha pasado en el *Nepomuceno* —dijo mi amo con el mayor interés—. Aún me cuesta trabajo creer que ha muerto Churruca, y a pesar de que todos lo dan como cosa cierta, yo tengo la creencia de que aquel hombre divino ha de estar vivo en alguna parte.

Malespina dijo que, desgraciadamente, él había presenciado la muerte de Churruca, y prometió contarlo puntualmente. Formaron corro en torno suyo algunos oficiales, y yo, más curioso que ellos, me volví todo oídos para no perder una sílaba.

—Desde que salimos de Cádiz —dijo Malespina—, Churruca tenía el presentimiento de este gran desastre. El había opinado contra la salida, porque conocía la inferioridad de nuestras fuerzas, y además confiaba poco en la inteligencia del jefe Villeneuve. Todos sus pronósticos han salido ciertos; todos, hasta el de su muerte, pues es indudable que la presentía, seguro como estaba de no alcanzar la victoria. El diecinueve dijo a su cuñado Apodaca[125]: «Antes que rendir mi navío, lo he de volar o echar a pique. Este es el deber de los que sirven al Rey y a la patria.» El mismo día escribió a un amigo suyo, diciéndole: «Si llegas a saber que mi navío ha sido hecho prisionero, di que he muerto.» Ya se conocía en la grave tristeza de su semblante que preveía un desastroso resultado. Yo creo que esta certeza y la imposibilidad material de evitarlo, sintiéndose con fuerzas para ello, perturbaron profundamente su alma, capaz de las grandes acciones, así como de los grandes pensamientos. Churruca era hombre religioso, porque era un hombre superior. El veintiuno, a las once de la mañana, mandó subir toda la tropa y marinería; hizo que se pusieran de rodillas, y dijo al capellán con solemne acento: «Cumpla usted, padre, con su ministerio, y absuelva a esos valientes que ignoran lo que les espera en el combate.» Concluida la ceremonia religiosa, les mandó ponerse en pie, y hablando en tono persuasivo y firme, exclamó:

---

[125] Juan Ruiz de Apodaca (1754-1835). Con su cuñado Churruca (cfr. nota 13), a bordo del *San Juan Nepomuceno*. Llegó a ser Capitán General de Cuba y Nueva España, virrey de Navarra y Capitán General de la Armada. Conde de Venadito.

«¡Hijos míos: en nombre de Dios, prometo la bienaventuranza al que muera cumpliendo con sus deberes! Si alguno faltase a ellos, le haré fusilar inmediatamente, y si escapase a mis miradas o a las de los valientes oficiales que tengo el honor de mandar, sus remordimientos le seguirán, mientras arrastre el resto de sus días, miserable y desgraciado.» Esta arenga, tan elocuente como sencilla, que hermanaba el cumplimiento del deber militar con la idea religiosa, causó entusiasmo en toda la dotación del *Nepomuceno*. ¡Qué lástima de valor! Todo se perdió como un tesoro que cae al fondo del mar. Avistados los ingleses, Churruca vio con el mayor desagrado las primeras maniobras dispuestas por Villeneuve, y cuando éste hizo señales de que la escuadra virase en redondo, lo cual, como todos saben, desconcertó el orden de batalla, manifestó a su segundo que ya consideraba perdida la acción con tan torpe estrategia. Desde luego comprendió el aventurado plan de Nelson, que consistía en cortar nuestra línea por el centro y retaguardia, envolviendo la escuadra combinada y batiendo parcialmente sus buques, en tal disposición, que éstos no pudieran prestarse auxilio. El *Nepomuceno* vino a quedar al extremo de la línea. Rompióse el fuego entre el *Santa Ana* y *Royal Sovereign,* y sucesivamente todos los navíos fueron entrando en el combate. Cinco navíos ingleses de la división de Collingwood se dirigieron contra el *San Juan;* pero dos de ellos siguieron adelante, y Churruca no tuvo que hacer frente más que a fuerzas triples. Nos sostuvimos enérgicamente contra tan superiores enemigos hasta las dos de la tarde, sufriendo mucho; pero devolviendo doble estrago a nuestros contrarios. El grande espíritu de nuestro heroico jefe parecía haberse comunicado a soldados y marineros, y las maniobras, así como los disparos, se hacían con una prontitud pasmosa. La gente de leva se había educado en el heroísmo, sin más que dos horas de aprendizaje, y nuestro navío, por su defensa gloriosa, no sólo era el terror, sino el asombro de los ingleses. Estos necesitaron nuevos refuerzos: necesitaron seis contra uno. Volvieron los dos navíos que nos habían atacado primero, y el *Dreadnought* se puso al costado del *San Juan* para batirnos a medio tiro de pistola. Figúrense ustedes el fuego de estos seis colosos, vomitando balas y metralla sobre un buque de 74 cañones. Parecía que nuestro navío se agrandaba, creciendo en tamaño, conforme crecía el arrojo de sus defensores. Las proporciones gigantescas que tomaban las almas parecía que las tomaban también los cuerpos; y al ver cómo infundíamos pavor a fuerzas seis veces superiores, nos creíamos algo más que hombres. Entre tanto, Churruca, que era nuestro pensamiento, dirigía la acción con serenidad asombrosa. Comprendiendo que la destreza había de suplir a la fuerza, economizaba los tiros y lo fiaba todo a la buena puntería, consiguiendo así que cada bala hiciera un estrago positivo en los enemigos. A todo atendía, todo lo disponía, y la metralla y las balas corrían sobre su cabeza, sin que ni una sola vez se inmutara. Aquel hombre, débil y enfermizo, cuyo hermoso y triste semblante no parecía nacido para arrostrar escenas tan espantosas, nos infundía a todos misterioso ardor sólo con el rayo de su mirada. Pero Dios no quiso que saliera vivo de la terrible porfía. Viendo que no era posible hostilizàr a un navío que por la proa molestaba al *San Juan* impunemente, fue él mismo a apuntar el cañón, y logró desarbolar al contrario. Volvía al alcázar de popa, cuando una bala de cañón le alcanzó en la pierna derecha, con tal acierto, que casi se la desprendió del modo más doloroso por la parte alta del muslo. Corrimos a sostenerlo, y el héroe cayó en mis brazos. ¡Qué terrible momento! Aún me parece que siento bajo mi mano el violento palpitar de un corazón que hasta en aquel instante terrible no latía sino por la patria. Su decaimiento físico fue rapidísimo: le vi esforzándose por erguir la cabeza, que se le inclinaba sobre el pecho; le vi tratando de reanimar con una sonrisa su semblante, cubierto ya de mortal palidez, mientras con voz apenas alterada exclamó: «Esto no es nada. Siga el fuego.» Su espíritu se rebelaba contra la muerte, disimulando el fuerte dolor de un cuerpo mutilado, cuyas postreras palpitaciones se extinguían de segundo en segundo. Tratamos de bajarle a la cámara; pero no fue posible arrancarle del alcázar. Al fin, cediendo a nuestros ruegos, comprendió que era preciso abandonar el mando. Llamó a Moyna[126], su segundo, y le dijeron que había muerto; llamó al comandante de la primera batería, y éste, aunque gravemente herido, subió al alcázar y tomó posesión del mando. Desde aquel momento la tripulación se achicó: de gigante se convirtió en enano; desapareció el valor, y comprendimos que era indispensable rendirse. La consternación de que yo estaba poseído desde que recibí en mis brazos al héroe del *San Juan* no me impidió observar el terrible efecto causado en los ánimos de todos por aquella desgracia. Como si una repentina parálisis moral y física hubiera invadido la tripulación, así se quedaron todos helados y mudos, sin que el dolor ocasionado por la pérdida de hombre tan querido diera lugar al bochorno de la rendición. La mitad de la gente estaba muerta o herida; la mayor parte de los cañones, desmontados; la arboladura, excepto el palo de trinquete, había caído, y el timón no funcionaba. En tan lamentable estado, aún se quiso hacer un esfuerzo para seguir al *Príncipe de Asturias,* que había izado la señal de retirada; pero el *Nepomuceno,* herido de muerte, no pudo gobernar en dirección alguna. Y a pesar de la ruina y destrozo del buque; a pesar del desmayo de la tripulación; a pesar de concurrir en nuestro daño circunstancias tan desfavorables, ninguno de los seis navíos ingleses se atrevió a intentar un abordaje. Temían a nuestro navío, aun después de vencerlo. Churruca, en el paroxismo de su agonía, mandaba clavar la bandera, y que no se rindiera el navío mientras él viviese. El plazo no podía menos de ser desgraciadamente muy corto, porque Churruca se moría

---

[126] El capitán Moyna, segundo de Churruca (cfr. nota 13) en el *San Juan Nepomuceno,* donde también muere.

a toda prisa, y cuantos le asistíamos nos asombrábamos de que alentara todavía un cuerpo en tal estado; y era que le conservaba así la fuerza del espíritu, apegado con irresistible empeño a la vida, porque para él en aquella ocasión vivir era un deber. No perdió el conocimiento hasta los últimos instantes; no se quejó de sus dolores, ni mostró pesar por su fin cercano; antes bien, todo su empeño consistía sobre todo en que la oficialidad no conociera la gravedad de su estado y en que ninguno faltase a su deber. Dio las gracias a la tripulación por su heroico comportamiento; dirigió algunas palabras a su cuñado Ruiz de Apodaca, y después de consagrar un recuerdo a su joven esposa, y de elevar el pensamiento a Dios, cuyo nombre oímos pronunciado varias veces tenuemente por sus secos labios, expiró con la tranquilidad de los justos y la entereza de los héroes, sin la satisfacción de la victoria, pero también sin el resentimiento del vencido, asociando el deber a la dignidad y haciendo de la disciplina una religión; firme como militar, sereno como hombre, sin pronunciar una queja ni acusar a nadie, con tanta dignidad en la muerte como en la vida. Nosotros contemplábamos su cadáver, aún caliente, y nos parecía mentira; creíamos que había de despertar para mandarnos de nuevo, y tuvimos para llorarle menos entereza que él para morir, pues al expirar se llevó todo el valor, todo el entusiasmo que nos había infundido. Rindióse el *San Juan,* y cuando subieron a bordo los oficiales de las seis naves que lo habían destrozado, cada uno pretendía para sí el honor de recibir la espada del brigadier muerto. Todos decían: «Se ha rendido a mi navío», y por un instante disputaron reclamando el honor de la victoria para uno u otro de los buques a que pertenecían. Quisieron que el comandante accidental del *San Juan* decidiera la cuestión, diciendo a cuál de los navíos ingleses se había rendido, y aquél respondió: «A todos, que a uno solo jamás se hubiera rendido el *San Juan.*» Ante el cadáver del malogrado Churruca, los ingleses, que le conocían por la fama de su valor y entendimiento, mostraron gran pena, y uno de ellos dijo esto o cosa parecida: «Varones ilustres como éste no debían estar expuestos a los azares de un combate, y sí conservados para los progresos de la ciencia de la navegación.» Luego dispusieron que las exequias se hicieran formando la tropa y marinería inglesa al lado de la española, y en todos sus actos se mostraron caballeros, magnánimos y generosos. El número de heridos a bordo del *San Juan* era tan considerable, que nos transportaron a otros barcos suyos o prisioneros. A mí me tocó pasar a éste, que ha sido de los más maltratados; pero ellos cuentan poderlo remolcar a Gibraltar antes que ningún otro, ya que no pueden llevarse al *Trinidad,* el mayor y el más apetecido de nuestros navíos.

Aquí terminó Malespina, el cual fue oído con viva atención durante el relato de lo que había presenciado. Por lo que oí, pude comprender que a bordo de cada navío había ocurrido una tragedia tan espantosa como la que yo mismo había presenciado, y dije para mí:

—¡Cuánto desastre, Santo Dios, causado por las torpezas de un solo hombre![127]

Y aunque yo era entonces un chiquillo, recuerdo que pensé lo siguiente:

—Un hombre tonto no es capaz de hacer en ningún momento de su vida los disparates que hacen a veces las naciones dirigidas por centenares de hombres de talento.

XIV

Buena parte de la noche se pasó con la relación de Malespina y de otros oficiales. El interés de aquellas narraciones me mantuvo despierto y tan excitado, que ni aun mucho después pude conciliar el sueño. No podía apartar de mi memoria la imagen de Churruca, tal y como le vi, bueno y sano, en casa de doña Flora. Y

---

[127] Alusión a la ineptitud de Villeneuve (cfr. nota 48).

en efecto, en aquella ocasión me había causado sorpresa la intensa tristeza que expresaba el semblante del ilustre marino, como si presagiara su doloroso y cercano fin. Aquella noble vida se había extinguido a los cuarenta y cuatro años de edad, después de veintinueve de honrosos servicios en la armada como sabio, como militar y como navegante, pues todo lo era Churruca, además de perfecto caballero.

En estas y otras cosas pensaba yo, cuando al fin mi cuerpo se rindió a la fatiga, y me quedé dormido al amanecer del 23, habiendo vencido mi naturaleza juvenil a mi curiosidad. Durante el sueño, que debió de ser largo y no tranquilo, antes bien, agitado por las imágenes y pesadillas propias de la excitación de mi cerebro, sentía el estruendo de los cañonazos, las voces de la batalla, el ruido de las agitadas olas. Al mismo tiempo soñaba que yo disparaba las piezas, que subía a la arboladura, que recorría las baterías alentando a los artilleros, y hasta que mandaba la maniobra en el alcázar de popa como un almirante. Excuso decir que en aquel reñido combate, forjado dentro de mi propio cerebro, derroté a todos los ingleses habidos y por haber con más facilidad que si sus barcos fueran de cartón y de miga de pan sus balas. Yo tenía bajo mi insignia como unos mil navíos, mayores todos que el *Trinidad,* y se movían a mi antojo con tanta precisión como los juguetes con que mis amigos y yo nos divertíamos en los charcos de la Caleta.

Mas, al fin, todas estas glorias se desvanecieron; lo cual, siendo como eran puramente soñadas, nada tiene de extraño, cuando vemos que también las reales se desvanecen. Todo se acabó cuando abrí los ojos y advertí mi pequeñez asociada con la magnitud de los desastres a que había asistido. Pero, ¡cosa singular!, despierto, sentí también cañonazos; sentí el espantoso rumor de la refriega y gritos que anunciaban una gran actividad en la tripulación. Creí soñar todavía; me incorporé en el canapé donde había dormido, atendí con todo cuidado, y, en efecto, un atronador grito de *¡viva el*

Rey! hirió mis oídos, no dejándome duda de que el navío *Santa Ana* se estaba batiendo de nuevo.

Salí fuera, y pude hacerme cargo de la situación. El tiempo había calmado bastante; por barlovento se veían algunos navíos desmantelados, y dos de ellos, ingleses, hacían fuego sobre el *Santa Ana,* que se defendía al amparo de otros dos, un español y un francés. No me explicaba aquel cambio repentino en nuestra situación de prisioneros; miré a popa, y vi nuestra bandera flotando en lugar de la inglesa. ¿Qué había pasado o, mejor, qué pasaba?

En el alcázar de popa estaba uno que comprendí era el general Álava, y, aunque herido en varias partes de su cuerpo, mostraba fuerzas bastantes para dirigir aquel segundo combate, destinado quizá a hacer olvidar respecto al *Santa Ana* las desventuras del primero. Los oficiales alentaban a la marinería; ésta cargaba y disparaba las piezas que habían quedado servibles, mientras algunos se ocupaban en custodiar, teniéndoles a raya, a los ingleses, que habían sido desarmados y acorralados en el primer entrepuente. Los oficiales de esta nación, que antes eran nuestros guardianes, se habían convertido en prisioneros.

Todo lo comprendí. El heroico comandante del *Santa Ana,* don Ignacio M. de Álava, viendo que se aproximaban algunos navíos españoles, salidos de Cádiz, con objeto de represar los buques prisioneros y salvar la tripulación de los próximos a naufragar, se dirigió con lenguaje patriótico a su abatida tripulación. Esta respondió a la voz de su jefe con un supremo esfuerzo; obligaron a rendirse a los ingleses que custodiaban el barco; enarbolaron de nuevo la bandera española, y el *Santa Ana* quedó libre, aunque comprometido en nueva lucha, más peligrosa quizá que la primera[128].

Este singular atrevimiento, uno de los episodios más

---

[128] Sobre la sublevación de los prisioneros del *Santa Ana,* cfr. Vázquez Arjona, «Cotejo histórico...», págs. 363-364, y notas 19 y 124.

honrosos de la jornada de Trafalgar, se llevó a cabo en un buque desarbolado, sin timón, con la mitad de su gente muerta o herida y el resto en una situación moral y física enteramente lamentable. Preciso fue, una vez consumado aquel acto, arrostrar sus consecuencias: dos navíos ingleses, también muy mal parados, hacían fuego sobre el *Santa Ana;* pero éste era socorrido oportunamente por el *Asís,* el *Montañés* y el *Rayo,* tres de los que se retiraron con Gravina el día 21, y que habían vuelto a salir para rescatar a los apresados. Aquellos nobles inválidos trabaron nueva y desesperada lucha, quizá con más coraje que la primera, porque las heridas no restañadas avivan la furia en el alma de los combatientes, y éstos parece que riñen con más ardor, porque tienen menos vida que perder.

Las peripecias todas del terrible día 21 se renovaron a mis ojos: el entusiasmo era grande, pero la gente escasa, por lo cual fue preciso duplicar el esfuerzo. Sensible es que hecho tan heroico no haya ocupado en nuestra historia más que una breve página, si bien es verdad que junto al gran suceso que hoy se conoce con el nombre de *Combate de Trafalgar,* estos episodios se achican y casi desaparecen como débiles resplandores en una horrenda noche.

Entonces presencié un hecho que me hizo derramar lágrimas. No encontrando a mi amo por ninguna parte, y temiendo que corriera algún peligro, bajé a la primera batería y le hallé ocupado en apuntar un cañón. Su mano trémula había recogido el botafuego de las de un marinero herido, y con la debilitada vista de su ojo derecho, buscaba el infeliz el punto adonde quería mandar la bala. Cuando la pieza se disparó, se volvió hacia mí, trémulo de gozo, y con voz que apenas pude entender, me dijo:

—¡Ah! Ahora Paca no se reirá de mí. Entraremos triunfantes en Cádiz.

En resumen, la lucha terminó felizmente, porque los ingleses comprendieron la imposibilidad de represar al *Santa Ana,* a quien favorecían, a más de los tres navíos indicados, otros dos franceses y una fragata, que llegaron en lo más recio de la pelea.

Estábamos libres de la manera más gloriosa; pero en el punto en que concluyó aquella hazaña comenzó a verse claro el peligro en que nos encontrábamos, pues el *Santa Ana* debía ser remolcado hasta Cádiz, a causa del mal estado de su casco. La fragata francesa *Themis* echó un cable y puso la proa al Norte; pero ¿qué fuerza podía tener aquel barco para remolcar otro tan pesado como el *Santa Ana,* y que sólo podía ayudarse con las velas desgarradas que quedaban en el palo del trinquete? Los navíos que nos habían rescatado, esto es, el *Rayo,* el *Montañés* y el *San Francisco de Asís,* quisieron llevar más adelante su proeza, y forzaron de vela para rescatar también al *San Juan* y al *Bahama,* que iban marinados por los ingleses. Nos quedamos, pues, solos, sin más amparo que el de la fragata que nos arrastraba, niño que conducía a un gigante. ¿Qué sería de nosotros si los ingleses, como era de suponer, se reponían de su descalabro y volvían con nuevos refuerzos a perseguirnos? En tanto, parece que la Providencia nos favorecía, pues el viento, propicio a la marcha que llevábamos, impulsaba a nuestra fragata, y tras ella, conducido amorosamente, el navío se acercaba a Cádiz.

Cinco leguas nos separaban del puerto.

¡Qué indecible satisfacción! Pronto concluirían nuestras penas; pronto pondríamos el pie en suelo seguro, y si llevábamos la noticia de grandes desastres, también llevábamos la felicidad a muchos corazones que padecían mortal angustia, creyendo perdidos para siempre a los que volvían con vida y con salud.

La intrepidez de los navíos españoles no tuvo más éxito que el rescate del *Santa Ana,* pues les cargó el tiempo y tuvieron que retroceder sin poder dar caza a los navíos ingleses que custodiaban al *San Juan,* al *Bahama* y al *San Ildefonso.* Aún distábamos cuatro leguas del término de nuestro viaje cuando los vimos retroceder. El vendaval había arreciado, y fue opinión general a bordo del *Santa Ana* que si tardábamos en llegar pasaríamos muy mal rato. Nuevos y más terribles apuros. Otra vez la esperanza perdida a la vista del puerto y cuando unos cuantos pasos más sobre el terrible elemento nos habrían puesto en completa seguridad dentro de la bahía.

A todas éstas se venía la noche encima con malísimo aspecto: el cielo, cargado de nubes negras, parecía haberse aplanado sobre el mar, y las exhalaciones eléctricas, que lo inflamaban con breves intervalos, daban al crepúsculo un tinte pavoroso. La mar, cada vez más turbulenta, furia aún no aplacada con tanta víctima, bramaba con ira, y su insaciable voracidad pedía mayor número de presas. Los despojos de la más numerosa escuadra que por aquel tiempo había desafiado su furor juntamente con el de los enemigos, no se escapaban a la cólera del elemento, irritado como un dios antiguo, sin compasión hasta el último instante, tan cruel ante la fortuna como ante la desdicha.

Yo observé señales de profunda tristeza lo mismo en el semblante de mi amo que en el del general Álava, quien, a pesar de sus heridas, estaba en todo, y mandaba hacer señales a la fragata *Themis* para que acelerase su marcha si era posible. Lejos de corresponder a su justa impaciencia, nuestra remolcadora se preparaba a tomar rizos y a cargar muchas de sus velas para aguantar mejor el furioso levante. Yo participé de la general tristeza, y en mis adentros consideraba cuán fácilmente se burla el destino de nuestras previsiones mejor fundadas y con cuánta rapidez se pasa de la mayor suerte a la última desgracia. Pero allí estábamos sobre el mar, emblema majestuoso de la humana vida. Un poco de viento le transforma; la ola mansa que golpea el buque con blando azote se trueca en montaña líquida que le quebranta y le sacude; el grato sonido que forman durante la bonanza las leves ondulaciones del agua, es luego una voz que se enronquece y grita, injuriando a la frágil embarcación; y ésta, despeñada, se sumerge sintiendo que le falta el sostén de su quilla, para levantarse luego lanzada hacia arriba por la ola que sube. Un día sereno trae espantosa noche, o, por el contrario, una luna que hermosea el espacio y serena el espíritu suele preceder a un sol terrible, ante cuya claridad la Naturaleza se descompone con formidable trastorno.

Nosotros experimentábamos la desdicha de estas alternativas, y además la que proviene de las propias obras del hombre. Tras un combate habíamos sufrido un naufragio; salvados de éste, nos vimos nuevamente empeñados en una lucha, que fue afortunada, y luego, cuando nos creímos al fin de tantas penas, cuando saludábamos a Cádiz llenos de alegría, nos vimos de nuevo en poder de la tempestad, que hacia fuera nos atraía, ansiosa de rematarnos. Esta serie de desventuras parecía absurda, ¿no es verdad? Era como la cruel aberración de una divinidad empeñada en causar todo el mal posible a seres extraviados...; pero no: era la lógica del mar, unida a la lógica de la guerra. Asociados estos dos elementos terribles, ¿no es un imbécil el que se asombre de verles engendrar las mayores desventuras?

Una nueva circunstancia aumentó para mí y para mi amo las tristezas de aquella tarde. Desde que se rescató el *Santa Ana* no habíamos visto al joven Malespina. Por último, después de buscarle mucho, le encontré acurrucado en uno de los canapés de la cámara.

Acerquéme a él y le vi muy demudado; le interrogué y no pudo contestarme. Quiso levantarse y volvió a caer sin aliento.

—¡Está usted herido! —dije—. Llamaré para que le curen.

—No es nada —contestó—. ¿Querrás traerme un poco de agua?

Al punto llamé a mi amo.

—¿Qué es eso? ¿La herida de la mano? —preguntó éste examinando al joven.

—No; es algo más —repuso don Rafael con tristeza, y señaló a su costado derecho, cerca de la cintura.

Luego, como si el esfuerzo empleado en mostrar su herida y en decir aquellas pocas palabras fuera excesivo para su naturaleza debilitada, cerró los ojos y quedó sin habla ni movimiento por algún tiempo.

—¡Oh! Esto parece grave —dijo don Alonso con desaliento.

—¡Y más que grave! —añadió un cirujano que había acudido a examinarle.

Malespina, poseído de profunda tristeza al verse en tal estado, y creyendo que no había remedio para él, ni siquiera dio cuenta de su herida y se retiró a aquel sitio, donde le detuvieron sus pensamientos y sus recuerdos. Creyéndose próximo a morir, se negaba a que se le hiciera la cura. El cirujano dijo que, aunque grave, la herida no parecía mortal; pero añadió que si no llegábamos a Cádiz aquella noche, para que fuese convenientemente asistido en tierra, la vida de aquél, así como la de otros heridos, corría gran peligro. El *Santa Ana* había tenido en el combate del 21 noventa y siete muertos y ciento cuarenta heridos; se habían agotado los recursos de la enfermería, y algunos medicamentos indispensables faltaban por completo. La desgracia de Malespina no fue la única después del rescate, y Dios quiso que otra persona para mí muy querida sufriese igual suerte. Marcial cayó herido, si bien en los primeros instantes apenas sintió dolor y abatimiento, porque su vigoroso espíritu le sostenía. No tardó, sin embargo, en bajar al sollado, diciendo que se sentía muy mal. Mi amo envió al cirujano para que le asistiese, y éste se limitó a decir que la herida no habría tenido importancia alguna en un joven de veinticuatro años: *Medio-hombre* tenía más de sesenta.

En tanto, el navío *Rayo* pasaba por babor y al habla. Álava mandó que se le preguntase a la fragata *Themis* si creía poder entrar en Cádiz, y habiendo contestado rotundamente que no, se hizo igual pregunta al *Rayo,* que hallándose casi ileso, contaba con arribar seguramente al puerto. Entonces, reunidos varios oficiales, acordaron trasladar a aquel navío al comandante Gardoqui, gravemente herido, y a otros muchos oficiales de mar y tierra, entre los cuales se contaba el novio de mi amita. Don Alonso consiguió que Marcial fuese también trasladado, en atención a que su mucha edad le agravaba considerablemente, y a mí me hizo el encargo de acompañarles como paje o enfermero, ordenándome que no me apartase ni un instante de su lado, hasta que les dejase en Cádiz o en Vejer, en poder de su familia. Me dispuse a obedecer, intenté persuadir a mi amo de que él también debía transbordarse al *Rayo* por ser más seguro; pero ni siquiera quiso oír tal proposición.

—La suerte —dijo— me ha traído a este buque, y en él estaré hasta que Dios decida si nos salvamos o no. Álava está muy mal; la mayor parte de la oficialidad se halla herida, y aquí puedo prestar algunos servicios. No soy de los que abandonan el peligro; al contrario, le busco desde el veintiuno, y deseo encontrar ocasión de que mi presencia en la escuadra sea de provecho. Si llegas antes que yo, como espero, di a Paca que el buen marino es esclavo de su patria, y que yo he hecho muy bien en venir aquí, y que estoy muy contento de haber venido, y que no me pesa, no, señor, no me pesa...; al contrario... Dile que se alegrará cuando me vea, y que de seguro mis compañeros me habrían echado de menos si no hubiera venido... ¿Cómo había de faltar? ¿No te parece a ti que hice bien en venir?

—Pues es claro; ¿eso qué duda tiene? —respondí, procurando calmar su agitación, la cual era tan grande, que no le dejaba ver la inconveniencia de consultar con un mísero paje cuestión tan grave.

—Veo que tú eres una persona razonable —añadió, sintiéndose consolado con mi aprobación—. Veo que tienes miras elevadas y patrióticas... Pero Paca no ve las cosas más que por el lado de su egoísmo; y como tiene un genio tan raro y como se le ha metido en la cabeza que las escuadras y los cañones no sirven para nada, no puede comprender que yo... En fin..., sé que se pondrá furiosa cuando vuelva, pues... como no hemos ganado, dirá esto y lo otro..., me volverá loco..., pero ¡quia!..., yo no le haré caso. ¿Qué te parece a ti? ¿No es verdad que no debo hacerle caso?

—Ya lo creo —contesté—. Usía ha hecho muy bien en venir; eso prueba que es un valiente marino.

—Pues vete con esas razones a Paca, y verás lo que te

contesta —replicó él cada vez más agitado—. En fin, dile que estoy bueno y sano y que mi presencia aquí ha sido muy necesaria. La verdad es que en el rescate del *Santa Ana* he tomado parte muy principal. Si yo no hubiera apuntado tan bien aquellos cañones, ¡quién sabe, quién sabe!... ¿Y qué crees tú? Aún puede que haga algo más; aún puede ser que si el viento nos es favorable, rescatemos mañana un par de navíos... Sí, señor... Aquí estoy meditando cierto plan... Veremos, veremos... Conque, adiós, Gabrielillo. Cuidado con lo que le dices a Paca.

—No, no me olvidaré. Ya sabrá que si no es por usía no se represa el *Santa Ana,* y sabrá también que puede ser que a lo mejor nos traiga a Cádiz dos docenas de navíos.

—Dos docenas, no, hombre —dijo—; eso es mucho. Dos navíos o quizá tres. En fin, yo creo que he hecho muy bien en venir a la escuadra. Ella estará furiosa y me volverá loco cuando regrese; pero... yo creo, lo repito, que he hecho muy bien en embarcarme.

Dicho esto se apartó de mí. Un instante después le vi sentado en un rincón de la cámara. Estaba rezando, y movía las cuentas del rosario con mucho disimulo, porque no quería que le vieran ocupado en tan devoto ejercicio. Yo presumí por sus últimas palabras que mi amo había perdido el seso, y viéndole rezar me hice cargo de la debilidad de su espíritu, que en vano se había esforzado por sobreponerse a la edad cansada, y no pudiendo sostener la lucha, se dirigía a Dios en busca de misericordia. Doña Francisca tenía razón. Mi amo, desde hace muchos años, no servía más que para rezar.

Conforme a lo acordado nos transbordamos. Don Rafael y Marcial, como los demás oficiales heridos, fueron bajados en brazos a una de las lanchas, con mucho trabajo, por robustos marineros. Las fuertes olas estorbaban mucho esta operación; pero, al fin, se hizo, y las dos embarcaciones se dirigieron al *Rayo.* La travesía de un navío a otro fue malísima; mas, al fin, aunque hubo momentos en que a mí me parecía que la embarcación iba a desaparecer para siempre, llegamos al costado del *Rayo,* y con muchísimo trabajo subimos la escala.

XV

—Hemos salido de Guatemala para entrar en Guatepeor —dijo Marcial cuando le pusieron sobre cubierta—. Pero donde manda capitán no manda marinero. A este condenado le pusieron *Rayo* por mal hombre. Él dice que entrará en Cádiz antes de medianoche, y yo digo que no entra. Veremos a ver.

—¿Qué dice usted, Marcial; que no llegaremos? —pregunté con mucho afán.

—Usted, señor Gabrielito, no entiende de esto.

—Es que cuando mi señor don Alonso y los oficiales del *Santa Ana* creen que el *Rayo* entrará esta noche, por fuerza tiene que entrar. Ellos que lo dicen, bien sabido se lo tendrán.

—Y tú no sabes, *sardiniya,* que esos señores de popa se *candilean* (se equivocan) más fácilmente que nosotros los marinos de combés. Si no, ahí tienes al jefe de toda la escuadra, *Monsieur Corneta,* que cargue el diablo con él. Ya ves cómo no ha tenido ni tanto así *de idea* para mandar la acción. ¿Piensas tú que si *Monsieur Corneta* hubiera hecho lo que yo decía se hubiera perdido la batalla?

—¿Y usted cree que no llegaremos a Cádiz?

—Digo que este navío es más pesado que el mismo plomo, y además traicionero. Tiene mala andadura, gobierna mal y parece que está cojo, tuerto y manco, como yo, pues si le echan la caña para aquí, él va para allí.

En efecto: el *Rayo,* según opinión general, era un barco de malísimas condiciones marineras. Pero, a pesar de esto y de su avanzada edad, que frisaba en los cincuenta y seis años, como se hallaba en buen estado, no parecía correr peligro alguno, pues si el vendaval era cada vez mayor, también el puerto estaba cerca. De todos modos, ¿no era lógico suponer que mayor peligro corría el *Santa Ana,* desarbolado, sin timón y obligado a marchar a remolque de una fragata?

Marcial fue puesto en el sollado, y Malespina en la cámara. Cuando le dejamos allí con los demás oficiales heridos, escuché una voz, que reconocí, aunque al punto no pude darme cuenta de la persona a quien pertenecía. Acerquéme al grupo de donde salía aquella charla retumbante, que dominaba las demás voces, y quedé asombrado, reconociendo al mismo don José María Malespina en persona. Corrí a él para decirle que estaba su hijo, y el buen padre suspendió la sarta de mentiras que estaba contando para acudir al lado del joven herido. Grande fue su alegría encontrándole vivo, pues había salido de Cádiz porque la impaciencia le devoraba, y quería saber su paradero a todo trance.

—Eso que tienes no es nada —dijo, abrazando a su hijo—: un simple rasguño. Tú no estás acostumbrado a sentir heridas; eres una dama, Rafael. ¡Oh! Si cuando la guerra del Rosellón hubieras estado en edad de ir allá conmigo, habrías visto lo bueno. Aquéllas sí eran heridas. Ya sabes que una bala me entró por el antebrazo, subió hacia el hombro, dio la vuelta por toda la espalda, y vino a salir por la cintura. ¡Oh qué herida tan singular!; pero a los tres días estaba sano, mandando la artillería en el ataque de Bellegarde[129].

Después explicó el motivo de su presencia a bordo del *Rayo* de este modo:

—El veintiuno por la noche supimos en Cádiz el éxito del combate. Lo dicho, señores: no se quiso hacer caso de mí cuando hablé de las reformas de la artillería, y aquí tienen los resultados. Pues bien: en cuanto lo supe y me enteré de que había llegado en retirada Gravina con unos cuantos navíos, fui a ver si entre ellos venía el

---

[129] Plaza francesa del Rosellón, expugnada por los españoles durante dicha campaña. Cfr. notas 72-77 y 131.

San Juan, donde estabas tú; pero me dijeron que había sido apresado. No puedo pintar a ustedes mi ansiedad: casi no me quedaba duda de tu muerte, mayormente desde que supe el gran número de bajas ocurridas en tu navío. Pero yo soy hombre que llevo las cosas hasta el fin, y sabiendo que se había dispuesto la salida de algunos navíos con objeto de recoger los desmantelados y rescatar los prisioneros, determiné salir pronto de dudas, embarcándome en uno de ellos. Expuse mi pretensión a Solano[130], y después al mayor general de la escuadra, mi antiguo amigo Escaño, y no sin escrúpulo me dejaron venir. A bordo del *Rayo,* donde me embarqué esta mañana, pregunté por ti, por el *San Juan;* mas nada consolador me dijeron, sino, por el contrario, que Churruca había muerto, y que su navío, después de batirse con gloria, había caído en poder de los enemigos. ¡Figúrate cuál sería mi ansiedad! ¡Qué lejos estaba hoy, cuando rescatamos al *Santa Ana,* de que tú te hallabas en él! A saberlo con certeza, hubiera redoblado mis esfuerzos en las disposiciones que di, con permiso de estos señores, y el navío de Álava habría quedado libre en dos minutos.

Los oficiales que le rodeaban mirábanle con sorna oyendo el último jactancioso concepto de don José María. Por sus risas y cuchicheos comprendí que durante todo el día se habían divertido con los embustes de aquel buen señor, quien no ponía freno a su voluble lengua ni aun en las circunstancias más críticas y dolorosas.

El cirujano dijo que convenía dejar reposar al herido y no sostener en su presencia conversación alguna, sobre todo si ésta se refería al pasado desastre. Don José María, que tal oyó, aseguró que, por el contrario, convenía reanimar el espíritu del enfermo con la conversación.

---

[130] Capitán de fragata; ayudante del *Elcano,* barco que, junto con otros, sale de Cádiz después del combate de Trafalgar para ayudar a los navíos españoles desmantelados.

—En la guerra del Rosellón, los heridos graves (y yo lo estuve varias veces) mandábamos a los soldados que bailasen y tocasen la guitarra en la enfermería, y seguro estoy de que este tratamiento nos curó más pronto que todos los emplastos y botiquines.

—Pues en las guerras de la República francesa[131] —dijo un oficial andaluz que quería confundir a don José María— se estableció que en las ambulancias de los heridos fuese un cuerpo de baile completo y una compañía de ópera, y con esto se ahorraron los médicos y boticarios, pues con un par de arias y dos docenas de trenzados en sexta se quedaban todos como nuevos.

—¡Alto ahí! —exclamó Malespina—. Esa es grilla, caballerito. ¿Cómo puede ser que con música y baile se curen las heridas?

—Usted lo ha dicho.

—Sí; pero eso no ha pasado más que una vez, ni es fácil que vuelva a pasar. ¿Es acaso probable que vuelva a haber una guerra como la del Rosellón, la más sangrienta, la más hábil, la más estratégica que ha visto el mundo desde Epaminondas? Claro es que no; pues allí todo fue extraordinario, y puedo dar fe de ello, que la presencié desde el *introito* hasta el *ite misa est*. A aquella guerra debo mi conocimiento de la artillería. ¿Usted no ha oído hablar de mí? Estoy seguro de que me conocerá de nombre. Pues sepa usted que aquí traigo en la cabeza un proyecto grandioso, y tal que si algún día llega a ser realidad, no volverán a ocurrir desastres como este del veintiuno. Sí, señores —añadió mirando con gravedad y suficiencia a los tres o cuatro oficiales que le oían—: es preciso hacer algo por la patria; urge inventar algo sorprendente, que en un periquete nos devuelva todo lo

---

[131] Guillotinado Luis XVI en enero de 1793, se formó una coalición europea contra Francia, con Inglaterra, Holanda, Austria, Prusia, España..., sin demasiado éxito. Por el contrario, Bélgica fue ocupada por los franceses, y austriacos y prusianos se retiraron al otro lado del Rhin. Para la participación española, cfr. notas 72-77 y 129.

perdido y asegure a nuestra marina la victoria por siempre jamás amén.

—A ver, señor don José María —dijo un oficial—: explíquenos usted cuál es su invento.

—Pues ahora me ocupo del modo de construir cañones de a trescientos.

—¡Hombre, de a trescientos! —exclamaron los oficiales con aspavientos de risa y burla—. Los mayores que tenemos a bordo son de treinta y seis.

—Esos son juguetes de chicos. Figúrese usted el destrozo que harían esas piezas de trescientos disparando sobre la escuadra enemiga —dijo Malespina—. Pero ¿qué demonios es esto? —añadió agarrándose para no rodar por el suelo, pues los balanceos del *Rayo* eran tales que muy difícilmente podía uno tenerse derecho.

—El vendaval arrecia y me parece que esta noche no entramos en Cádiz —dijo un oficial, retirándose.

Quedaron sólo dos, y el mentiroso continuó su perorata en estos términos:

—Lo primero que habría que hacer era construir barcos de noventa y cinco a cien varas de largo.

—¡Caracoles! ¿Sabe usted que la lanchita sería regular? —indicó un oficial—. ¡Cien varas! El *Trinidad,* que santa gloria haya, tenía setenta, y a todos parecía demasiado largo. Ya sabe usted que viraba mal, y que todas las maniobras se hacían en él muy difícilmente.

—Veo que usted se asusta por poca cosa, caballerito —prosiguió Malespina—. ¿Qué son cien varas? Aún podrían construirse barcos mucho mayores. Y he de advertir a ustedes que yo los construiría de hierro.

—¡De hierro! —exclamaron los dos oyentes sin poder contener la risa.

—De hierro, sí. ¿Por ventura no conoce usted la ciencia de la hidrostática? Con arreglo a ella, yo construiría un barco de hierro de siete mil toneladas.

—¡Y el *Trinidad* no tenía más que cuatro mil! —indicó un oficial—, lo cual parecía excesivo. Pero ¿no comprende usted que para mover esa mole sería preciso un aparejo tan colosal que no habría fuerzas humanas capaces de maniobrar en él?

—¡Bicoca!... ¡Oh!, señor marino, ¿y quién le dice a usted que yo sería tan torpe que moviera ese buque por medio del viento? Usted no me conoce. Si supiera usted que tengo aquí una idea... Pero no quiero explicársela a ustedes, porque no me entenderían.

Al llegar a este punto de su charla, don José María dio tal tumbo que se quedó en cuatro pies. Pero ni por esas cerró el pico. Marchóse otro de los oficiales, y quedó sólo uno, el cual tuvo que seguir sosteniendo la conversación.

—¡Qué vaivenes! —continuó diciendo el viejo—. No parece sino que nos vamos a estrellar contra la costa... Pues bien: como dije, yo movería esa gran mole de mi invención por medio del... ¿A que no lo adivina usted?... Por medio del vapor de agua. Para esto se construiría una máquina singular, donde el vapor, comprimido y dilatado, alternativamente, dentro de dos cilindros, pusiera en movimiento unas ruedas.., pues...

El oficial no quiso oír más; y aunque no tenía puesto en el buque ni estaba de servicio, por ser de los recogidos, fue a ayudar a sus compañeros, bastante atareados con el creciente temporal. Malespina se quedó solo conmigo, y entonces creí que iba a callar por no juzgarme persona a propósito para sostener la conversación. Pero mi desgracia quiso que él me tuviera en más de lo que yo valía, y la emprendió conmigo en los siguientes términos:

—¿Usted comprende bien lo que quiero decir? Siete mil toneladas, el vapor, dos ruedas..., pues...

—Sí, señor, comprendo perfectamente —contesté a ver si se callaba, pues ni tenía humor de oírle ni los violentos balanceos del buque, anunciando un gran peligro, disponían el ánimo a disertar sobre el engrandecimiento de la marina.

—Veo que usted me conoce y se hace cargo de mis invenciones —continuó él—. Ya comprenderá que el buque que imagino sería invencible, lo mismo atacando

212

que defendiendo. El solo habría derrotado con cuatro o cinco tiros los treinta navíos ingleses.

—Pero los cañones de éstos ¿no le harían daño también? —manifesté con timidez, arguyéndole más bien por cortesía que porque el asunto me interesase.

—¡Oh! La observación de usted, caballerito, es atinadísima, y prueba que comprende y aprecia las grandes invenciones. Para evitar el efecto de la artillería enemiga, yo forraría mi barco con gruesas planchas de acero; es decir, le pondría una coraza, como las que usaban los antiguos guerreros. Con este medio podría atacar sin que los proyectiles enemigos hicieran en sus costados más efecto que el que haría una andanada de bolitas de pan lanzadas por la mano de un niño. Es una idea maravillosa la que yo he tenido. Figúrese usted que nuestra nación tuviera dos o tres barcos de ésos. ¿Dónde iría a parar la escuadra inglesa con todos sus Nelsones y Collingwoodes?

—Pero en caso de que se pudieran hacer aquí esos barcos —dije yo con viveza, conociendo la fuerza de mi argumento—, los ingleses los harían también, y entonces las proporciones de la lucha serían las mismas.

Don José María se quedó como alelado con esta razón, y por un instante estuvo perplejo, sin saber qué decir; mas su vena inagotable no tardó en sugerirle nuevas ideas, y contestó con mal humor:

—Y ¿quién le ha dicho a usted mozalbete atrevido, que yo sería capaz de divulgar mi secreto? Los buques se fabricarían con el mayor sigilo y sin decir palotada a nadie. Supongamos que ocurría una nueva guerra. Nos provocaban los ingleses, y les decíamos: «Sí, señor, pronto estamos; nos batiremos.» Salían al mar los navíos ordinarios, empezaba la pelea, y a lo mejor cátate que aparecen en las aguas del combate dos o tres de esos monstruos de hierro, vomitando humo y marchando acá o allá sin hacer caso del viento; se meten por donde quieren, hacen astillas el empuje de su afilada proa a los barcos contrarios, y con un par de cañonazos..., figúrese usted, todo se acababa en un cuarto de hora.

No quise hacer más objeciones, porque la idea de que corríamos un gran peligro me impedía ocupar la mente con pensamientos contrarios a los propios de tan crítica situación. No volví a acordarme más del formidable buque imaginario, hasta que treinta años más tarde supe la aplicación del vapor a la navegación, y más aún cuando al cabo de medio siglo vi en nuestra gloriosa fragata *Numancia*[132] la acabada realización de los estrafalarios proyectos del mentiroso de Trafalgar.

Medio siglo después me acordé de don José María Malespina, y dije:

—Parece mentira que las extravagancias ideadas por un loco o un embustero lleguen a ser realidades maravillosas con el transcurso del tiempo.

Desde que observé esta coincidencia no condeno en absoluto ninguna utopía, y todos los mentirosos me parecen hombres de genio.

Dejé a don José María para ver lo que pasaba, y en cuanto puse los pies fuera de la cámara, me enteré de la comprometida situación en que se encontraba el *Rayo*. El vendaval no sólo le impedía la entrada en Cádiz, sino que le impulsaba hacia la costa, donde encallaría de seguro, estrellándose contra las rocas. Por mala que fuera la suerte del *Santa Ana,* que habíamos abandonado, no podía ser peor que la nuestra. Yo observé con afán los rostros de oficiales y marineros, por ver si encontraba alguno que indicase esperanza; pero, por mi desgracia, en todos vi señales de gran desaliento. Consulté el cielo y lo vi pavorosamente feo; consulté la mar, y la encontré muy sañuda. No era posible volverse más que a Dios, ¡y Este estaba tan poco propicio con nosotros desde el 21!...

El *Rayo* corría hacia el Norte. Según las indicaciones

[132] La fragata *Numancia* fue el primer navío acorazado que tuvo España, en 1864. Al año siguiente realizó su primera misión, en la guerra del Pacífico contra Chile y Perú. Cfr. la detallada descripción que de la *Numancia* hace Galdós en el episodio *La vuelta al mundo en la Numancia (OC,* III, págs. 460-462).

que iban haciendo los marineros, junto a quienes estaba yo, pasábamos frente al banco de Marrajotes, de Hazte Afuera, de Juan Bola, frente al Torregorda, y, por último, frente al castillo de Cádiz. En vano se ejecutaron todas las maniobras necesarias para poner la proa hacia el interior de la bahía. El viejo navío, como un corcel espantado, se negaba a obedecer; el viento y el mar, que corrían con impetuosa furia de Sur a Norte, lo arrastraban, sin que la ciencia náutica pudiese nada para impedirlo.

No tardamos en rebasar de la bahía. A nuestra derecha quedó bien pronto Rota, Punta Candor, Punta de Meca, Regla y Chipiona. No quedaba duda de que el *Rayo* iba derecho a estrellarse inevitablemente en la costa cercana a la embocadura del Guadalquivir. No necesito decir que las velas habían sido cargadas, y que no bastando este recurso contra tan fuerte temporal, se bajaron también los masteleros. Por último, también se creyó necesario picar los palos, para evitar que el navío se precipitara bajo las olas. En las grandes tempestades el barco necesita achicarse; de alta encina quiere convertirse en humilde hierba, y como sus mástiles no pueden plegarse cual las ramas de un árbol, se ve en la dolorosa precisión de amputarlos, quedándose sin miembros por salvar la vida.

La pérdida del buque era ya inevitable[133]. Picados los palos mayor y de mesana, se le abandonó, y la única esperanza consistía en poderlo fondear cerca de la costa, para lo cual se prepararon las áncoras, reforzando las amarras. Disparó dos cañonazos para pedir auxilio a la playa ya cercana, y como se distinguieran claramente algunas hogueras en la costa, nos alegramos, creyendo que no faltaría quien nos diera auxilio. Muchos opinaron que algún navío español o inglés había encallado allí, y que las hogueras que veíamos eran encendidas

---

[133] Sobre el naufragio del *Rayo,* cfr. Vázquez Arjona, «Cotejo histórico...», pág. 370.

por la tripulación náufraga. Nuestra ansiedad crecía por momentos; y respecto a mí, debo decir que me creí cercano a un fin desastroso. Ni ponía atención a lo que a bordo pasaba, ni en la turbación de mi espíritu podía ocuparme más que de la muerte, que juzgaba inevitable. Si el buque se estrellaba, ¿quién podía salvar el espacio de agua que le separaría de la tierra? El lugar más terrible de una tempestad es aquel en que las olas se revuelven contra la tierra, y parece que están cavando en ella para llevarse pedazos de playa al profundo abismo. El empuje de la ola al avanzar y la violencia con que se arrastra al retirarse son tales, que ninguna fuerza humana puede vencerlos.

Por último, después de algunas horas de mortal angustia, la quilla del *Rayo* tocó en un banco de arena y se paró. El casco todo y los restos de su arboladura retemblaron un instante: parecía que intentaban vencer el obstáculo interpuesto en su camino; pero éste fue mayor, y el buque, inclinándose sucesivamente de uno y otro costado, hundió su popa, y después de un espantoso crujido, quedó sin movimiento.

Todo había concluido, y ya no era posible ocuparse más que de salvar la vida, atravesando el espacio de mar que de la costa nos separaba. Esto pareció casi imposible de realizar en las embarcaciones que a bordo teníamos; mas había esperanzas de que nos enviaran auxilio de tierra, pues era evidente que la tripulación de un buque recién naufragado vivaqueaba en ella, y no podía estar lejos alguna de las balandras de guerra, cuya salida para tales casos debía haber dispuesto la autoridad naval de Cádiz... El *Rayo* hizo nuevos disparos y esperamos socorros con la mayor impaciencia, porque, de no venir pronto, pereceríamos todos con el navío. Este infeliz inválido, cuyo fondo se había abierto al encallar, amenazaba despedazarse por sus propias convulsiones, y no podía tardar el momento en que, desquiciada la clavazón de algunas de sus cuadernas, quedaríamos a merced de las olas, sin más apoyo que el que nos dieran los desordenados restos del buque.

Los de tierra no podían darnos auxilio; pero Dios quiso que oyera los cañonazos de alarma una balandra que se había hecho a la mar desde Chipiona, y se nos acercó por la proa, manteniéndose a buena distancia. Desde que avistamos su gran vela mayor vimos segura nuestra salvación, y el comandante del *Rayo* dio las órdenes para que el transbordo se verificara sin atropello en tan peligrosos momentos.

Mi primera intención, cuando vi que se trataba de transbordar, fue correr al lado de las dos personas que allí me interesaban: el señorito Malespina y Marcial, ambos heridos, aunque el segundo no lo estaba de gravedad. Encontré al oficial de artillería en bastante mal estado, y decía a los que le rodeaban:

—No me muevan; déjenme morir aquí.

Marcial había sido llevado sobre cubierta, y yacía en el suelo con tal postración y abatimiento, que me inspiró verdadero miedo su semblante. Alzó la vista cuando me acerqué a él, y tomándome la mano, dijo con voz conmovida:

—Gabrielillo, no me abandones.

—¡A tierra! ¡Todos vamos a tierra! —exclamé yo procurando reanimarle. Pero él, moviendo la cabeza con triste ademán, parecía presagiar alguna desgracia.

Traté de ayudarle para que se levantara; pero después del primer esfuerzo su cuerpo volvió a caer exánime, y al fin dijo:

—No puedo.

Las vendas de su herida se habían caído, y en el desorden de aquella apurada situación no encontró quien se las aplicara de nuevo. Yo le curé como pude, consolándole con palabras de esperanza; y hasta procuré reír ridiculizando su facha, para ver si de este modo le reanimaba. Pero el pobre viejo no desplegó sus labios; antes bien, inclinaba la cabeza con gesto sombrío, insensible a mis bromas lo mismo que a mis consuelos.

Ocupado en esto, no advertí que había comenzado el embarque en las lanchas. Casi de los primeros que a ellas bajaron fueron don José María Malespina y su hijo. Mi primer impulso fue ir tras ellos, siguiendo las órdenes de mi amo; pero la imagen del marinero herido y abandonado me contuvo. Malespina no necesitaba de mí, mientras que Marcial, casi considerado como muerto, estrechaba con su helada mano la mía, diciéndome:

—Gabriel, no me abandones.

Las lanchas atracaban difícilmente; pero a pesar de esto, una vez trasbordados los heridos el embarco fue fácil, porque los marineros se precipitaban en ellas deslizándose por una cuerda, o arrojándose de un salto. Muchos se echaban al agua para alcanzarlas a nado. Por mi imaginación cruzó como un problema terrible la idea de cuál de aquellos dos procedimientos emplearía para salvarme. No había tiempo que perder, porque el *Rayo* se desbarataba: casi toda la popa estaba hundida, y los estallidos de los baos[134] y de las cuadernas medio podridas anunciaban que bien pronto aquella mole iba a dejar de ser un barco. Todos corrían con presteza hacia las lanchas, y la balandra, que se mantenía a cierta distancia, maniobrando con habilidad para resistir la mar, los recogía. Las embarcaciones volvían vacías al poco tiempo, pero no tardaban en llenarse de nuevo.

Yo observé el abandono en que estaba *Medio-hombre,* y me dirigí, sofocado y llorando, a algunos marineros, rogándoles que cargaran a Marcial para salvarle. Pero harto hacían ellos con salvarse a sí propios. En un momento de desesperación, traté yo mismo de echármele a cuestas; pero mis escasas fuerzas apenas lograron alzar del suelo sus brazos desmayados. Corrí por toda la cubierta buscando un alma caritativa, y algunos estuvieron a punto de ceder a mis ruegos; mas el peligro les distrajo de tan buen pensamiento. Para comprender esta inhumana crueldad es preciso haberse encontrado en trances tan terribles: el sentimiento y la caridad desaparecen ante el instinto de conservación que domina el ser por completo, asimilándole a veces a una fiera.

---

[134] Elementos de madera o metal que en los costados del buque sirven para sujetar y consolidar las cubiertas.

—¡Oh, esos malvados no quieren salvarte, Marcial! —exclamé con vivo dolor.

—Déjales —me contestó—. Lo mismo da a bordo que en tierra. Márchate tú; corre, chiquillo, que te dejan aquí.

No sé qué idea mortificó más mi mente: si la de quedarme a bordo, donde perecería sin remedio, o la de salir dejando solo a aquel desgraciado. Por último, más pudo la voz de la naturaleza que otra fuerza alguna, y di unos cuantos pasos hacia la borda. Retrocedí para abrazar al pobre viejo, y corrí luego velozmente hacia el punto en que se embarcaban los últimos marineros. Eran cuatro: cuando llegué, vi que los cuatro se habían lanzado al mar y se acercaban nadando a la embarcación, que estaba como a unas diez o doce varas de distancia.

—¿Y yo? —exclamé con angustia, viendo que me dejaban—. ¡Yo voy también, yo también!

Grité con todas mis fuerzas; pero no me oyeron o no quisieron hacerme caso. A pesar de la oscuridad, vi la lancha; les vi subir a ella, aunque esta operación apenas podía apreciarse por la vista. Me dispuse a arrojarme al agua para seguir la misma suerte; pero en el instante mismo en que se determinó en mi voluntad esta resolución, mis ojos dejaron de ver lancha y marineros, y ante mí no había más que la horrenda oscuridad del agua.

Todo medio de salvación había desaparecido. Volví los ojos a todos lados, y no vi más que las olas que sacudían los restos del barco; en el cielo, ni una estrella; en la costa, ni una luz. La balandra había desaparecido también. Bajo mis pies, que pataleaban con ira, el casco del *Rayo* se quebraba en pedazos, y sólo se conservaba unida y entera la parte de proa, con la cubierta llena de despojos. Me encontraba sobre una balsa informe que amenazaba desbaratarse por momentos.

Al verme en tal situación, corrí hacia Marcial diciendo:

—¡Me han dejado, nos han dejado!

El anciano se incorporó con muchísimo trabajo, apoyado en su mano; levantó la cabeza y recorrió con su turbada vista el lóbrego espacio que nos rodeaba.

—¡Nada! —exclamó—. No se ve nada. Ni lanchas, ni tierra, ni luces, ni costa. No volverán.

Al decir esto, un terrible chasquido sonó bajo nuestros pies en lo profundo del sollado de proa, ya enteramente anegado. El alcázar se inclinó violentamente de un lado, y fue preciso que nos agarráramos fuertemente a la base de un molinete para no caer al agua. El piso nos faltaba; el último resto del *Rayo* iba a ser tragado por las olas. Mas como la esperanza no abandona nunca, yo aún creí posible que aquella situación se prolongase hasta el amanecer sin empeorarse, y me consoló ver que el palo del trinquete aún estaba en pie. Con el propósito firme de subirme a él cuando el casco acabara de hundirse, miré aquel árbol orgulloso en que flotaban trozos de cabos y harapos de velas, y que resistía, coloso desgreñado por la desesperación, pidiendo al Cielo misericordia.

Marcial se dejó caer en la cubierta, y luego dijo:

—Ya no hay esperanza, Gabrielillo. Ni ellos querrán volver, ni la mar les dejaría si lo intentaran. Puesto que Dios lo quiere, aquí hemos de morir los dos. Por mí nada me importa: soy un viejo y no sirvo para maldita la cosa... Pero tú..., tú eres un niño, y...

Al decir esto su voz se hizo ininteligible por la emoción y la ronquera. Poco después le oí claramente estas palabras:

—Tú no tienes pecados porque eres un niño. Pero yo... Bien que cuando uno se muere así..., vamos al decir..., así, al modo de perro o gato, no necesita de que un cura venga y le dé la *solución*, sino que basta y sobra con que uno mismo se entienda con Dios. ¿No has oído tú eso?

Yo no sé lo que contesté; creo que no dije nada, y me puse a llorar sin consuelo.

—Ánimo, Gabrielillo —prosiguió—. El hombre debe ser hombre, y ahora es cuando se conoce quién tiene alma y quién no la tiene. Tú no tienes pecados; pero yo sí. Dicen que cuando uno se muere y no halla cura con quien confesarse, debe decir lo que tiene en la conciencia al primero que encuentre. Pues yo te digo, Gabrielillo, que me confieso contigo y que te voy a decir mis pecados, y cuenta con que Dios me está oyendo detrás de ti y que me va a perdonar.

Mudo por el espanto y por las solemnes palabras que acababa de oír, me abracé al anciano, que continuó de este modo:

—Pues digo que siempre he sido cristiano católico, *postólico*, romano, y que siempre he sido y soy devoto de la Virgen del Carmen, a quien llamo en mi ayuda en este momento; y digo también que si hace veinte años que no he confesado ni comulgado, no fue por mí, sino por *mor* del maldito servicio y porque siempre lo va uno dejando para el domingo que viene. Pero ahora me pesa de no haberlo hecho, y digo, y declaro, y perjuro, que quiero a Dios y a la Virgen y a todos los santos, y que por todo lo que les haya ofendido me castiguen, pues si no me confesé y comulgué este año fue por *aquél* de los malditos *casacones,* que me hicieron salir al mar cuando tenía el *proeto* de cumplir con la Iglesia. Jamás he robado ni la punta de un alfiler, ni he dicho más mentiras que alguna que otra para bromear. De los palos que le daba a mi mujer hace treinta años, me arrepiento, aunque creo que bien dados estuvieron, porque era más mala que las *churras* y con un genio más picón que un alacrán. No he faltado ni tanto así a lo que manda la Ordenanza; no aborrezco a nadie más que a los *casacones,* a quienes hubiera querido ver hechos picadillo; pero pues dicen que todos somos hijos de Dios, yo les perdono, y *asimismamente* perdono a los franceses, que nos han traído esta guerra. Y no digo más, porque me parece que me voy a toda vela. Yo amo a Dios y estoy tranquilo. Gabrielillo, abrázate conmigo y apriétate bien contra mí. Tú no tienes pecados, y vas a andar *finiqueleando* con los ángeles divinos. Más vale morirse a tu edad que vivir en este *emperrado* mundo... Conque ánimo, chiquillo, que esto se acaba. El agua sube, y el

Rayo se acabó para siempre. La muerte del que se ahoga es muy buena: no te asustes..., abrázate conmigo. Dentro de un ratito estaremos libres de pesadumbres, yo dando cuenta a Dios de mis pecadillos y tú contento como unas pascuas, danzando por el cielo, que está alfombrado con estrellas, y allí parece que la felicidad no se acaba nunca, porque es eterna, que es como dijo el otro: mañana y mañana y mañana, y al otro y siempre...

No pudo hablar más. Yo me agarré fuertemente al cuerpo de *Medio-hombre*. Un violento golpe de mar sacudió la proa del navío, y sentí el azote del agua sobre mi espalda. Cerré los ojos y pensé en Dios. En el mismo instante perdí toda sensación, y no supe lo que ocurrió.

XVI

Volvió, no sé cuándo, a iluminar turbiamente mi espíritu la noción de la vida; sentí un frío intensísimo, y sólo este accidente me dio a conocer la propia existencia, pues ningún recuerdo de lo pasado conservaba mi mente, ni podía hacerme cargo de mi nueva situación. Cuando mis ideas se fueron aclarando y se desvanecía el letargo de mis sentidos, me encontré tendido en la playa. Algunos hombres estaban en derredor mío, observándome con interés. Lo primero que oí fue:

—¡Pobrecito...! Ya vuelve en sí.

Poco a poco fui volviendo a la vida, y con ella al recuerdo de lo pasado. Me acordé de Marcial, y creo que las primeras palabras articuladas por mis labios fueron para preguntar por él. Nadie supo contestarme. Entre los que me rodeaban reconocí a algunos marineros del *Rayo;* les pregunté por *Medio-hombre,* y todos convinieron en que había perecido. Después quise enterarme de cómo me habían salvado; pero tampoco me dieron razón.

Diéronme a beber no sé qué; me llevaron a una casa cercana, y allí, junto al fuego, y cuidado por una vieja, recobré la salud, aunque no las fuerzas. Entonces me dijeron que habiendo salido otra balandra a reconocer los restos del *Rayo* y los de un navío francés que corrió igual suerte, me encontraron junto a Marcial y pudieron salvarme la vida. Mi compañero de agonía estaba muerto. También supe que en la travesía del barco naufragado a la costa habían perecido algunos infelices.

Quise saber qué había sido de Malespina, y no hubo quien me diera razón del padre ni del hijo. Pregunté por el *Santa Ana*, y me dijeron que había llegado felizmente a Cádiz, por cuya noticia resolví ponerme inmediatamente en camino para reunirme con mi amo. Me encontraba a bastante distancia de Cádiz, en la costa que corresponde a la orilla derecha del Guadalquivir. Necesitaba, pues, emprender la marcha inmediatamente para recorrer lo más pronto posible tan largo trayecto. Esperé dos días más para reponerme, y al fin, acompañado de un marinero que llevaba el mismo camino, me puse en marcha hacia Sanlúcar. En la mañana del 27 recuerdo que atravesamos el río, y luego seguimos nuestro viaje a pie sin abandonar la costa. Como el marinero que me acompañaba era francote y alegre, el viaje fue todo lo agradable que yo podía esperar, dada la situación de mi espíritu, aún abatido por la muerte de Marcial y por las últimas escenas de que fui testigo a bordo. Por el camino íbamos departiendo sobre el combate y los naufragios que le sucedieron.

—Buen marino era *Medio-hombre* —decía mi compañero de viaje—. Pero ¿quién le metió a salir a la mar con un cargamento de más de sesenta años? Bien empleado le está el fin que ha tenido.

—Era un valiente marinero —dije yo—, y tan aficionado a la guerra, que ni sus achaques le arredraron cuando intentó venir a la escuadra.

—Pues de ésta me despido—prosiguió el marinero—. No quiero más batallas en la mar. El Rey paga mal, y después, si queda uno cojo o baldado, le dan las buenas noches, y si te he visto no me acuerdo. Parece mentira que el Rey trate tan mal a los que le sirven. ¿Qué cree usted?

La mayor parte de los comandantes de navío que se han batido el veintiuno, hace muchos meses que no cobran sus pagas. El año pasado estuvo en Cádiz un capitán de navío que, no sabiendo cómo mantenerse y mantener a sus hijos, se puso a servir en una posada. Sus amigos le descubrieron, aunque él trataba de disimular su miseria, y, por último, lograron sacarle de tan vil estado. Esto no pasa en ninguna nación del mundo; ¡y luego se espantan de que nos venzan los ingleses! Pues no digo nada del armamento. Los arsenales están vacíos, y por más que se pide dinero a Madrid, ni un cuarto. Verdad es que todos los tesoros del Rey se emplean en pagar sus sueldos a los señores de la Corte, y entre éstos, el que más come es el Príncipe de la Paz, que reúne cuarenta mil durazos como consejero de Estado, como secretario de Estado, como capitán general y como sargento mayor de guardias... Lo dicho: no quiero servir al Rey. A mi casa me voy con mi mujer y mis hijos, pues ya he cumplido, y dentro de unos días me han de dar la licencia.

—Pues no podrá usted quejarse, amiguito, si le tocó ir en el *Rayo,* navío que apenas entró en acción.

—Yo no estaba en el *Rayo,* sino en el *Bahama,* que sin duda fue de los barcos que mejor y por más tiempo pelearon.

—Ha sido apresado, y su comandante murió, si no recuerdo mal.

—Así fue —contestó—. Y todavía me dan ganas de llorar cuando me acuerdo de don Dionisio Alcalá Galiano, el más valiente brigadier de la Armada. Eso sí: tenía el genio fuerte y no consentía la más pequeña falta; pero su mucho rigor nos obligaba a quererle más, porque el capitán que se hace temer por severo, si a la severidad acompaña la justicia, infunde respeto, y, por último, se conquista el cariño de la gente. También puede decirse que otro más caballero y más generoso que don Dionisio Alcalá Galiano no ha nacido en el mundo. Así es que cuando quería obsequiar a sus amigos no se andaba por las ramas, y una vez en La Habana gastó diez mil duros en cierto convite que dio a bordo de su buque.

—También oí que era hombre muy sabio en la náutica.

—¿En la náutica? Sabía más que Merlín[135] y que todos los doctores de la Iglesia. ¡Si había hecho un sinfín de mapas y había descubierto no sé qué tierras que están allá por el mismo infierno! ¡Y hombres así los mandan a una batalla para que perezcan como un grumete!... Le contaré a usted lo que pasó en el *Bahama*. Desde que empezó la batalla, don Dionisio Alcalá Galiano sabía que la habíamos de perder, porque aquella maldita virada en redondo... Nosotros estábamos en la reserva y nos quedamos a la cola. Nelson, que no era ningún rana, vio nuestra línea y dijo: «Pues si la corto por dos puntos distintos y les cojo entre dos fuegos, no se me escapa ni tanto así de navío.» Así lo hizo el maldito, y como nuestra línea era tan larga, *la cabeza no podía ir en auxilio de la cola**[136]. Nos derrotó por partes, atacándonos en dos fuertes columnas dispuestas al modo de cuña, que es, según dicen, el modo de combatir que usaba el capitán moro Alejandro Magno[137] y que hoy dicen usa también Napoleón. Lo cierto es que nos envolvió y nos dividió, y nos fue rematando barco a barco, de tal modo, que no podíamos ayudarnos unos a otros, y cada navío se veía obligado a combatir con tres o cuatro. Pues verá usted: el *Bahama* fue de los que primero entraron en fuego. Alcalá Galiano revistó la tripulación al mediodía, examinó las baterías y nos echó una arenga, en que dijo, señalando la

[135] Merlín es personaje de la literatura caballeresca, del ciclo artúrico; famoso sabio y nigromante.
[136] Sobre la táctica de Nelson en Trafalgar y lo dicho por él al respecto, cfr. Vázquez Arjona, «Cotejo histórico...», págs. 372-373.
[137] Humorística transformación del famoso caudillo griego (356-323 antes de nuestra era), rey de Macedonia y conquistador de Persia, Egipto y el Asia Menor.
* Palabras de Nelson. [N. del A.]

bandera: «Señores: estén ustedes todos en la inteligencia de que esa bandera está clavada.» Ya sabíamos qué clase de hombre nos mandaba; y así, no nos asombró aquel lenguaje. Después le dijo al guardiamarina don Alonso Butrón[138], encargado de ella: «Cuida de defenderla. Ningún Galiano se rinde, y tampoco un Butrón debe hacerlo.»

—Lástima es —dije yo— que estos hombres no hayan tenido un jefe digno de su valor, ya que no se les encargó del mando de la escuadra.

—Sí que es lástima, y verá usted lo que pasó. Empezó la refriega, que ya sabrá usted fue cosa buena, si estuvo a bordo del *Trinidad*. Tres navíos nos acribillaron a balazos por babor y estribor. Desde los primeros momentos caían como moscas los heridos y el mismo comandante recibió una fuerte contusión en la pierna, y después un astillazo en la cabeza, que le hizo mucho daño. Pero ¿usted cree que se acobardó, ni que anduvo con ungüentos ni parches? ¡Quia! Seguía en el alcázar como si tal cosa, aunque personas muy queridas para él caían a su lado para no levantarse más. Alcalá Galiano mandaba la maniobra y la artillería como si hubiéramos estado haciendo el saludo frente a una plaza. Una balita de poca cosa le llevó el anteojo, y esto le hizo sonreír. Aún me parece que le estoy viendo. La sangre de las heridas le manchaba el uniforme y las manos; pero él no se cuidaba de esto más que si fueran gotas de agua salada salpicadas por el mar. Como su carácter era algo arrebatado y su genio vivo, daba las órdenes gritando y con tanto coraje, que si no las obedeciéramos porque era nuestro deber, las hubiéramos obedecido por miedo... Pero, al fin, todo se acabó de repente, cuando una bala de medio calibre le cogió la cabeza, dejándole muerto en el acto. Con esto concluyó el entusiasmo, si no la lucha. Cuando cayó muerto nuestro querido co-

---

[138] Alonso Butrón era guardiamarina del *Bahama* y pariente de Alcalá Galiano (cfr. nota 18). Cfr., sobre este episodio, Vázquez Arjona, «Cotejo histórico...», págs. 371-372.

mandante, le ocultaron para que no le viéramos; pero nadie dejó de comprender lo que había pasado, y después de una lucha desesperada, sostenida por el honor de la bandera, el *Bahama* se rindió a los ingleses, que se lo llevarán a Gibraltar si antes no se les va a pique, como sospecho.

Al concluir su relación, y después de contar cómo había pasado del *Bahama* al *Santa Ana,* mi compañero dio un fuerte suspiro y calló por mucho tiempo. Pero como el camino se hacía largo y pesado, yo intenté trabar de nuevo la conversación, y principié contándole lo que había visto y, por último, mi traslado a bordo del *Rayo* con el joven Malespina.

—¡Ah! —dijo—. ¿Es un joven oficial de Artillería que fue transportado a la balandra y de la balandra a tierra en la noche del veintitrés?

—El mismo —conteste—, y por cierto que nadie me ha dado razón de su paradero.

—Pues ése fue de los que perecieron en la segunda lancha, que no pudo tocar tierra. De los sanos se salvaron algunos, entre ellos el padre de ese señor oficial de Artillería; pero los heridos se ahogaron todos, como es fácil comprender, no pudiendo los infelices ganar a nado la costa.

Me quedé absorto al saber la muerte del joven Malespina, y la idea del pesar que aguardaba a mi infeliz e idolatrada amita llenó mi alma, ahogando todo resentimiento.

—¡Qué horrible desgracia! —exclamé—. ¿Y seré yo quien lleve tan triste noticia a su afligida familia? Pero, señor, ¿está usted seguro de lo que dice?

—He visto con estos ojos al padre de ese joven quejándose amargamente y refiriendo los pormenores de la desgracia con tanta angustia que partía el corazón. Según decía, él había salvado a todos los de la lancha, y aseguraba que si hubiera querido salvar sólo a su hijo lo habría logrado, a costa de la vida de todos los demás. Prefirió, con todo, dar la vida al mayor número, aun sacrificando la de su hijo en beneficio de muchos, y así

lo hizo. Parece que es hombre de mucha alma y sumamente diestro y valeroso.

Esto me entristeció tanto, que no hablé más del asunto. ¡Muerto Marcial, muerto Malespina! ¡Qué terribles
nuevas llevaba yo a casa de mi amo! Casi estuve por un
momento decidido a no volver a Cádiz, dejando que el
azar o la voz pública llevaran tan penosa comisión al
seno del hogar, donde tantos corazones palpitaban de
inquietud. Sin embargo, era preciso que me presentase a
don Alonso para darle cuenta de mi conducta.

Llegamos, por fin, a Rota, y allí nos embarcamos
para Cádiz. No pueden ustedes figurarse qué alborotado
estaba el vecindario con la noticia de los desastres de la
escuadra. Poco a poco iban llegando las nuevas de lo
sucedido, y ya se sabía la suerte de la mayor parte de los
buques, aunque de muchos marineros y tripulantes se
ignoraba todavía el paradero. En las calles ocurrían a
cada momento escenas de desolación cuando un recién
llegado daba cuenta de los muertos que conocía y nombraba las personas que no habían de volver. La multitud
invadía el muelle para reconocer los heridos, esperando
encontrar al padre, al hermano, al hijo o al marido.
Presencié escenas de frenética alegría, mezcladas con
lances dolorosos y terribles desconsuelos. Las esperanzas
se desvanecían, las sospechas se confirmaban las más de
las veces, y el número de los que ganaban en aquel
agonioso[139] juego de la suerte era bien pequeño, comparado con el de los que perdían. Los cadáveres que
aparecieron en la costa de Santa María sacaban de
dudas a muchas familias, y otras esperaban aún encontrar entre los prisioneros conducidos a Gibraltar a la
persona amada.

En honor del pueblo de Cádiz, debo decir que jamás
vecindario alguno ha tomado con tanto empeño el auxilio de los heridos, no distinguiendo entre nacionales y
enemigos, antes bien equiparando a todos bajo el am-

---

[139] Ansioso, apremiante.

plio pabellón de la caridad. Collingwood consignó en sus memorias esta generosidad de mis paisanos. Quizá la magnitud del desastre apagó todos los resentimientos. ¿No es triste considerar que sólo la desgracia hace a los hombres hermanos?[140]

En Cádiz pude conocer en su conjunto la acción de guerra que yo, a pesar de haber asistido a ella, no conocía sino por casos particulares, pues lo largo de la línea, lo complicado de los movimientos y la diversa suerte de los navíos no permitían otra cosa. Según allí me dijeron, además del *Trinidad* se habían ido a pique el *Argonauta,* de 92, mandado por don Antonio Pareja, y el *San Agustín,* de 80, mandado por don Felipe Cajigal. Con Gravina, en el *Príncipe de Asturias,* habían vuelto a Cádiz el *Montañés,* de 80, comandante Alcedo, que murió en el combate en unión del segundo Castaños; el *San Justo,* de 76, mandado por Miguel Gastón; el *San Leandro,* de 74, mandado por José Quevedo; el *San Francisco,* de 74, mandado por don Luis Flores; el *Rayo,* de 100, que mandaba Macdonell. De éstos, salieron el 23, para represar las naves que estaban a la vista, el *Montañés,* el *San Justo,* el *San Fracisco* y el *Rayo;* pero los dos últimos se perdieron en la costa, lo mismo que el *Monarca,* de 74, mandado por Argumosa, y el *Neptuno,* de 80, cuyo heroico comandante, don Cayetano Valdés, ya célebre por la jornada del 14, estuvo a punto de perecer. Quedaron apresados el *Bahama,* que se deshizo antes de llegar a Gibraltar; el *San Ildefonso,* de 74, comandante Vargas, que fue conducido a Inglaterra, y el *Nepomuceno,* que por muchos años permaneció

---

[140] Sobre el auxilio de la población costera a los náufragos, cfr. Vázquez Arjona, «Cotejo histórico...», págs. 373-374; en esta última página se inserta el siguiente fragmento de Southey, *Life of Nelson:* «The Spaniards with a generous feeling which would not [...] have been found in any other people, offered the use of their hospitals for our wounded, pledging the honour of Spain that they would be carefully attended there [...] The Spanish soldiers gave up their own beds to their shipwrecked enemies.»

en Gibraltar, conservado como un objeto de veneración o sagrada reliquia. El *Santa Ana* llegó felizmente a Cádiz en la misma noche en que lo abandonamos[141]. Los ingleses también perdieron algunos de sus fuertes navíos, y no pocos de sus oficiales generales compartieron el glorioso fin del almirante Nelson.

En cuanto a los franceses, no es necesario decir que tuvieron tantas pérdidas como nosotros. A excepción de los cuatro navíos que se retiraron con Dumanoir sin entrar en fuego, mancha que en mucho tiempo no pudo quitarse de encima la Marina imperial, nuestros aliados se condujeron heroicamente en la batalla. Villeneuve, deseando que se olvidaran en un día sus faltas, peleó hasta el fin denodadamente, y fue llevado prisionero a Gibraltar. Otros muchos comandantes cayeron en poder de los ingleses, y algunos murieron. Sus navíos corrieron igual suerte que los nuestros: unos se retiraron con Gravina; otros fueron apresados, y muchos se perdieron en las costas. El *Achilles* se voló en medio del combate, como indiqué en mi relación.

Pero, a pesar de estos desastres, nuestra aliada, la orgullosa Francia, no pagó tan caro como España las consecuencias de aquella guerra. Si perdía lo más florido de su Marina, en tierra alcanzaba en aquellos mismos días ruidosos triunfos. Napoleón había transportado en poco tiempo el Gran Ejército desde las orillas del Canal de la Mancha a la Europa central y ponía en ejecución su colosal plan de campaña contra el Austria. El 20 de octubre, un día antes de Trafalgar, Napoleón presenciaba en el campo de Ulm el desfile de las tropas austriacas, cuyos generales le entregaban su espada, y dos meses después, el 2 de diciembre del mismo año, ganaba en los campos de Austerlitz la más brillante acción de su reinado[142].

---

[141] Una lista de barcos españoles perdidos y apresados, y de sus comandantes, coincidente con la de Galdós, en Vázquez Arjona, «Cotejo histórico...», págs. 374-376.

[142] La tercera coalición contra Napoleón (1805), organizada por

Estos triunfos atenuaron en Francia la pérdida de Trafalgar; el mismo Napoleón mandó a los periódicos que no se hablara del asunto, y cuando se le dio cuenta de la victoria de sus implacables enemigos los ingleses, se contentó con encogerse de hombros, diciendo: «Yo no puedo estar en todas partes.»

XVII

Traté de retardar el momento de presentarme a mi amo; pero, al fin, el hambre, la desnudez en que me hallaba y la falta de asilo me obligaron a ir. Mi corazón, al aproximarme a la casa de doña Flora, palpitaba con tanta fuerza, que a cada paso me detenía para tomar aliento. La inmensa pena que iba a causar anunciando la muerte del joven Malespina gravitaba sobre mi alma con tan atroz pesadumbre, que si yo hubiera sido responsable de aquel desastre, no me habría sentido más angustiado. Llegué, por fin, y entré en la casa. Mi presencia en el patio produjo gran sensación; sentí fuertes pasos en las galerías altas, y aún no había tenido tiempo de decir una palabra, cuando me abrazaron estrechamente. No tardé en reconocer el rostro de doña Flora, más pintorreado aquel día que un retablo, y ferozmente desfigurado con la alegría que mi presencia causó en el espíritu de la excelente vieja. Los dulces nombres de *pimpollo*, *remono*, *angelito* y otros, que me prodigó con toda largueza, no me hicieron sonreír. Subí, y todos estaban en movimiento. Oí a mi amo que decía: «¡Ahí está! Gracias a Dios.» Entré en la sala, y doña Francisca se adelantó hacia mí, preguntándome con mortal ansiedad:

Pitt (cfr. nota 79), agrupaba a Inglaterra, Rusia y Austria. Tras la victoria de Ulm, Napoleón consiguió uno de los mayores triunfos de su historia en Austerlitz, en que se rindieron los emperadores de Austria, Francisco I, y de Rusia, Alejandro I. Por la *Paz de Presburgo* (1805) desaparece el Sacro Imperio Romano Germánico y se forma la Confederación del Rhin, aliada de Francia (cfr. nota 91).

—¿Y don Rafael? ¿Qué ha sido de don Rafael?

Permanecí confuso por largo rato. La voz se ahogaba en mi garganta, y no tenía valor para decir la fatal noticia. Repitieron la pregunta, y entonces vi a mi amita que salía de una pieza inmediata, con el rostro pálido, espantados los ojos y mostrando en su ademán la angustia que la poseía. Su vista me hizo prorrumpir en amargo llanto, y no necesité pronunciar una palabra. Rosita lanzó un grito terrible y cayó desmayada. Don Alonso y su esposa corrieron a auxiliarla, ocultando su pesar en el fondo del alma. Doña Flora se entristeció, y llamándome aparte para cerciorarse de que mi persona volvía completa, me dijo:

—Conque ¿ha muerto ese caballerito? Ya me lo figuraba yo, y así se lo he dicho a Paca; pero ella, reza que te reza, ha creído que lo podía salvar. Si cuando está de Dios una cosa... Y tú, bueno y sano, ¡qué placer! ¿No has perdido nada?

La consternación que reinaba en la casa es imposible de pintar. Por espacio de un cuarto de hora no se oyeron más que llantos, gritos y sollozos, porque la familia de Malespina estaba allí también. ¡Pero qué singulares cosas permite Dios para sus fines! Había pasado, como he dicho, un cuarto de hora desde que di la noticia, cuando una ruidosa y chillona voz hirió mis oídos. Era la de don José María Malespina, que vociferaba en el patio, llamando a su mujer, a don Alonso y a mi amita. Lo que más me sorprendió fue que la voz del embustero parecía tan alegre como de costumbre, lo cual me parecía altamente indecoroso después de la desgracia ocurrida. Corrimos a su encuentro, y me maravillé viéndole gozoso como unas pascuas.

—Pero don Rafael... —le dijo mi amo con asombro.

—Bueno y sano —contestó don José María—. Es decir, sano, no; pero fuera de peligro, sí, porque su herida ya no ofrece cuidado. El bruto del cirujano opinaba que se moría; pero bien sabía yo que no. ¡Cirujanitos a mí! Yo lo he curado señores; yo, yo, por un procedimiento nuevo, inusitado, que yo solo conozco.

Estas palabras, que repentinamente cambiaban de un modo tan radical la situación, dejaron atónitos a mis amos; después, una viva alegría sucedió a la anterior tristeza, y por último, cuando la fuerte emoción les permitió reflexionar sobre el engaño, me interpelaron con severidad, repediéndome por el gran susto que les había ocasionado. Yo me disculpé diciendo que me lo habían contado tal como lo referí, y don José María se puso furioso, llamándome zascandil, embustero y enredador.

Efectivamente, don Rafael vivía y estaba fuera de peligro; mas se había quedado en Sanlúcar en casa de gente conocida, mientras su padre vino a Cádiz en busca de su familia para llevarla al lado del herido. El lector no comprenderá el origen de la equivocación que me hizo anunciar con tan buena fe la muerte del joven; pero apuesto a que cuantos lean esto sospechan que algún estupendo embuste del viejo Malespina hizo llegar a mis oídos la noticia de una desgracia supuesta. Así fue, ni más ni menos. Según lo que supe después de ir a Sanlúcar acompañando a la familia, don José María había forjado una novela de heroísmo y habilidad por parte suya; en diversos corrillos refirió el extraño caso de la muerte de su hijo, suponiendo pormenores, circunstancias tan dramáticas, que por algunos días el fingido protagonista fue objeto de las alabanzas de todos por su abnegación y valentía. Contó que, habiendo zozobrado la lancha, él tuvo que optar entre la salvación de su hijo y la de todos los demás, decidiéndose por esto último, en razón de ser más generoso y humanitario. Adornó su leyenda con detalles tan peregrinos, tan interesantes y a la vez tan verosímiles, que muchos se lo creyeron. Pero la superchería se descubrió pronto y el engaño no duró mucho tiempo, aunque sí el necesario para que llegase a mis oídos, obligándome a transmitirlo a la familia. Aunque tenía muy mala idea de la veracidad el viejo Malespina, jamás pude creer que se permitiera mentir en asuntos tan serios.

Pasadas aquellas fuertes emociones, mi amo cayó en

profunda melancolía; apenas hablaba; diríase que su alma, perdida la última ilusión, había liquidado toda clase de cuentas con el mundo y se preparaba para el último viaje. La definitiva ausencia de Marcial le quitaba el único amigo de aquella su infantil senectud, y no teniendo con quien jugar a los barquitos, se consumía en honda tristeza. Ni aun viéndole tan abatido cejó doña Francisca en su tarea de mortificación, y el día de mi llegada oí que le decía:

—Bonita la habéis hecho... ¿Qué te parece? ¿Aún no estás satisfecho? Anda, anda a la escuadra. ¿Tenía yo razón o no la tenía? ¡Oh! Si se hiciera caso de mí... ¿Aprenderás ahora? ¿Ves cómo te ha castigado Dios?

—Mujer, déjame en paz —contestaba, dolorido, mi amo.

—Y ahora nos hemos quedado sin escuadra, sin marinos, y nos quedaremos hasta sin modo de andar si seguimos unidos con los franceses... Quiera Dios que estos señores no nos den un mal pago. El que se ha lucido es el señor Villeneuve. Vamos, que también Gravina, si se hubiera opuesto a la salida de la escuadra, como opinaban Churruca y Alcalá Galiano, habría evitado este desastre que parte el corazón.

—Mujer... ¿qué entiendes tú de eso? No me mortifiques —dijo mi amo muy contrariado.

—Pues ¿no he de entender? Más que tú. Sí, señor, lo repito. Gravina será muy caballero y muy valiente; pero lo que es ahora..., buena la ha hecho.

—Ha hecho lo que debía. ¿Te parece bien que hubiéramos pasado por cobardes?

—Por cobardes, no; pero sí por prudentes. Eso es. Lo digo y lo repito: la escuadra española no debía salir de Cádiz, cediendo a las genialidades y al egoísmo de *Monsieur* Villeneuve. Aquí se ha contado que Gravina opinó, como sus compañeros, que no debían salir. Pero Villeneuve, que estaba decidido a ello, por hacer una hombrada que le reconciliase con su amo, trató de herir el amor propio de los nuestros. Parece que una de las razones que alegó Gravina fue el mal tiempo, y mirando el barómetro de la cámara, dijo: «¿No ven usted que el barómetro anuncia mal tiempo? ¿No ven ustedes cómo baja?» Entonces Villeneuve dijo secamente: «Lo que baja aquí es el valor.» Al oír este insulto, Gravina se levantó ciego de ira y echó en cara al francés su cobarde comportamiento en el cabo Finisterre. Se cruzaron palabritas un poco fuertes, y, por último, exclamó nuestro almirante: «¡A la mar mañana mismo!» Pero yo creo que Gravina no debía haber hecho caso de las baladronadas del francés, no, señor; que antes que nada es la prudencia, y más conociendo, como conocía, que la escuadra combinada no tenía condiciones para luchar con la de Inglaterra[143].

Esta opinión, que entonces me pareció un desacato a la honra nacional, más tarde me pareció muy bien fundada. Doña Francisca tenía razón. Gravina no debió haber cedido a la exigencia de Villeneuve. Y digo esto, menoscabando quizá la aureola que el pueblo puso en las sienes del jefe de la escuadra española en aquella memorable ocasión.

Sin negar el mérito de Gravina, yo creo hiperbólicas las alabanzas de que fue objeto después del combate y en los días de su muerte*. Todo indicaba que Gravina era un cumplido caballero y un valiente marino; pero quizá por demasiado cortesano carecía de aquella resolución que da el constante hábito de la guerra, y también de la superioridad que en carreras tan difíciles como la de la Marina se alcanza sólo en el cultivo asiduo de las ciencias que la constituyen. Gravina era un buen jefe de división, pero nada más. La previsión, la serenidad, la inquebrantable firmeza, caracteres propios de las organizaciones destinadas al mando de grandes ejércitos, no las tuvieron sino don Cosme Damián Churruca y don Dionisio Alcalá Galiano.

---

[143] Sobre el consejo de guerra franco-español, previo a Trafalgar, cfr. nota 94.

* Murió en marzo de 1806, de resultas de sus heridas. [N. del A.]

Mi señor don Alonso contestó a las últimas palabras de su mujer; y cuando ésta salió, observé que el pobre anciano rezaba con tanta piedad como en la cámara del *Santa Ana* la noche de nuestra separación. Desde aquel día, el señor de Cisniega no hizo más que rezar, y rezando se pasó el resto de su vida, hasta que se embarcó en la nave que no vuelve más.

Murió mucho después de que su hija se casara con don Rafael Malespina, acontecimiento que hubo de efectuarse dos meses después de la gran función naval que los españoles llamaron *la del 21* y los ingleses *Combate de Trafalgar,* por haber ocurrido cerca del cabo de este nombre. Mi amita se casó en Vejer al amanecer de un día hermoso, aunque de invierno, y al punto partieron para Medinasidonia, donde les tenían preparada la casa. Yo fui testigo de su felicidad durante los días que precedieron a la boda; mas ella no advirtió la profunda tristeza que me dominaba, ni advirtiéndola hubiera conocido la causa. Cada vez se crecía ella más ante mis ojos, y cada vez me encontraba yo más humillado ante la doble superioridad de su hermosura y de su clase. Acostumbrándome a la idea de que tan admirable conjunto de gracias no podía ni debía ser para mí, llegué a tranquilizarme, porque la resignación, renunciando a toda esperanza, es un consuelo parecido a la muerte, y por eso es un gran consuelo.

Se casaron, y el mismo día en que partieron para Medinasidonia, doña Francisca me ordenó que fuera yo también allá para ponerme al servicio de los desposados. Fui por la noche, y durante mi viaje solitario iba luchando con mis ideas y sensaciones, que oscilaban entre aceptar un puesto en la casa de los novios o rechazarlo para siempre. Llegué a la mañana siguiente, me acerqué a la casa, entré en el jardín, puse el pie en el primer escalón de la puerta y allí me detuve, porque mis pensamientos absorbían todo mi ser y necesitaba estar inmóvil para meditar mejor. Creo que permanecí en aquella actitud más de media hora.

Silencio profundo reinaba en la casa. Los dos esposos, casados el día antes, dormían, sin duda, el primer sueño de su tranquilo amor, no turbado aún por ninguna pena. No pude menos de traer a la memoria las escenas de aquellos lejanos días en que ella y yo jugábamos juntos. Para mí era Rosita entonces lo primero del mundo. Para ella era yo si no lo primero, al menos algo que se ama y que se echa de menos durante ausencias de una hora. En tan poco tiempo, ¡cuánta mudanza!

Todo lo que estaba viendo me parecía expresar la felicidad de los esposos y como un insulto a mi soledad. Aunque era invierno, se me figuraba que los árboles todos del jardín se cubrían de follaje y que el emparrado que daba sombra a la puerta se llenaba inopinadamente de pámpanos para guarecerles cuando salieran de paseo. El sol era muy fuerte y el aire se entibiaba, oreando aquel nido cuyas primeras pajas había ayudado a reunir yo mismo cuando fui mensajero de sus amores. Los rosales ateridos se me representaban cubiertos de rosas, y los naranjos de azahares y frutas que mil pájaros venían a picotear, participando del festín de la boda. Mis meditaciones y mis visiones no se interrumpieron sino cuando el profundo silencio que reinaba en la casa se interrumpió por el sonido de una fresca voz, que retumbó en mi alma, haciéndome estremecer. Aquella voz alegre me produjo una sensación indefinible, una sesanción no sé si de miedo o de vergüenza: lo que sí puedo asegurar es que una resolución súbita me arrancó de la puerta, y salí del jardín corriendo, como un ladrón que teme ser descubierto.

Mi propósito era inquebrantable. Sin perder tiempo salí de Medinasidonia, decidido a no servir ni en aquella casa ni en la de Vejer. Después de reflexionar un poco, determiné ir a Cádiz para desde allí trasladarme a Madrid. Así lo hice, venciendo los halagos de doña Flora, que trató de atarme con una cadena formada de las marchitas rosas de su amor, y desde aquel día, ¡cuántas cosas me han pasado dignas de ser referidas! Mi destino, que ya me había llevado a Trafalgar, llevóme después a otros escenarios gloriosos o menguados, pero todos dignos de memoria. ¿Queréis saber mi vida entera? Pues aguardad un poco, y os diré algo más en otro libro.

Madrid, enero-febrero 1873.

Fases de la batalla

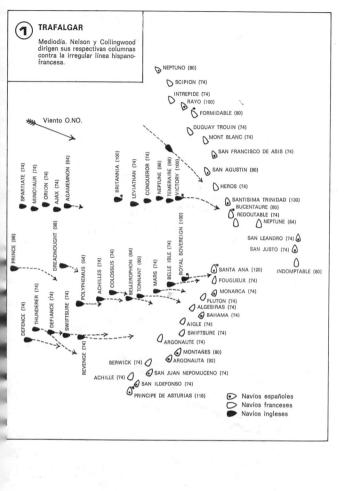

TRAFALGAR

Mediodía. Nelson y Collingwood dirigen sus respectivas columnas contra la irregular línea hispano-francesa.

Viento O.NO.

NEPTUNO (80)
SCIPION (74)
INTREPIDE (74)
RAYO (100)
FORMIDABLE (80)
DUGUAY TROUIN (74)
MONT BLANC (74)
SAN FRANCISCO DE ASIS (74)
SAN AGUSTIN (80)
HEROS (74)
SANTISIMA TRINIDAD (130)
BUCENTAURE (80)
REDOUTABLE (74)
NEPTUNE (84)
SAN LEANDRO (74)
SAN JUSTO (74)
INDOMPTABLE (80)

SPARTIATE (74)
MINOTAUR (74)
ORION (74)
AJAX (74)
AGAMEMNON (64)
BRITANNIA (100)
LEVIATHAN (74)
CONQUEROR (74)
NEPTUNE (98)
TEMERAIRE (98)
VICTORY (100)

PRINCE (98)
DREADNOUGHT (98)
POLYPHEMUS (64)
ACHILLES (74)
COLOSSUS (74)
BELLEROPHON (64)
TONNANT (80)
MARS (74)
BELLE ISLE (74)
ROYAL SOVEREIGN (100)

SANTA ANA (120)
FOUGUEUX (74)
MONARCA (74)
PLUTON (74)
ALGESIRAS (74)
BAHAMA (74)
AIGLE (74)
SWIFTSURE (74)
ARGONAUTE (74)

DEFENCE (74)
THUNDERER (74)
DEFIANCE (74)
SWIFTSURE (74)
REVENGE (74)

MONTAÑES (80)
ARGONAUTA (92)
BERWICK (74)
SAN JUAN NEPOMUCENO (74)
ACHILLE (74)
SAN ILDEFONSO (74)
PRINCIPE DE ASTURIAS (118)

Navíos españoles
Navíos franceses
Navíos ingleses

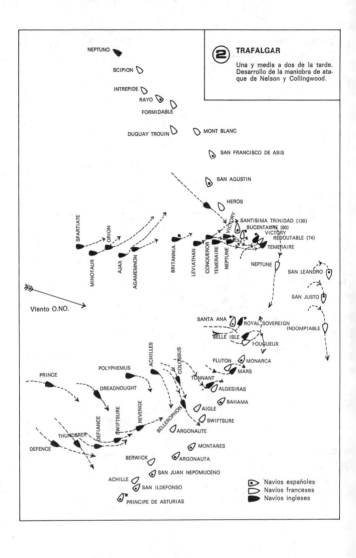

2 TRAFALGAR

Una y media a dos de la tarde. Desarrollo de la maniobra de ataque de Nelson y Collingwood.

NEPTUNO

SCIPION

INTREPIDE
RAYO
FORMIDABLE

DUGUAY TROUIN — MONT BLANC

SAN FRANCISCO DE ASIS

SAN AGUSTIN

HEROS

SANTISIMA TRINIDAD (130)
BUCENTAURE (80)
VICTORY
REDOUTABLE (74)
TEMERAIRE

SPARTIATE
ORION
MINOTAUR
AJAX
AGAMENON

BRITANNIA
LEVIATHAN
CONQUEROR
TEMERAIRE
NEPTUNE

NEPTUNE

SAN LEANDRO

SAN JUSTO

Viento O.NO.

SANTA ANA — ROYAL SOVEREIGN
BELLE ISLE
FOUGUEUX
INDOMPTABLE

ACHILLES
COLOSSUS

PLUTON — MONARCA
MARS

POLYPHEMUS
TONNANT
ALGESIRAS

PRINCE

DREADNOUGHT
AIGLE
BAHAMA
SWIFTSURE
SWIFTSURE
REVENGE
BELLEROPHON
ARGONAUTE
DEFIANCE
THUNDERER
MONTAÑES
DEFENCE
BERWICK
ARGONAUTA
SAN JUAN NEPOMUCENO
ACHILLE
SAN ILDEFONSO
PRINCIPE DE ASTURIAS

Navios españoles
Navios franceses
Navios ingleses

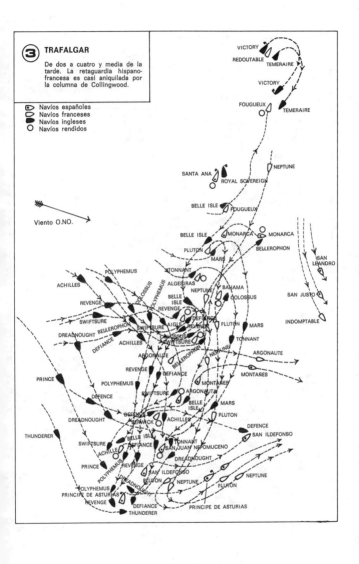

3 TRAFALGAR

De dos a cuatro y media de la tarde. La retaguardia hispano-francesa es casi aniquilada por la columna de Collingwood.

- Navíos españoles
- Navíos franceses
- Navíos ingleses
- Navíos rendidos

Viento O.NO.

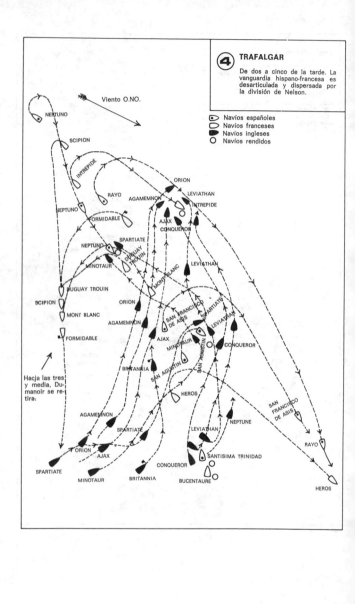

④ TRAFALGAR

De dos a cinco de la tarde. La vanguardia hispano-francesa es desarticulada y dispersada por la división de Nelson.

◐ Navíos españoles
◗ Navíos franceses
◖ Navíos ingleses
○ Navíos rendidos

Viento O.NO.

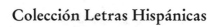

Colección Letras Hispánicas